KB065135

퇴마하는 톱스타 6

2023년 6월 8일 초판 1쇄 인쇄
2023년 6월 13일 초판 1쇄 발행

지은이 이상한하루
발행인 강준규

기획 이기헌 왕소현 임동관 박경무 강민구 조익현
책임편집 김홍식
마케팅지원 이원선

발행처 (주)로크미디어
출판등록 2003년 3월 24일
주소 서울시 마포구 마포대로 45 일진빌딩 6층
Tel (02)3273-5135 **Fax** (02)3273-5134
홈페이지 rokmedia.com **E-mail** rokmedia@empas.com

값 9,000원

ISBN 979-11-408-0870-0 (6권)
ISBN 979-11-408-0693-5 04810 (세트)

CONTENTS

　태수가 양효진에게 다가갔다.

　양효진은 자신 때문에 첫 씬부터 촬영이 지체되자 미안해
서 어쩔 줄을 몰라 했다.

　고등학교 2학년 학생으로 촬영장에서 가장 어리기도 하
고.

　"효진아, 그냥 편안하게 해 봐, 오디션 때처럼."

　"네, 죄송합니다, 정말 죄송합니다."

　말은 그렇게 하면서도 표정은 잔뜩 굳어서 긴장한 기색이
역력했다.

　'아, 이거 쉽지 않겠는데?'

　태수가 촬영을 완전히 중지시켰다. 어차피 계속해 봐야 긴

장이 풀리지 않아 좋아질 것 같지가 않았던 것이다.

"잠깐 쉬었다 가죠."

설레는 마음으로 촬영을 시작했던 모든 스태프들이 허탈하게 바닥에 주저앉았다.

양효진은 그대로 화장실로 달려 들어가고.

태수가 상대역인 김영주를 불러서 상의를 했다. 아무래도 연기 경력도 많고 나이도 있으니까 양효진을 다독여 달라는 부탁을 했다.

"촬영 전에 얘기를 나눠 보니까 학생 영화라고 해서 작은 영화인 줄 알았대요. 근데 스태프도 많고 유명한 배우 선생님도 있고 하니까 긴장을 많이 했나 봐요."

"연기 경력이 많지 않으니까 충분히 그럴 수 있을 거예요."

태수가 고개를 끄덕이면서 고민을 하고 있는데 유승현이 다가왔다.

"감독님."

"예, 선배님."

"나도 워낙 어릴 때 데뷔를 해서 저렇게 겁을 먹었던 적이 많았어요. 감독님이 저 여학생을 선발한 걸 보면 분명히 연기에 재능이 있는 친구일 텐데, 이번 고비를 잘못 넘기면 트라우마가 생겨서 평생 연기하기 힘들어질 수도 있어요."

"저도 그게 걱정이 되거든요."

"어떻게든 이 고비만 잘 넘기면 아마 괜찮을 겁니다."

"그럴 것 같긴 한데 당장은 이 고비를 어떻게 잘 넘어가야 할지……."

흔히 신인 감독들이 가장 힘들어하는 부분이 연기자를 다루는 문제다. 자신이 원하는 연기가 나오지 않거나 지금처럼 계속 NG가 나올 때 해결할 수 있는 노하우가 부족한 것이다.

유승현이 조심스럽게 말했다.

"예전에 어떤 감독님이 저한테 하셨던 방법인데요."

그러면서 유승현이 태수에게 하나의 방법을 얘기해 줬다.

얘기를 들은 태수의 표정이 밝아졌다.

"알겠습니다, 선배님. 그렇게 해 보도록 하겠습니다."

화장실에 들어갔던 양효진이 돌아왔다.

화장실에서 울었는지 눈이 부어 있었다. 분장 팀이 얼른 달려가서 메이크업을 고쳤다.

태수가 양효진을 불러서 말했다.

"효진아, 일단 슛 들어가기 전에 충분히 리허설을 해 보자. 우리 촬영 시간 많아. 그러니까 부담 갖지 말고 될 때까지 연습을 해 보는 거야. 그리고 이제 괜찮다 싶을 때 슛을 들어가는 게 어때?"

양효진이 고개를 끄덕이며 말했다.

"정말 죄송합니다, 감독님."

태수는 다른 스태프들은 그냥 두고 카메라 감독에게만 말했다.

"카메라 감독님, 이번엔 그냥 리허설이니까 감독님은 그냥 앵글만 잡아 주세요."

"예, 알겠습니다."

태수가 모니터를 보며 소리쳤다.

"영주 씨, 이번 건 리허설이니까 편안하게 연기해요. 그리고 효진아! 내가 사인 주면 편하게 대사 하면서 내 쪽으로 걸어와 봐, 알았지?"

리허설이라는 사실만으로도 마음의 부담을 많이 덜었는지 목소리가 한층 커졌다.

"네, 알겠습니다."

"자, 대사…… 액션!"

태수의 사인에 양효진이 걸음을 떼면서 김영주에게 대사를 시작했다.

"요즘 우리 아파트에 이상한 소문 떠도는 거 알아?"

처음에 꼬였던 대사가 의외로 쉽게 넘어갔다.

"이상한 소문?"

"너 몰라?"

양효진의 얼굴에 긴장이 풀어지며 서서히 톡톡 튀는 표정이 살아나는 게 보였다.

양효진이 마치 주위에 누가 듣기라도 하는 것처럼 목소리를 낮추고 말했다. 오디션 때의 깜찍하면서 귀여운 표정이다.

대사에도 리드미컬한 감정이 실리기 시작했고.

"요즘 우리 아파트 사람들 좀비처럼 변해 가는 거 알지? 막 이러고 걷잖아."

그러면서 양효진이 좀비 흉내를 냈다. 여고생이 흐느적거리며 좀비 흉내를 내는 모습이 무척 재미있었다.

"맞아, 사람들이 무슨 병에 걸린 것처럼 축 늘어져서 복도를 어슬렁거리는데 너무 무서워 죽겠어. 요즘 대체 무슨 일이래?"

"그 사람들 왜 그렇게 됐는지 알아?"

"뭐야, 넌 안다는 거야??"

양효진이 심각한 표정으로 고개를 끄덕이며 말했다.

"당연히 알지. 저기 봐 봐."

양효진이 가리킨 곳은 희망아파트의 위쪽 하늘이다.

지금은 그저 아파트 전경에 불과하지만 나중에 영화에서는 아파트 위 하늘에 이상한 요괴의 기운이 꿈틀거리는 장면이 CG로 들어갈 예정이다.

사람들이 CG라고 하면 무조건 비용이 엄청나게 비쌀 것이라고 생각하지만 CG도 CG 나름이다. 지금처럼 아파트 위에 떠 있는 요괴의 기운 같은 전형적인 CG는 직접 제작을 하지 않고 구입을 할 수도 있다.

구입을 하면 싸게는 20~30만 원 선에도 좋은 퀄리티의 영상을 살 수가 있다.

김영주가 인상을 찡그리며 말했다.

"나도 저거 봤어. 저거 뭐야? 왜 안 없어져?"

양효진이 눈을 가늘게 뜨며 말했다.

"저게 생긴 후로 우리 아파트에서 이상한 일이 벌어지기 시작한 거야."

태수가 외쳤다.

"컷! 오케이!"

태수의 오케이 사인에 양효진이 깜짝 놀라서 돌아봤다. 분명히 리허설이라고 했는데.

"네? 오, 오케이요?"

양효진뿐만 아니라 앉아서 쉬고 있던 다른 스태프들도 놀라서 돌아봤다.

태수가 말했다.

"그래, 오케이. 지금 연기 아주 좋았어."

"그럼 방금 리허설이 아니라 정말로 촬영한 거였어요?"

"그래, 네가 워낙 긴장해서 리허설이라고 거짓말했던 거야. 미안."

"말도 안 돼."

양효진이 어이가 없다는 얼굴로 허탈하게 울상을 지었다.

"저 이제 완전히 몸 풀려서 이번에 촬영 들어가면 진짜 연기 잘할 수 있거든요."

양효진이 태수에게 사정하듯 말했다.

"감독님…… 한 번만 더 하면 안 돼요?"

"지금 것도 좋은데 왜?"

"아니에요, 나중엔 괜찮았을지 모르지만 초반엔 긴장했다고요. 저 이번에는 진짜 잘할 자신 있어요. 죄송한데 딱 한 번만 더 가고 싶어요, 제발요."

양효진이 간절하게 부탁을 했다.

"음, 그럼 그러지 뭐. 한 번만 더 갑시다."

스태프들이 다시 자리를 잡았고 신호철이 소리쳤다.

"스탠바이!"

"카메라 롤! 씬 1-10."

모니터로 보이는 양효진은 이제 표정도 자연스럽고 자신감이 충만해 있는 모습이었다.

태수가 화면을 보고 있다가 외쳤다.

"레디…… 액션!"

숏이 들어가자마자 양효진은 기다렸다는 듯 본인의 장점인 톡톡 튀는 표정과 목소리로 생동감 있는 연기를 펼치기 시작했다.

정말로 일상에서 수다를 떠는 여고생처럼 연기가 자연스러웠고, 좀비 흉내도 리허설 때보다 더 재미있게 냈다. 아마 관객들은 이 장면에서 대부분 빵 터질 것이다.

오디션에서 가능성을 보고 선발했는데 태수의 느낌이 맞았다.

"컷, 오케이!"

무사히 첫 씬의 촬영이 끝나고 태수가 유승현에게 다가가서 고마움을 표시했다.

"선배님 덕분에 다행히 잘 넘어갔습니다. 감사합니다."

유승현이 태수에게 알려 줬던 기발한 방법은 이것이다.

태수가 양효진의 리허설 장면에서 오케이라고 했던 말은 거짓이었다.

그 장면은 실제로 카메라를 돌리지도 않았다.

그야말로 진짜 리허설이었던 셈. 신인 배우들은 카메라가 촬영을 하는지 안 하는지 돌아볼 여유가 없으니까 리허설인지 진짜 촬영을 한 건지 알 도리가 없다.

하지만 태수가 리허설을 진짜 촬영한 것처럼 오케이라고 사인을 내는 순간, 양효진의 마음속에 도사리고 있던 두려움이 사라졌다. 이미 오케이 컷이 있다는 안도감이 양효진으로 하여금 자신감을 되찾게 만드는 계기가 된 것이다.

이후 양효진은 긴장을 풀고 NG를 낼 것에 대한 두려움을 잊은 채 연기에만 전념할 수 있었다. 물론 유승현이 알려 준 노하우였다.

유승현이 빙그레 웃으며 말했다.

"사람들이 이런 말을 하죠. 인생을 살면서 한 번만 더 기회가 주어진다면 정말 잘할 수 있을 것 같다고. 안타깝게도 인생에서는 그런 기회가 주어지지 않잖아요, 그랬으면 나도 지금 이렇게 살지 않았겠죠. 하지만 연기는 달라요. 잘못하면 다시 할 수 있는 기회가 또 주어지니까."

이제 양효진은 김영주와 장난을 치며 깔깔거릴 정도로 편안해 보였다.

이후의 촬영은 문제없이 진행이 될 것 같았다.

레전드는 괜히 레전드가 아니었다.

본격적인 촬영이 이어졌다.

다음 촬영은 아파트 입구 놀이터.

김영주와 양효진이 아파트 안 놀이터 그네에 앉았다.

양효진의 손에는 노트가 들려 있었다.

노트에는 아파트의 호수가 적혀 있고 호수 옆 괄호에는 정체를 알 수 없는 숫자가 적혀 있었다. 더불어 각 호수마다 누가 살고 있는지도.

카메라와 조명, 오디오가 그네에 앉아 있는 김영주와 양효진 두 사람을 에워쌌다.

"액션!"

태수의 사인에 두 사람이 천천히 그네를 흔들면서 대화를 시작했다.

김영주가 물었다.

"그러니까 네 말은, 아파트 현관문에 붉은색 글자가 적혀 있는 집 사람들이 좀비처럼 변해 간다는 거야?"

"그렇다니까."

"말도 안 돼."

"말이 되는지 안 되는지는 여기서 지켜보면 알아. 저기 봐 봐."

양효진이 아파트 입구를 가리키자 50대 아줌마가 좀비처럼 흐느적거리며 걸어 나온다.

양효진이 아줌마를 바라보면서 말했다.

"여기서 관찰해 보면 다 알 수가 있어. 저 아줌마 집은 209 호야. 근데 저 아줌마 집 현관문에는 붉은색으로 43이라는 숫자가 적혀 있어. 저기 또 온다. 저 아저씨는 302호에 살아. 그 집 현관문에는 26이라는 숫자가 적혀 있어. 그리고 저기 초등학생 보이지?"

양효진이 가리킨 곳을 보면 초등학생이 흐느적거리며 걸어온다.

"어? 쟤는 나도 알아. 106호인가 살잖아. 근데 쟤도 그러네? 언제 저렇게 됐지?"

"그건 모르겠지만 쟤네 현관문에는 46이라는 숫자가 적혀 있어."

양효진이 자리에서 일어나 초등학생을 향해 소리쳤다.

"야, 동우야! 이동우!"

양효진의 소리에 동우가 천천히 고개를 돌렸다.

"동우야, 이리 와 봐."

동우가 고개를 숙인 채 좀비처럼 흐느적거리며 걸어왔다.

동우 역할을 맡은 아이는 초등학교 5학년 진우라는 아이다. 예전에 좀비 영화에 좀비로 출연한 경험이 있다고 해서 뽑았다.

흐느적거리며 걸어오는 어린아이 좀비의 느낌이 어른보다 더 섬뜩한 구석이 있었다.

고개를 숙인 채 김영주와 양효진 바로 앞까지 다가온 동우가 천천히 고개를 드는데, 동공이 까맣다.

동우가 말했다. 가래가 낀 것 같은 어른의 목소리로.

"너희들도…… 이제 곧…… 그곳에…… 가게…… 될 거야……."

둘이 동시에 비명을 질렀고 김영주는 그네에서 바닥으로 떨어졌다.

"아악!"

양효진이 김영주의 손을 잡아 일으켜서 두 사람이 뒷걸음질을 치며 아파트로 뛰어간다.

태수가 외쳤다.

"컷! 오케이!"

다음은 엘리베이터 씬.

극 중에서 홍정희와 헤어진 안서현이 자신의 집이 있는 6층으로 가기 위해 엘리베이터를 타는 장면이다. 낡고 지저분한 낙서로 가득한 엘리베이터의 분위기가 음산한 분위기를 자아낸다.

김영주가 6층을 누르면 끼기기긱― 하는 음침한 소리와 함께 엘리베이터가 불안하게 움직인다. 엘리베이터 안의 불도 불안하게 깜빡거리고.

극 중 안서현의 집이 있는 6층 복도.

특별히 미술적인 장치를 하지 않아도 음산하면서 축축한 복도의 분위기가 공포 분위기를 자아낸다.

엘리베이터 문이 열리면 김영주가 내린다.

610호 안서현의 집으로 가기 위해 적막한 복도를 걸어가는 김영주. 자신의 집으로 가는 모퉁이를 돌던 김영주가 그 자리에 흠칫 멈춰 선다.

자신의 집 앞에 서 있는 경비원, 유승현이 보였던 것이다.

경비원으로 분장을 한 유승현이 나타났을 때는 스태프들 사이에 탄성이 흘러나왔다.

유승현은 색이 바랜 경비원 유니폼과 모자를 썼고 손에는 몽둥이를 들었다. 모자 아래 그늘진 눈가에는 짙은 다크서클이 생겼고 그 안에 숨겨진 눈빛이 광기로 번뜩이고 있었다.

경비원으로 분장한 유승현은 그저 서 있는 것만으로도 서늘한 한기를 뿜어냈다.

정일승이 유쾌하게 촬영장 분위기를 띄우는 모습과 달리 유승현은 촬영 전에도 긴장을 풀거나 웃는 일이 없었다. 경비원은 대사보다 표정과 분위기로 공포를 드러내야 하기 때문이다.

그런 경비원이 지금 안서현의 집 앞에 서서 현관문을 노려보고 있었던 것이다.

안서현, 아니 김영주가 꼴깍 마른침을 삼키고 천천히 자신의 집으로 걸어간다.

경비원이 고개를 돌리더니 다가오는 김영주를 바라본다.

다가오는 김영주를 무표정하게 바라보는 경비원. 김영주가 까딱 인사를 하지만 경비원은 별다른 반응이 없다.

경비원과의 거리가 좁혀질수록 김영주의 동공이 파르르 떨린다. 경비원이 들고 있는 몽둥이에서 피가 뚝뚝 떨어지는 게 보였던 것이다.

한 방울, 두 방울, 세 방울…… 복도에 떨어지는 핏방울.

'왜 저러고 서 있는 거지? 저게 설마 사람의 피는 아니겠지?'

지금 자신의 집 앞에 서 있는 경비원은 얼마 전 아파트에 새로 온 경비원이다.

이름이 '한우'라고 해서 친구들과 깔깔대며 놀린 기억이 난다.

'호주산도 아니고 미국산도 아닌 한우래, 쿡쿡쿡.'

하지만 지금은 그 '한우'라는 이름이 전혀 우습지가 않았다.

김영주는 손이 하얗게 되도록 주먹을 움켜쥔 채 공포에 사로잡힌 안서현의 심리를 표현했다.

마침내 안서현의 집 610호 앞에 서는 김영주.

바로 등 뒤에 경비원이 가만히 서서 그녀를 노려보고 있다. 왠지 집을 향해 돌아서는 순간 경비원이 들고 있던 몽둥이를 치켜들고 머리를 내리칠 것 같은 두려움이 든다.

김영주가 입술을 떨며 자신의 집 현관문을 향해 돌아선다. 경비원에겐 등을 보이는 자세다. 등 뒤에서 김영주를 노려보는 경비원.

앞뒤로 서 있는 두 사람의 표정이 대비된다.

김영주는 동공을 최대한 옆으로 돌려서 등 뒤에 서 있는 경비원을 신경 쓰고, 뒤에 서 있는 경비원은 아무런 말없이 김영주를 주시한다.

경비원의 눈은 모자에 가려져서 보이질 않지만 어둠 속에서 번뜩이는 광기가 보이는 것 같다.

김영주가 뒤쪽으로 향했던 동공을 천천히 움직여서 자신의 집 현관문을 바라본다.

김영주의 동공이 출렁하고 흔들린다.

현관문에 붉은 글씨로 34라는 숫자가 적혀 있었던 것이다.

34

안서현의 집 현관문에 붉은 글씨로 숫자가 적혀 있었다.

김영주는 현관문을 마주한 채 오직 눈빛 연기만으로 안서현의 심리를 표현해야만 한다.

김영주의 소속사는 규모가 작지만 재능 있는 배우들이 많다. 그 이유는 연기를 지도하는 선생님이 기본기에 충실하게 가르치고 시나리오와 캐릭터 분석을 강조한 덕분이다.

지금까지 오디션이나 작품을 통해 만난 많은 또래 연기자들. 〈우리학교 2017〉에서는 주로 동생들과 함께 연기를 했고.

그들 중에서 정말로 연기를 어떻게 해야 하는지 제대로 알고 있는 동료는 드물었다.

연기라는 건 시나리오와 시나리오 속 캐릭터를 분석해서 자신의 해석으로 표현하는 것이다. 캐릭터를 어떻게 해석하고 분석하느냐에 따라 연기의 톤도 달라진다.

많은 동료 연기자들이 눈빛 연기가 가장 어렵다고 말을 한다.

지금처럼 이렇게 가만히 서 있을 때 어떻게 연기를 해야 할지 모르겠다고 어려움을 호소한다.

연기 선생님은 김영주에게 이렇게 말했다.

-캐릭터가 무슨 생각을 하는지 추론하고 똑같이 생각하라, 그러면 자연스럽게 연기가 나온다.

　김영주는 만약 자신이 안서현이라면 지금 이 상황에서 무슨 생각을 할지 고민했다.

　김영주는 안서현의 생각을 따라갔다.

　'누가 적은 숫자일까? 34는 무슨 의미일까?'

　처음에 복도에 들어섰을 때 경비원이 자신의 집을 마주 보고 서 있었다.

　'그렇다면 혹시 지금 내 뒤에 있는 경비원이 저 숫자를 적은 게 아닐까?'

　김영주는 안서현이 되어 머릿속으로 온갖 의문들을 떠올렸다.

　초인종을 누르기 위해 손이 앞으로 나갈 듯 말 듯 손끝이 미세하게 움직이는 건 그런 안서현의 심리를 표현한 것이다.

　김영주는 안서현의 그런 복잡한 심리를 큰 동작 없이 미세한 움직임으로 드러냈다.

　카메라는 그런 안서현의 손가락 움직임, 눈빛의 흔들림을 놓치지 않고 모두 담아냈다.

　이제 카메라는 김영주의 얼굴을 클로즈업으로 잡고 있다.

　등 뒤쪽은 포커스 아웃 시켜서 모자이크를 처리한 것처럼 뿌옇다. 덕분에 관객에게도 경비원의 모습이 보이질 않는다.

공포의 대상이 보이지 않으면 공포는 더욱 증폭되는 법이다.

용기 있게 돌아서서 직접 물어보고 싶지만 경비원이 너무도 무섭다. 게다가 손에 들고 있는 몽둥이가 자꾸만 신경이 쓰인다.

자연스럽게 입술을 깨물게 된다.

그렇다고 이대로 집으로 들어가는 것도 내키지가 않는다.

안서현이 참지 못하고 휙 뒤로 돌아선다.

"……!"

눈앞에 경비원이 없다.

"어?"

안서현이 외마디 신음을 토해 내며 긴 복도의 양끝을 살피지만 어디에도 경비원의 모습은 보이질 않는다. 그 짧은 순간에 발소리조차 내지 않고 사라진다는 게 가능한 일인지.

안서현이 혼란스럽게 다시 자신의 집 현관문을 바라본다.

여전히 현관문에는 붉은 글씨로 숫자 34가 적혀 있다.

숫자 하나 때문인가.

왠지 자신의 집이 자신의 집 같지가 않다.

손은 계속 초인종을 누를지 말지 망설이고 있다.

그녀의 본능은 이대로 돌아서서 도망치라고 소리치고 있다.

하지만…… 지금 집 안에는 며칠 전 식당에서 일을 하다가

다리를 다친 엄마가 있다.

안서현은 마른침을 꿀꺽 삼키고 초인종으로 손을 뻗다가 다시 멈춘다.

놀이터에서 홍정희와 나눴던 대화가 그 순간에 회상으로 떠오른 것이다. 회상 부분은 시나리오에 적혀 있어서 나중에 영화 속에 따로 삽입이 될 것이다.

─그럼 네 말은 아파트 현관문에 붉은색 글자가 적혀 있는 집 사람들은 좀비처럼 변해 간다는 거야?

안서현은 초인종으로 향하던 손을 거두고 휴대폰으로 엄마한테 전화를 건다.

휴대폰을 귀에 대고 엄마의 목소리를 기다리는 안서현.

하지만 신호만 갈 뿐 엄마가 전화를 받지 않는다.

안서현이 독백을 한다.

"뭐야, 다리 다친 사람이 어디로 간 거야?"

휴대폰을 끊으려던 안서현이 문득 이상한 예감에 현관문에 귀를 갖다 댄다.

집 안에서 공허하게 울리는 엄마의 휴대폰 벨소리.

저 혼자 울려 대는 벨소리가 사뭇 불길하기만 하다. 안서현이 휴대폰을 끊자 집 안에서 들려오던 벨소리도 그 순간에 딱 멎었다.

김영주는 이 영화의 시나리오 완성도가 높다고 생각한 장면들이 몇 군데 있다. 지금 이 부분도 그 중 하나다.

부주의한 시나리오라면 이 장면에서 안서현이 현관문을 마구 두드리며 엄마를 부를 수도 있었다. 만약 그랬다면 지금까지 복도에 켜켜이 쌓아 놓은 공포의 질감이 힘없이 흩어져 버렸을 것이다.

하지만 〈수상한 아파트〉 시나리오에서는 안서현이 이질적인 공기가 감도는 음산한 복도에서 점점 더 공포에 침잠하며 심리적 압박을 받기를 원했다.

안서현의 공포는 곧 관객의 공포와 동일하기에.

안서현은 가방을 열고 현관문 열쇠를 찾는다. 허둥대며 가방에서 열쇠를 꺼내던 안서현은 열쇠를 바닥에 떨어트린다.

차가운 금속성의 작은 파열음이 물결처럼 파동을 일으키며 긴 복도를 휩쓸고 지나간다.

안서현은 꿀꺽 마른침을 삼키고는 조심스럽게 바닥에서 열쇠를 집어 들고는 현관문의 열쇠 구멍을 찾는다.

미세하게 떨리는 손.

자꾸만 벗어나는 열쇠 구멍.

그럴수록 점점 더 초조해져 가는 안서현의 눈빛.

그 모든 것들이 하나의 몽타주처럼 안서현의 심리를 대변한다.

바로 그때 안서현의 뒤쪽 공기가 흔들리며 스르르 제복을 입은 경비원이 다시 나타난다.

마치 환상처럼.

관객의 입장에서 보면 경비원의 정체가 혼란스럽기 그지없다.

사람인지, 귀신인지 아니면 또 다른 그 무엇인지.

경비원의 손에는 여전히 몽둥이가 들려 있고 몽둥이에서는 아까보다 더 많은 핏방울이 걸쭉하게 늘어지며 바닥으로 툭툭 떨어지고 있다.

누가 봐도 방금 뭔가를 때려죽이고 급하게 다시 온 사람처럼 경비원의 온몸에서는 죽음의 기운이 물씬 풍긴다.

하지만 안서현은 그런 경비원의 존재를 알아차리지 못한다.

열쇠를 열쇠 구멍에 끼우고 문을 여는 안서현.

철컥.

천천히 현관문을 여는 안서현.

끼이이익.

녹슨 쇳소리가 기분 나쁘게 고막을 자극하고.

두려움으로 흔들리는 눈빛으로 안서현이 집 안으로 들어가고 문이 닫힌다.

쾅!

문 닫히는 소리가 복도에 잠들어 있던 뭔가를 일깨우듯 크게 고조되었다가 여운을 남기며 사라진다.

적막한 복도에 홀로 남겨진 경비원.

카메라가 미동도 하지 않은 채 닫힌 안서현의 집 현관문을 노려보는 경비원의 옆모습을 찍고 있다.

이어서 카메라가 경비원의 모습을 점프 샷으로 팍! 팍! 팍! 찍으며 멀어진다.

"컷, 오케이!"

태수의 오케이 사인이 떨어지자 숨을 참고 있던 스태프들 사이에서 한숨이 흘러나왔다.

아주 짧은 장면이지만 공포의 밀도가 상당했기에 다들 숨을 내쉬는 것도 조심스러웠다.

이 장면은 흔히 깜짝 공포라고 부르는 한국 공포 영화의 전형적인 공포가 아닌 심리 공포로 어두운 상영관에 앉아 있는 관객들을 숨죽이게 할 것이다.

오케이 사인이 떨어진 후에도 유승현은 거의 아무런 표정의 변화 없이 천천히 뒤로 물러나 구석으로 가서 대기했다.

현재 경비원이 가지고 있는 분위기를 깨트리지 않으려는 노력이었다.

그런 유승현을 보고 있으면 영화 촬영을 하고 있는 게 아니라 현실 속에 진짜로 괴물 경비원이 나타난 것 같은 착각이 들어서 자꾸 몽둥이를 쳐다보게 된다.

스태프들도 감히 장난을 치거나 웃는 사람이 없었다.

태수가 소리쳤다.

"자, 곧바로 안서현 집으로 들어가겠습니다!"

카메라와 스태프들이 모두 안서현의 집으로 우르르 들어갔다.

"레디…… 액션!"

조심스럽게 집 안으로 들어오는 안서현.

김영주는 두려움과 걱정이 공존하는 안서현의 심리를, 금방이라도 밖으로 도망칠 것처럼 무게중심을 뒤에 두고 조심스럽게 걸어 들어오는 걸음걸이로 표현했다.

손으로 입을 반쯤 틀어막은 채 거실로 고개를 들이미는 안서현.

아침까지 세상에서 가장 편안하고 안전한 공간이던 집이다.

근데 지금은 집 안의 공기가 달라진 것 같다.

엄마는 보이지 않고 엄마의 휴대폰만 소파에 덩그러니 떨어져 있다. 엄마는 절대로 휴대폰을 놔두고 외출하는 사람이 아니다.

안서현이 겁에 질려 기어 들어가는 목소리로 부른다.

"어, 엄마……? 엄마 어딨어?"

안서현이 조심스럽게 안방 문을 열어 보지만 그대로 사람이 빠져나온 것 같은 모양의 이부자리만 남아 있다.

"엄마…… 나 왔어……."

안서현이 안방을 나오려는데 안방 욕실에서 졸졸졸 물 흐르는 소리가 들려온다.

안서현이 다가가 닫혀 있는 욕실 문 앞에서 귀를 기울이다가 묻는다.

"엄마…… 여기에 있어?"

대답이 없자 안서현이 조심스럽게 욕실 문을 연다.

물 흐르는 소리가 커지면서 욕실의 풍경이 한눈에 들어온다.

안서현의 엄마 이지숙이 긴 머리를 풀어 헤치고 얇은 블라우스만 입은 채 욕조 안에 들어가 있다. 물을 틀어 놓았는데 욕조의 물이 밖으로 흘러넘치고 있었다.

안서현의 시선으로 보면 욕조에 앉아 있는 이지숙은 멍하니 앞쪽 허공을 보고 있기 때문에 옆모습만 보인다.

따라서 물에 젖은 긴 머리가 옆얼굴을 가려서 엄마의 눈이 보이질 않는다. 사람은 상대의 눈을 확인해야만 안정이 되는 법이다.

근데 엄마의 눈이 보이지 않으니 왠지 다른 사람처럼 낯설게 느껴진다.

"어, 엄마? 거기서 뭐 해?"

안서현의 물음에도 엄마는 미동도 하지 않고 앞만 보고 있다.

안서현이 숨을 삼키며 엄마에게 다가간다.

"엄마…… 괜찮은 거야?"

안서현이 살짝 떨리는 손으로 엄마의 물에 젖은 어깨를 잡는다. 체온이 없는 것 같은 차가운 냉기에 흠칫 놀라는 안서현.

엄마가 안서현을 향해 고개를 돌린다.

안서현이 튀어나오는 비명을 막으려는 것처럼 손으로 입을 가리고 뒷걸음질을 친다. 엄마의 동공에 새까만 물이 들어 있었던 것이다.

안서현은 비틀거리며 물러나다가 뒤로 넘어졌다. 일어나고 싶은데 이상하게 팔다리에 힘이 들어가지 않았다.

팔다리를 허우적거리며 기어가는데 욕실에서 엄마가 일어나는 소리가 들려온다. 몸에서 주르륵 물이 흘러내리는 소리가 들려온다.

이어서 젖은 맨발로 욕조 밖으로 걸어 나오는 소리가 이어졌다.

철퍽…… 철퍽…… 철퍽…….

안서현은 팔다리를 허우적거리며 기어가듯이 안방을 나갔다. 거실에서 간신히 일어나 숨을 헐떡이는 안서현.

그때 온몸이 물에 젖은 엄마가 안방에서 좀비처럼 걸어 나온다.

동공이 까만 엄마가 안서현을 향해 팔을 뻗고 다가온다.

끄으으으으.

"악!"

안서현이 현관문을 열고 밖으로 도망친다.

현관문이 닫힌다.

쾅!

"컷! 오케이!"

오케이 사인이 떨어지자 스태프들이 수건을 가져와서 물에 젖은 재연 배우 한수정을 감싸 줬다.

태수가 촬영분을 돌려서 모니터하는데 한수정이 옆으로 다가와서 함께 봤다. 욕조 안에서 딸을 돌아보는 한수정의 창백한 표정이 지금 봐도 섬뜩했다.

한수정이 신기한 듯 말했다.

"저한테 저런 표정이 있는 줄 처음 알았어요."

밖으로 나갔던 김영주도 어느새 옆으로 다가와서 자신이 연기한 영상을 함께 지켜봤다.

김영주가 한수정에게 말했다.

"선배님, 아까 쳐다보는데 진짜로 온몸에 소름이 쫙 돋았어요."

"정말?"

한수정은 늘 재연 배우로 공장에서 찍어 내는 것 같은 연기만 하다가 이렇게 느린 호흡의 영화를 하니 마냥 행복했다.

"다들 수고하셨습니다. 오늘 촬영은 여기까지입니다."

태수의 말에 다들 수고했다고 서로서로 인사를 했다.

이틀에 걸쳐 촬영한 1막 '감염' 편이 이번 씬으로 끝이 났다.

내일부터는 2막 '비밀' 편부터 촬영을 시작할 것이다.

촬영은 모두 7회 차로 진행될 예정이고, 오늘까지 2회 차 촬영을 마쳤다. 초반에 학보사 인터뷰며 준비하는 데 시간이 걸려 진행이 다소 느렸다.

내일은 아침 일찍부터 촬영을 시작할 것이다. 촬영 속도도 좀 더 빠르게 진행할 예정이고.

단편영화를 찍을 때는 하루에 촬영이 끝나기 때문에 다음 날 다시 모여 촬영할 일이 없었는데, 숙소를 잡아 놓고 연이틀 촬영을 했더니 이제야 영화 촬영장 같은 기분이 들었다.

촬영이 끝나고 모든 스태프와 배우가 숙소로 정한 인근 펜션으로 이동했다.

처음에는 촬영 현장이 경기도라서 출퇴근을 하려고 했다.

근데 그렇게 하면 아무래도 집중력이 깨지고 스태프와 배우들도 근처에 머물며 촬영하고 싶어 하는 것 같아 계획을 변경했다.

학교에서 제작비를 꽤 넉넉하게 지원해 준 덕분에 숙소를 얻는 건 문제가 되지 않았다.

어제 첫날에는 촬영이 밤늦게 끝나서 다들 너무 피곤해 숙

퇴마하는
톱스타

소에 들어오자마자 곯아떨어졌다.

오늘 저녁은 저녁 8시쯤 촬영이 끝나 숙소에서 고기를 구워 먹기로 했다.

촬영이 끝나기 두어 시간 전에 용만이 연영과 학생 세 명을 데리고 미리 마트에 가서 장을 봤다. 거의 30명에 가까운 사람들의 저녁을 준비하는 일이라 만만치가 않았다.

펜션 측에서 30명분의 밥을 준비했고 야채는 미리 손질해서 촬영 팀이 돌아오면 바로 식사를 할 수 있도록 세팅을 했다.

덕분에 다들 숙소로 돌아오자마자 곧바로 식사를 할 수가 있었다. 펜션 앞 정원에서 캠핑이라도 온 것 같은 기분으로 삼삼오오 모여 고기를 구워 먹었다.

학보사 기자 둘은 새로운 취재거리를 얻은 듯 열심히 스틸 사진과 동영상을 찍었다. 식사하는 스태프들의 인터뷰도 하고.

태수와 배우들은 자연스럽게 한자리에 모여 식사를 했다. 앞으로 연기에 대한 얘기도 나누고 서로 어색한 감정도 없애야만 하니까.

정일승이 말했다.

"오늘의 최고 연기는 단연 경비원이었어요."

그러자 다들 약속이나 한 것처럼 '맞아요'를 연발했다.

유승현이 쑥스러운 듯 머리를 긁적이며 겸손하게 말했다.

"아이고, 아닙니다. 워낙 오랜만에 하는 연기라서 내가 얼마나 긴장을 했는데. 아무튼 빈말이라도 고맙습니다."

"아니에요, 선배님. 정말 빈말이 아니라 오늘 선배님이 팽팽한 긴장감을 불어넣어 주시지 않았으면 공포가 절반으로 줄어들었을 거예요."

사실 시나리오를 쓸 때 태수가 가장 고민했던 배역이 경비원이다.

경비원은 이번 영화에서 공포를 책임지는 캐릭터인데, 정작 대사도 없고 공포심을 불러일으킬 만한 액션도 없다.

물론 후반부로 가면 달라지지만 거의 중반을 넘어갈 때까지 경비원은 분위기만으로 관객에게 공포를 전달해야만 한다.

한마디로 경비원은 등장하는 그 자체만으로도 관객들을 긴장시켜야 하만 캐릭터다.

만약 경비원한테 그런 감정이 느껴지지 않으면 이 영화의 공포적인 재미는 반감될 수밖에 없다.

오늘 유승현은 그런 태수의 걱정을 말끔하게 날려 버렸다.

태수가 다시 한번 감사를 표했다.

"오늘 안서현의 집 앞에서의 씬은 정말 밀도가 높았습니다. 저는 촬영을 하면서 혹시 선배님이 정말로 몽둥이를 치켜들고 서현이를 때리는 게 아닐까 하는 생각이 들 정도였거든요."

태수의 말에 이번에도 여기저기서 자신도 그랬다는 소리가 튀어나왔다.

김영주는 자신이 뒤로 돌아서 있어서 경비원과 마주 보지 않아 다행이었다고 까르르 웃었다. 처음엔 쭈뼛거리던 여고생 양효진도 다들 얘기를 잘 받아 주자 점점 말이 늘어 자연스럽게 끼어들 수 있었다.

각자 자신들이 맡은 캐릭터에 대해 나름의 해석을 늘어놓았다.

그날 밤은 그렇게 행복한 수다가 늦은 밤까지 이어졌다.

다음 날은 이른 아침부터 2막 '비밀' 편의 촬영을 시작했다.

오늘은 안서현이 낯선 엄마의 모습을 보고 놀라서 밖으로 뛰쳐나간 이후의 이야기를 촬영할 예정이다.

집 밖으로 도망치듯 나갔던 안서현은 집으로 들어가지도 못한 채 혼자 아파트를 배회하다가 놀이터에서 친구인 홍정희에게 전화를 한다.

10분 후에 나가겠다고 대답하는 홍정희.

두 사람은 홍정희의 집이 있는 4층의 아래층인 3층 복도에서 만나기로 한다.

신호철이 소리쳤다.

"자, 19씬 촬영입니다. 3층 복도로 이동하겠습니다."

스태프들과 배우들이 놀이터에서 우르르 아파트 안으로 들어갔다. 장비를 가진 스태프들은 엘리베이터를 이용했고 나머지는 계단을 걸어서 올라갔다.

태수는 카메라 감독 김동우, 신호철과 함께 엘리베이터 씬을 상의하기 위해 일부러 엘리베이터를 타고 이동했다.

끼기기기긱.

엘리베이터에서 금방이라도 케이블이 끊어질 것 같은 불안한 소리가 이어졌다.

김동우가 살짝 겁먹은 표정으로 말했다.

"와, 이 엘리베이터는 정말 적응이 안 되네."

신호철이 말했다.

"여기 주민들은 웬만하면 엘리베이터 안 타고 걸어 다닌대."

"와, 형이 그 소리 하니까 더 오싹하네."

태수가 어깨를 움츠리고는 낙서가 가득한 엘리베이터를 둘러보며 말했다.

"일부러 이렇게 꾸미라고 해도 힘들겠네. 음향 효과까지 자동으로 해결되잖아."

씬 19.

안서현이 어두컴컴한 복도에서 홍정희를 기다리는 장면이다.

어제까지만 해도 촬영 전 밝은 표정으로 장난을 치던 김영주가 오늘은 혼자 떨어져서 3층 복도를 조용히 거닐었다.

혼란스러운 안서현의 심리에 집중하면서 다음에 이어질 장면에 대한 생각을 하고 있는 것이다.

태수는 그런 배우들의 집중력을 흐트러트리지 않으려고 꼭 필요하지 않으면 말도 걸지 않았다.

세팅이 끝나고 어김없이 신호철의 목소리가 아파트 복도를 울렸다.

"슛 들어갑니다!"

다들 숨을 죽였고 이젠 제법 익숙하게 느껴지는 적막이 어두침침한 복도에 무겁게 내려앉았다.

"카메라 롤! 씬 19-1."

"레디…… 액션!"

안서현이 홍정희를 기다리며 천천히 3층의 다른 집들을 살펴봤다. 현관문에 붉은 글씨가 적혀 있는 집이 있는지 살펴보는 것.

천천히 걷던 안서현의 발길이 302호 앞에서 멈춘다.

302호 현관문에 붉은 글씨로 '26'이라는 숫자가 적혀 있던 것이다.

안서현이 궁금증을 참지 못하고 302호 복도 창문을 기웃

거릴 때였다.

끼이이이익.

'26'이라는 붉은 글씨가 적혀 있던 302호의 문이 열린다.

안서현이 화들짝 놀라며 뒷걸음질을 친다.

안서현이 뒷걸음질을 치는 방향은 엘리베이터나 계단 쪽이 아닌 막다른 복도의 안쪽이다.

302호에서 노숙자 같은 허름한 옷을 입고 천천히 걸어 나오는 노인.

좀비할배로 분장한 정일승이다.

분장 팀이 정일승을 좀비할배로 분장시키기 위해 새벽부터 무려 3시간 동안 공을 들였다. 정일승의 얼굴엔 어느새 검버섯이 가득했고 눈에는 서클 렌즈를 껴서 동공 전체가 검은색으로 물든 것처럼 보였다.

좀비할배 입에서 가래가 낀 것 같은 침음이 흘러나온다.

"끄으으으."

좀비할배가 흐느적거리며 걸어서 집을 나온다. 좀비처럼 부자연스럽게 걸으면서도 좀비와는 또 다른 공포심을 유발시켜야 하기 때문에 결코 쉬운 움직임이 아니었다.

평소 정일승은 학원생들에게 한 장면을 연기해도 혼을 담아서 하라고 강조해 왔다.

그런 이유로 정일승은 배역을 수락한 후 상당히 많은 시간 공을 들여서 혼자 좀비할배의 움직임을 연구했다. 좀비처럼 움직이지만 좀비와는 또 다른 심령적인 분위기를 더해야만 하니까.

그런 효과를 위해 정일승은 좀비처럼 걷다가 중간에 한 번씩 관절을 탁탁 꺾는 기이한 느낌의 동작을 집어넣었다. 마치 공포 영화 〈링〉에서 우울을 기어 나오던 사다코의 움직임처럼.

작은 역할이지만 후배들 영화에서 자신이 누가 되면 안 된다는 자존심이 있었기에 그런 노력이 가능했다.

좀비할배가 계단 쪽으로 향하려다가 갑자기 몸을 부르르 떨더니 안서현을 향해 천천히 돌아선다. 좀비할배의 검은 눈과 흉측한 모습에 안서현이 겁에 질린다.

눈빛과 함께 파르르 떨리는 안서현의 입술.

좀비할배가 관절을 툭툭 끊으며 안서현을 향해 다가간다.

입에서는 알아들을 수 없는 이상한 침음이 흘러나오고.

"끄으으으으."

복도 창문을 통해 들어온 미세한 빛에 좀비할배의 그림자가 길게 늘어졌다. 좀비할배가 걸을 때마다 자연광으로 만들어진 그 그림자가 더 기괴하게 보였다.

태수는 리허설 때 이미 카메라 감독에게 그림자를 함께 화면에 담아내는 콘티에 대해 상의를 했다.

안서현은 계단으로 도망가고 싶어도 좀비할배가 복도를 막고 있어서 그럴 수가 없다.

좀비할배가 기괴한 관절 꺾기를 하며 안서현을 향해 빠르게 다가갔다. 바닥에 늘어진 좀비할배의 그림자가 점점 더 기괴하게 늘어졌다.

"끄으으으으."

안서현이 손으로 입을 가리며 뒷걸음질을 친다.

더 이상 물러설 곳이 없는 막다른 곳.

까만 눈의 좀비할배가 안서현의 바로 앞까지 다가오며 누런 이빨을 드러낸다.

그때 좀비할배의 뒤에서 홍정희가 소리친다.

"서현아, 뛰어! 어서!"

공포에 질려 부들부들 떨던 안서현의 눈빛에 오기가 생긴다.

"아아아악!"

안서현이 있는 힘껏 좀비할배를 확 밀치며 지나간다.

비틀거리다가 넘어지는 좀비할배.

홍정희, 안서현의 손을 잡고 복도를 빠져나간다.

"컷, 오케이!"

태수가 자리에서 일어나는 정일승을 부축하며 말했다.

"감사합니다, 선배님. 관절 꺾기는 정말 신의 한 수네요. 진짜 섬뜩해요."

정일승이 너스레를 떨었다.

"내가 그거 연습하다가 관절염 걸릴 뻔했어, 큭큭."

달아났던 김영주와 양효진도 어느새 돌아와서 정일승에게 인사하며 말했다.

"선생님, 괜찮으세요? 제가 너무 세게 밀었죠?"

"얘들이 날 노인 취급하네. 괜찮아, 더 세게 밀어도 돼."

정일승의 너스레로 내내 숨을 죽이고 있던 스태프들이 모처럼 웃음을 터뜨렸다.

〜〜〜

다음 촬영이 빠르게 진행됐다.

"레디…… 액션!"

홍정희가 안서현과 함께 610호 앞에 서 있다. 홍정희가 안서현의 집 현관문에 붉은 글씨로 적혀 있는 숫자 '34'를 보고 묻는다.

"그럼 너네 엄마는 지금 집에 있는 거야?"

"모르겠어. 너 나랑 우리 집에 같이 들어가 주면 안 돼?"

홍정희가 고개를 저으며 말한다.

"미안해. 숫자가 적힌 집에 들어가면 그 사람도 감염이 된대."

"누가 그래?"

"며칠 전에 누가 종이에 그렇게 써서 아파트 입구에 붙여 놨더라고. 내가 그 종이를 카메라로 찍어 놨어."

홍정희가 자신의 휴대폰을 꺼내서 안서현에게 보여 준다.

정말로 사진 속에 홍정희가 말한 내용을 글자로 적어서 아
파트 입구에 붙여 놓은 종이가 있었다. 막 갈겨쓰긴 했지만
글자를 알아보는 건 문제가 없다.

종이에는 현관문에 붉은 글씨가 적혀 있으면 그 집의 누군
가가 변하게 되고, 붉은 글씨가 적혀 있는 집에 들어가면 그
사람도 감염이 된다고 적혀 있었다.

그러고 보니 홍정희도 이 종이를 읽었기 때문에 아파트의
비밀을 알게 된 모양이었다.

"그걸 찍을 때만 해도 솔직히 난 장난인 줄 알았어."

"이건 뭐라고 쓰여 있는 거야?"

맨 아래쪽에 작은 글씨로 적혀 있는 글자들이 보였다.

"그건 나도 무슨 소린지 모르겠어."

작은 글자들의 내용은 이랬다.

　동전의 뒷면으로 들어가려면 자신의 집 호수를 눌러라.
　'0'은 1을 누르고 B1을 눌러라.

수수께끼 같은 문구.

홍정희가 걱정스럽게 물었다.

"너 이제 어떡할 거야?"

"뭘?"

"너네 엄마 말이야. 경찰에 연락해야 하는 거 아냐?"

"경찰에 연락해서 뭐라고 해? 이 아파트에는 현관문에 붉은색으로 숫자가 적혀 있으면 그 집에 사는 사람들이 이상하게 변한다. 우리 집에도 숫자가 적혀 있어서 들어가 보니 엄마 눈이 까맣게 변했다. 그러니 무슨 일인지 조사를 해 달라고? 아마 그렇게 얘기하면 119에 전화하라고 할걸."

"그럼 119에 전화해."

안서현이 고개를 흔들었다.

무작정 겁이 나서 도망쳐 나오긴 했지만 다시 집으로 들어가서 확실하게 확인을 해 봐야 할 것 같았다. 비록 무서운 형상을 하고 있지만 다른 사람도 아닌 엄마가 아닌가.

초등학교 때 아빠가 돌아가신 후로 줄곧 함께 살아온 그녀의 엄마.

어쨌든 엄마하고 얘기를 나눠 봐야만 할 것 같았다.

홍정희가 고개를 설레설레 흔들며 뒷걸음질을 쳤다. 마치 안서현하고도 함께 있기 싫다는 표정으로.

"정희야."

"미안해, 나 이제 들어가 봐야 할 것 같아."

홍정희가 도망치듯 계단을 올라갔다.

휑한 복도에 혼자 남은 안서현.

주위에 가깝게 지내는 친지도 없어서 이럴 때 도움을 청할 만한 사람도 없다. 망설이다가 열쇠를 열쇠 구멍에 넣고 돌렸다.

찰칵.

안서현이 문을 열고 안으로 들어간다.

안서현의 집, 텅 빈 거실.

마치 사람이 살지 않는 집 같은 적막감이 공기를 짓누르고 있다.

안서현이 입술을 질끈 깨물고 집 안으로 들어서서 조심스럽게 안방으로 걸음을 옮긴다.

안방으로 고개를 들이밀던 안서현의 입에서 신음이 흘러나온다.

안방 침대 위에 둥그렇게 이불 속에 들어가 있는 형체.

엄마가 이불 속에 들어가서 돌아누워 있다.

돌아누운 엄마의 머리카락이 축축하게 젖어서 이불을 적시고 있는 게 보인다.

바닥에는 욕실에서 걸어 나와 이불 속으로 들어간 엄마의 젖은 발자국이 그대로 남아 있다.

안방 입구 문의 기둥에 몸을 기대고 서 있던 안서현이 무너지듯 천천히 주저앉는다.

"엄마…… 나 모르겠어? 내가 누구야? 나 서현이야. 엄마 딸 서현이."

"……."

"엄마, 기억나? 아빠 돌아가신 후 돈 없어서 우리 둘이 집

싸서 곰팡내 나던 지하 셋방으로 이사 들어가던 날. 그날 저녁으로 떡볶이 2천 원어치 사서 둘이 울면서 먹었잖아."

"……."

"엄마 왜 이래? 나 서현이라고. 나 좀 봐 봐, 내 목소리 안 들려? 나 지금…… 너무 무섭단 말야."

안서현이 그 자리에서 웅크린 채 무릎을 세워 끌어안고 흐느끼며 운다.

"컷!"

아침 일찍부터 아파트 진입로에서부터 촬영이 시작됐다.

이제 배우들은 각자 캐릭터에 완전히 동화되어 슛이 들어가면 금방 극 중 인물이 된다.

홍정희가 앞장서서 걸어가고 있고 안서현이 그 뒤를 따라가고 있다. 안서현이 걸음을 빨리해서 쫓아가면 홍정희는 걸음을 더 빨리해서 거리를 벌린다.

안서현이 걸음을 더 빨리해 따라가며 말한다.

"정희야, 잠깐만. 나하고 얘기 좀 해."

하지만 홍정희는 걸음을 더 빨리해서 아파트 안으로 들어가 버린다.

안서현이 힘없이 터덜터덜 아파트 현관으로 들어가는데 바닥에 떨어져 있는 종이가 보인다. 집어서 들고 보면 삐뚤삐뚤 휘갈겨 쓴 글씨로 다음과 같은 글이 적혀 있다.

현관문에 붉은 숫자가 적혀 있으면 그 집의 누군가는 변하게 된다. 붉은 숫자가 적혀 있는 집에 들어가면 그 사람도 감염이 된다. 동전의 뒷면으로 들어가려면 자신의 집 호수를 눌러라. '0'은 1을 누르고 B1을 눌러라.

일전에 홍정희가 휴대폰으로 찍었다며 보여 준 바로 그 종이다.

'대체 누가 이런 걸 자꾸 뿌리는 거지?'

안서현이 종이를 접어서 가방에 넣은 후 엘리베이터 앞으로 걸어간다.

엘리베이터가 도착하면 안서현이 올라탄다.

이후의 장면은 이전과는 비교도 할 수 없을 정도로 촬영의 난이도가 높은 장면들이다.

엘리베이터 씬.

카메라와 스태프들이 안서현과 함께 엘리베이터에 올라탄다.

"레디…… 액션!"

안서현이 자신의 집이 있는 6층의 버튼을 누르려다가 멈칫한다.

갑자기 뭔가 생각이 난 듯 가방에 집어넣었던 종이를 꺼내서 본다.

안서현이 종이를 보며 중얼거린다.

"자신의 집 호수를 눌러라. '0'은 1을 누르고 B1을 눌러
라."

안서현이 멍하니 허공을 바라보다 중얼거린다.

"혹시 이 말은…… 엘리베이터 버튼을 말하는 건가? B1은
지하 1층을 말하는 게 아닐까? 그럼 우리 집은 610호니
까…… 이 암호대로라면 6을 누르고 그 다음에 1을 누르면
다음은 0인데 0은 엘리베이터에 버튼이 없으니까 1을 누른
다음에 B1을 누르라는 건가?"

B1을 '-1'이라고 생각하면 '1-1 = 0'이라고 생각할 수도
있다.

안서현은 밑져야 본전이라는 생각으로 엘리베이터의 버튼
을 순서대로 누르기 시작했다.

6, 1, 1, B1.

차례대로 버튼을 누르자 층 버튼에 세 개의 불이 들어왔
다.

엘리베이터가 문이 닫히고 불길한 소리를 내며 움직이기
시작했다.

끼기기기긱.

원래 엘리베이터는 한 방향으로만 움직인다. 근데 엘리베
이터가 6층에서 멈춘 후 문이 열렸다가 닫히더니 저절로 다
시 움직이며 1층으로 내려간다.

영화에서는 엘리베이터에 인공지능 장치라도 있는 것처럼 6층, 1층, 1층 지하 1층으로 차례로 움직일 예정이다. 물론 그런 움직임은 중간중간 컷으로 끊어서 이어 붙인 장면들이다.

마침내 지하 1층에서 엘리베이터가 멎었다.

덜컹.

엘리베이터의 문이 열린다.

이 장면을 위해 미술 팀이 어제 하루 종일 6층에 머물며 작업을 했다. 같은 6층인데 이면의 공간이기 때문에 미세하게 공간이 달라야 했기 때문이다.

안서현은 자신의 눈을 의심했다.

분명 엘리베이터는 지하 1층에 도착해서 문이 열렸는데 눈앞의 공간은 안서현의 집이 있는 6층 복도였던 것이다.

근데 눈앞의 6층은 뭔지 모르게 느낌이 달랐다. 어두운 막이 한 꺼풀 쳐진 것처럼 평소에 보던 6층보다 훨씬 어둡고 벽과 모든 공간들의 색이 바랜 느낌.

또한 바닥에는 엷은 안개가 몽환적인 느낌으로 깔려 있다.

안서현이 천천히 엘리베이터 밖으로 발을 내밀고 자신의 집인 610호를 향해 걸어간다.

복도 모퉁이 반대편에서 괴이한 소리들이 들려온다. 언뜻 들으면 괴물의 기성 같기도 하고 다르게 들으면 좀비의 울음 같다.

안서현이 겁먹은 표정으로 천천히 돌아선다.

"컷!"

이제 이번 영화에서 가장 난이도가 높은 장면이자 하이라이트라고 할 수 있는 촬영이 남았다.

현실의 공간 뒤편에 숨어 있는 이면의 공간이 밝혀지는 장면.

태수가 이면의 공간을 떠올린 건 수십 년 동안 아파트에 살았던 사람들의 손때가 묻은 흔적과 추억들이 철거라는 이름으로 한순간에 사라지는 현장을 봤을 때다.

태수는 아파트라는 공간이 그저 콘크리트 구조물이 아니라 그곳에 살았던 수많은 주민들의 애환과 염원이 집약된 공간이라 생각했다.

그래서 사람들은 죽어서도 자신들의 삶의 터전을 떠나지 못하는 것이고 그러한 염원이 이명의 공간을 만들어 냈다고 생각했다.

태수는 그 이면의 공간을 저승과 이승의 중간에 존재하는 어떤 공간이라고 생각했다. 거기 사는 영혼들을 태수는 영혼 인간이라고 부르기로 했다.

이번 하이라이트 장면에 등장할 영혼 인간들은 모두 30명.

30명의 영혼 인간들이 한꺼번에 복도에 등장하자 학생 영화가 아닌 일반 상업 영화 현장을 보는 것 같았다. 이런 장면들 때문에 조진호 대표가 상업 영화로 제대로 규모 있게 찍어 보자고 했던 것이다.

만약 상업 영화로 찍었다면 공간도 더 기괴하게 찍을 수 있고 등장인물도 훨씬 많이 출연했을 테니까. CG를 통해 몽환적이고 신비스러운 느낌도 훨씬 더했을 테고.

태수는 이 장면을 공포 영화 〈사일런트 힐〉의 지하실 장면처럼 찍고 싶었다.

그를 위해 안개 만드는 장치까지 준비를 했다. 제대로 촬영이 이루어진다면 이 장면 때문에 다른 학생 영화들하고는 확실하게 차별이 될 것이다.

더불어 영화제에서 작품상을 타는 목표를 넘어 관객상까지 거머쥐는 압도적인 평가를 받고 싶었다. 작품성과 대중성을 모두 잡은 뛰어난 작품이란 평가.

보통 대학생영화제의 심사위원 10명 중에서 절반이 넘는 위원이 한강대학교에 우호적인 사람들이다.

한강대학교 연영과 교수와 문창과의 한정호 교수가 기본으로 참여하고 전년도 작품상을 받은 감독도 참여한다.

전년도 작품상을 한강대학교에서 가져갔으니 그것도 한강대학교 표라고 할 수 있다.

그 외에 단골로 참여하는 영화 평론가 두 명도 한강대학교 출신이다.

태수는 압도적으로 높은 평가를 받아서 논란의 여지가 없이 작품상을 거머쥐고 장편영화에 데뷔하고 싶었다. 그래서 손예지나 최민석, 강동운 같은 배우들과 영화를 만들어 보고 싶었다.

그래서 이번 장면이 중요했다.

서른 명의 영혼 인간들의 등장으로 조용하던 촬영장이 북적대기 시작했다.

인원을 통제하느라 신호철의 목소리가 높아졌다.

"거기 세 명은 반대편에서 나와야죠!"

"맨 뒤쪽에 키 크신 분 앞쪽으로 오세요. 이거 결혼식 사진 찍는 거 아닙니다."

이 씬에 등장하는 영혼 인간들은 모두 정승일의 연기 학원 학생들이었다. 정승일은 자신이 좀비 연기를 준비하면서 학원생들을 함께 훈련시켰다.

"자, 숏 들어갑니다! 안개 만들어 주세요!"

신호철의 목소리가 복도를 훑고 지나가자 팽팽한 긴장감이 느껴졌다. 복도에 몽환적인 느낌으로 안개가 다시 깔리기 시작했다.

"영주 씨, 아까 돌아보던 곳에 표시돼 있죠? 걸어가다가 그 부분에서 돌아서는 리액션부터 갈 겁니다."

"네."

김영주가 표정을 풀면서 자리를 잡고 서자 촬영이 시작됐다.

"카메라 롤!"

"레디…… 액션!"

걸어가던 안서현이 이상한 괴성을 듣고 걸음을 멈췄다. 신호철이 말한 바로 그 지점이었다.

안서현이 뒤를 돌아보면 어디서 나타났는지 좀비처럼 어슬렁거리는 수십 명의 사람들이 엘리베이터를 향해 걸어가고 있었다.

하지만 그들보다 더 놀라운 건 엘리베이터 안에 서 있는 또 다른 자신이었다.

엘리베이터 안의 안서현과 6층 복도에 서 있는 안서현.

다시 말해 안서현이 둘로 분리가 된 것.

안서현은 엘리베이터에 남아 있는 또 다른 자신을 발견하고는 손으로 입을 가렸다.

엘리베이터 안에 서 있는 안소현은 마네킹처럼 꼼짝도 하지 않고 그대로 굳어 서 있었다. 마치 움직이던 로봇이 건전지를 빼내자 그대로 굳어 버린 것처럼.

흐느적거리는 사람들이 서로 엘리베이터에 들어가려고 싸우는데, 어디선가 호루라기 소리가 들려온다.

휘리리리릭!

복도 모퉁이를 돌아 나오는 익숙한 얼굴.

눈에 익은 유니폼에 모자와 몽둥이.

경비원 한우였다.

경비원 한우가 갑자기 나타나서 흐느적거리는 사람들을 몽둥이로 때리기 시작했다.

퍽! 퍽! 퍽! 퍽!

몽둥이에 맞은 사람들이 피를 뿌리며 그 자리에 쓰러졌다. 너무 끔찍한 광경이라서 안서현은 온몸을 사시나무처럼 떨어야만 했다.

그런 와중에 한 영혼 인간이 재빨리 엘리베이터에 탑승했다. 그리곤 또 다른 안서현의 몸과 합체가 됐다.

엘리베이터에서 굳어 있던 안서현의 몸이 비로소 움직였다. 눈이 까맣게 변하더니 엘리베이터의 문이 닫혔고 엘리베이터가 움직였다.

경비원이 안서현을 돌아봤다.

경비원이 피가 뚝뚝 떨어지는 몽둥이를 들고 안서현을 향해 빠르게 걸어왔다.

모자 아래 그늘 속에 가려져서 눈은 보이지 않는데 입꼬리만 살짝 위로 올라가있는 모습이다.

연기인 걸 알면서도 빠르게 다가오는 경비원을 마주하자 김영주는 정말로 다리가 후들거리는 기분을 느꼈다.

안서현이 뒷걸음질을 치며 610호를 향해 달려갔다.

이곳 610호가 자신의 집이 맞는지 그 안에 누가 있는지 안서현은 모른다. 하지만 그대로 있다간 경비원의 몽둥이에 맞아 죽는다.

쾅! 쾅! 쾅! 쾅! 쾅!

안서현이 610호의 문을 미친 듯이 두드리며 소리친다.

"살려 주세요! 제발 문 좀 열어 주세요! 제발요!"

경비원이 더욱 빠르게 안서현을 향해 쿵쿵 발소리를 내며 다가온다.

경비원이 피가 흐르는 몽둥이를 서서히 치켜들며 닿을 듯 다가서는 순간 610호의 문이 벌컥 열렸고, 누군가 안서현의 팔을 확 잡아당긴다.

610호의 안으로 빨려 들어가는 안서현.

"컷, 오케이!"

김영주가 엘리베이터에서 내려서 610호까지 가는 약 3분가량의 장면을 찍는데, NG도 수없이 났고 꼬박 하루가 걸렸다.

이제 촬영은 막바지를 향해 달려간다.

이면의 공간, 610호 안.

610호는 현실 세계의 610호와 완벽하게 똑같은 쌍둥이 공간이다. 현실 세계의 610호가 변하면 이곳 610호도 영향을 받아서 변하게 된다.

그 이면의 610호에 안서현의 진짜 엄마가 있다.

영문도 모른 채 610호로 끌려 들어온 안서현이 진짜 엄마를 보고 놀라는 장면이다.

"레디…… 액션!"

눈앞 엄마를 보고 믿을 수 없다는 듯 안서현의 눈빛이 파르르 떨렸다.

"서현아!"

"어, 엄마…… 엄마!"

두 사람이 서로를 끌어안고 흐느낀다.

재연 프로그램을 많이 해서 그런지 한수정은 이런 격한 감정을 표현하는 데 능숙했다.

안서현의 얼굴을 부여잡고 오열하는 한수정의 연기는 보는 사람으로 하여금 저절로 눈가에 물기가 고이게 만들었다.

김영주 역시 그동안 꾹꾹 눌러 왔던 공포의 감정들을 한꺼번에 터뜨리며 오열을 쏟아 냈다.

두 모녀의 상봉 장면을 찍은 후에는 감정을 추스른 후 다음 장면의 촬영을 이어 나갔다.

다음 장면은 엄마가 안서현에게 이곳에 대해 설명하는 장면.

엄마가 안서현에게 설명한다.

이곳은 현실의 뒤쪽 공간이다.

즉 이승과 저승의 사이.

언젠가부터 이곳 희망아파트에서 살다가 죽은 영혼들이 저승으로 들어가지 않고 이곳에 모이게 됐다. 그들은 본능적으로 자신의 집으로 돌아가길 원한다.

각 집의 현관문에 적혀 있는 붉은 숫자는 그 집에서 살다
가 죽은 영혼이 이면에 머문 햇수를 나타내는 숫자다.

즉 안서현의 집 현관에 적혀 있던 '34'라는 숫자는 34년 전
그 집에 살던 아줌마가 죽은 지 34년이 지났다는 의미다.

그 아줌마의 영혼도 얼마 전 엘리베이터를 타고 들어온 사
람의 육신을 빼앗아서 이곳을 탈출했다고 한다.

이면의 공간 610호에 살던 영혼이 현실로 탈출하면 현실
에 사는 610호의 사람이 이곳으로 오도록 호출을 받는다. 그
호출은 양쪽 공간을 관리하는 경비원이 현관문에 붉은 숫자
를 적는 것이다.

"그럼 엄마는 어떻게 이곳으로 오게 된 거야?"

"네가 나한테 카톡을 보냈어. 엘리베이터 버튼을 눌러서
이곳으로 오는 방법을 알려 주면서."

안서현이 펄쩍 뛰면서 말했다.

"내가 안 그랬어. 내가 왜?"

"알아, 네가 부른 게 아냐. 경비원이 네 번호인 것처럼 나
한테 카톡을 보내서 날 불러들인 거지. 넌 이곳에 오지 않기
를 정말로 바랐는데."

엄마는 경비원이 불렀지만 안서현은 자신이 스스로 찾아
온 것이다.

엄마가 말했다.

"서현아, 내 말 잘 들어. 넌 여기서 나가야만 해."

"나간다고? 어떻게?"

"희망아파트에 사는 사람 아무한테나 카톡을 보내는 거야. 자발적으로 이곳에 들어온 사람은 현실의 사람에게 카톡을 보낼 수가 있어. 대신 희망아파트에 사는 주민에게만."

"그럼 어떻게 되는데?"

"그 사람이 엘리베이터를 타고 내려오는 시간에 맞춰서 기다리고 있다가 몸을 빼앗아서 올라가야지. 조금만 시간을 지체하면 이곳에 있는 수많은 영혼 인간들이 서로 몸을 차지하려고 달려들 거야. 대신 주의할 점이 있어. 경비원에게 들키지 않도록 절대로 소리를 내면 안 돼."

"그럼 엄마는?"

엄마가 고개를 저었다.

"난 어차피 나갈 수가 없어. 서현아, 넌 이곳에 들어온 지 하루도 지나지 않았으니 육신만 차지하면 온전한 모습으로 살아갈 수가 있을 거야. 어서 서둘러. 어서!"

김영주는 엄마와 헤어질 준비가 되지 않은 안서현의 심리를 금방이라도 울음을 터뜨릴 것 같은 목소리로 표현했다.

입술이 파르르 떨리는 안서현이 애써 울음을 참으며 말했다.

"나도 엄마하고 여기 살면 안 돼?"

한수정이 양손으로 김영주의 볼을 잡고 단호하게 말했다.

하지만 그녀의 눈빛에도 눈물이 배어 있었다.

"무슨 소리야? 아까 그 영혼 인간들 봤잖아. 이제 시간이 흐르면 엄마도 그들처럼 변할 거야. 다른 생각은 하지 말고 어서 나가, 어서! 제발!"

제발이라는 엄마의 말에 안서현이 고개를 끄덕이며 울음을 삼켰다.

희망아파트에 사는 사람 중에서 안서현의 머릿속에 떠오르는 사람은 한 사람밖에 없었다.

안서현은 홍정희에게 카톡을 보냈다.

정희야, 엘리베이터를 타고 내가 말하는 대로 층수 버튼을 눌러. 4, 1, B1, 3. 이렇게 알았지? 그렇게 버튼을 누르고 올라오면 네가 그렇게 가지고 싶어 하던 내 아이다스 운동화 너한테 줄게. 너도 알지? 나 그 운동화 한 번밖에 신지 않았어. 대신 아무것도 묻지 마, 알았지?

잠시 후 카톡이 왔다.

알았어.

안서현이 눈물을 글썽이며 끌어안으려고 했지만 엄마는 몸을 뺐다. 지금 딸을 보내지 않으면 보낼 수 없다는 걸 알고 있기 때문이다.

"엄마."

"어서 가, 어서!"

한수정은 얼굴 표정은 금방이라도 눈물이 터질 것 같은데 목소리는 단호하게 말을 해서 안서현 엄마의 심리를 훌륭하게 표현해 냈다.

6층 복도.

안서현은 엄마와 헤어져서 610호를 나섰다. 현실에서 이면의 공간으로 들어올 수 있는 방법은 엘리베이터 버튼에 자신이 살고 있는 집의 호수를 누르는 것이다.

홍정희는 자신의 집이 있는 4층으로 올 것이다.

안서현은 최대한 소리를 죽여 가며 계단을 내려갔다. 현실의 희망아파트와 모든 게 똑같았기 때문에 길을 헤맬 일은 없었다.

안서현은 4층 엘리베이터 앞에서 초조하게 카톡을 보냈다.

서현 : 어디야?

정희 : 이제 다 왔어. 근데 엘리베이터가 좀 이상해, 저 혼자 막 움직여.

서현 : 그래, 알아.

잠시 후 4층에 불이 들어오고 엘리베이터가 도착하는 소리가 들려왔다.

끼기기기긱.

소리에 맞춰 어디선가 영혼 인간들이 기어 나오는 기척이 들려왔다.

끄으으으으.

김영주는 발을 동동 구르며 안서현의 초조한 심리를 표현했다.

"어서…… 어서…… 어서……."

엘리베이터가 도착하고 문이 열렸다.

홍정희가 엘리베이터 안에서 얼떨떨하게 서 있는 모습이 보였다.

"어서 나와!"

홍정희가 엘리베이터 밖으로 걸어 나오며 물었다.

"여기가 어디야? 4층이 맞는 것 같긴 한데 어딘가 좀 달라 보여."

"여기가 4층 맞긴 한데 네가 알고 있는 그 4층은 아니야."

홍정희가 복도에서 흐느적거리며 걸어 나오는 사람들을 보고는 눈이 휘둥그레졌다.

"저 사람들……?"

"미안해, 하지만 네가 날 도와줬으면 널 부르지 않았을 거야."

"……?"

안서현이 재빨리 엘리베이터로 올라탔다. 엘리베이터에 들어가자 뭔가에 끌려가듯 몸이 홍정희의 몸속으로 빨려 들어갔다.

이윽고 안서현은 홍정희의 몸을 자신의 몸인 것처럼 움직일 수가 있었다. 눈을 동그랗게 뜨고 있는 홍정희를 남겨 두고 엘리베이터 문이 닫혔다.

"컷!"

엘리베이터 씬.

안서현, 아니 홍정희는 흐르는 눈물을 계속 닦는다.

끼기기기긱.

엘리베이터가 불길한 소리를 내며 위로 올라가기 시작했고 마침내 1층에서 문이 열렸다.

잠시 머뭇거리던 홍정희가 밖으로 첫발을 내딛고는 천천히 앞으로 걸어 나간다.

홍정희가 아파트 입구에서 잠시 머뭇거린다.

어디로 가야 할지 모르는 사람처럼.

결국 홍정희는 아파트 놀이터 그네에 걸터앉아 몸을 앞뒤로 까딱거린다.

영화의 엔딩은 그런 홍정희의 뒷모습과 함께 철거 직전의 희망아파트를 함께 대비시키며 안서현의 독백 형식으로 자막이 흘러나온다.

희망아파트에는 죽은 사람들이 많다. 하지만 그곳에는 아직
도 그들이 살고 있다.

"컷! 오케이!"

심령 프로 <영혼을 찾아서>

　케이블 채널 QBS의 예능 다큐 프로인 〈영혼을 찾아서〉의 외주제작사, 파인미디어 사무실에 전소민 기자를 비롯한 관계자들이 모여 동영상을 보고 있었다.

　동영상은 〈모텔 파라다이스〉 제작 보고회 때 태수가 기자들에게 보여 준 커밍아웃 장면들.

　전소민은 이 프로그램의 자문 역할이자 기획자이기도 했다.

　동영상 속에서 누가 때린 것처럼 곱슬머리 기자의 머리가 휘청하는 걸 보고 제작사 대표 강만수가 탄성을 내질렀다.

　"우씨, 저거 진짜 맞아? 짜고 치는 고스톱 아냐?"

　전소민이 한심하다는 듯 혀를 찼다.

"대표님, 짜고 치는 고스톱은 여기 전공이죠, 저건 아니에요. 팩트예요. 팩트."

"전 기자가 그걸 어떻게 알아?"

"맞은 기자가 무비앤조이 조영철 기자예요. KU엔터한테 맨날 우호적인 기사 써 줘서 KU엔터 전속 기자라고 소문난 사람이라고요. 그런 사람이 위브라더스에서 투자한 〈모텔 파라다이스〉 홍보해 줄 일 있어요?"

"오, 그래? 저게 만약 사실이라면 진정한 대박이지. 어이, 권 피디."

동영상을 보면서 반쯤 입을 벌리고 있던 권창훈 피디가 고개를 돌렸다.

"예, 말씀하십시오."

"지난주 우리 프로 시청률 얼만지 알지?"

권 피디가 피곤한 표정으로 마지못해 대답했다.

"예, 압니다."

"조금만 더 떨어지면 애국가 시청률 나온다. 다음 개편 때는 못 살아남아. 반등이 필요하다고."

권 피디가 고개를 끄덕이며 말했다.

"저 동영상이 사실이기만 하다면야 대박이죠. 전 솔직히 믿는 건 아닌데, 어쨌든 잠깐이라도 화제가 됐던 친구니까 시청률에 도움이 되지 않겠어요? 전 기자님이 게스트로 섭외 좀 해 주시죠."

"알았어요."

메인 작가 김영아가 말했다.

"포맷은 기존하고 똑같이 가나요?"

전소민이 말했다.

"아뇨. 일단 장태수 씨 의견을 좀 물어보고, 그 친구가 가장 능력을 잘 발휘할 수 있는 포맷으로 가는 게 좋을 것 같아요. 작가면서 단편영화 감독도 해서 구성에 대한 능력도 있는 것 같았어요. 제작 보고회도 쇼킹했잖아요."

강만수 대표가 의자를 젖히며 한숨을 내쉬었다.

"제발 좀 그랬으면 좋겠다. 뭐 맨날 이번에 나오는 무당은 진짜 귀신 본다고 해서 출연시키면 사기고, 퇴마사라는 인간은 방송 나간 후에 진짜 사기꾼이라고 경찰에서 연락 오고. 이젠 이 프로그램 내가 다 지겹다."

~~~

태수는 연영과 편집실에서 용만과 함께 〈수상한 아파트〉의 편집을 했다. 학교에서 연영과 편집실을 이용하도록 허락해 준 덕분이었다.

ㅡ카톡.

휴대폰을 보니 조진호 대표가 보낸 메시지였다.

방금 네이바에 티저하고 메인 예고편 올라갔어, 확인해 봐. 초반이긴 하지만 제작 보고회 때 이슈가 돼서 네티즌들 반응이 나쁘진 않네. 물론 시간이 좀 흘러서 그때만큼 주목도가 있는 건 아니지만.

태수도 메시지를 보냈다.

> 태수 : 오래된 기억은요?
> 진호 : 아직 그쪽하고 비교할 수준은 아니야. 오래된 기억도 어제 예고편하고 배우들 돌아가면서 인터뷰 영상 찍어서 올렸어. 그쪽은 이번 주에 토크쇼 출연하면서 스타 마케팅 본격적으로 띄우는 분위기네.

카톡 내용으로만 봐서는 왠지 긍정적인 신호로 보이지 않았다.

제작 보고회에서 자신이 커밍아웃을 했을 때만 해도 인터넷이 〈모텔 파라다이스〉 기사로 도배가 됐는데, 불과 열흘 사이에 이렇게 빠르게 잊히다니.

하긴 당시 기사가 나갔을 때는 밖에서 태수를 알아보는 사람들이 꽤 있었는데 지금은 아예 없었다.

예고편을 확인하기 위해 네이바에 들어갔다.

태수는 이미 제작 보고회 때 봤지만 인터넷에는 이제 올린 모양.

예고편이긴 해도 처음으로 〈모텔 파라다이스〉가 대중에게 첫 선을 보이는 것이라서 반응이 어떨지 긴장이 됐다.

영화 소개란에는 포스터와 함께 간단한 줄거리도 올라와 있었다.

경제적인 어려움에 처한 민수네 가족이 파라다이스라는 이름의 모텔에 들어가서 살게 된다. 그 모텔은 그동안 영문을 알 수 없는 자살 사건과 살인 사건이 끊임없이 일어나 폐쇄되어 있던 모텔이다. 민수네 가족한테 시시각각 다가오는 악의 정체는…….

그 아래에 예고편과 제작진 소개.

태수가 제작진 소개 정보를 클릭해서 들어갔다.

각본 / 장태수, 박흥식

아무리 봐도 기분 좋은 문구. 살짝 올라가는 입꼬리를 누르며 다른 제작진 이름과 출연 배우 정보를 살펴보고 빠져나왔다.

예고편 아래로 관련 기사가 떠 있었다. 대부분 제작 보고회 관련 기사였다. 당시 기사 타이틀만 봐도 〈모텔 파라다이스〉가 꽤 분위기를 탈 것 같았는데.

예고편에 대한 네티즌들의 댓글과 반응들이 속속 올라왔다. 대부분은 호의적인 댓글이었지만 부정적인 댓글도 꽤 많았다.

　-손예지가 공포 영화에 나옴? 대박!
　-한 공간에서 벌어지는 공포면 〈천지암〉 같은 건가?
　-예고편은 재미있을 거 같은데 신인 감독이라서 왠지 불안해 보임.
　-한국 공포 영화 접은 지 오래됨.
　-깜짝 공포 지겨움
　-이 영화 얼마 전에 유골 발견됐다고 난리 친 그 영화 아님?

현재까지 예고편에 달린 댓글은 90여 개.
이번에는 〈오래된 기억〉을 검색해서 들어갔다.
〈오래된 기억〉 영화 소개에는 예고편뿐만 아니라 강동운, 조승수, 전지혜의 인터뷰 영상에다 제작기 홍보 영상까지 반응이 폭발적이었다.
대부분 출연 배우의 팬들로, 부정적인 반응을 거의 찾아볼 수 없을 정도로 호의적인 반응들이고 댓글 수도 〈모텔 파라다이스〉의 수십 배를 넘었다.
영화 정보 밑에 달려 있는 기사의 수도 비교가 되지 않았다.
그제야 왜 조진호 대표가 그토록 걱정을 했는지, 영화 투자사에서 스타 마케팅을 벌이는지 알 것 같았다.

〈모텔 파라다이스〉는 관객의 관심을 끄는 것조차 힘겨운데 〈오래된 기억〉처럼 스타가 몇 명씩 나오면 굳이 뭘 하지 않아도 저절로 사람들이 몰려들었다.

덕분에 개봉을 열흘도 남기지 않은 지금, 〈모텔 파라다이스〉와 〈오래된 기억〉의 분위기는 비교하는 것조차 민망할 정도로 이미 격차가 벌어져 있었다.

물론 고스트라인과 위브라더스 측에서 가장 기대를 걸고 있는 건 언론 시사회와 관객 시사회를 통한 작품의 입소문이다.

하지만 그것만으로 될까 싶었다.

이전에는 시사회를 통해 입소문만 나면 순식간에 관객들이 몰릴 것 같았는데, 지금은 그런 마음이 들지가 않았다.

실제로 관객의 반응을 보고 관객이 움직이는 흐름을 보니 영화만 재미있으면 무조건 될 것이란 믿음이 너무 순진하다는 생각이 들었던 것이다.

게다가 공포라는 장르적 특성 때문에 진입 장벽이 높은 것도 문제고.

'이렇게 해서 과연 300만을 넘을 수가 있나? 공포 영화가 300만을 넘었다는 얘기는 그야말로 폭발적인 관객의 반응이 있었다는 얘긴데.'

휴대폰이 울렸다.

우우우우웅.

하늘일보 전소민 기자였다.

지난번에 인터뷰할 때 〈수상한 아파트〉 촬영이 끝나면 〈영혼을 찾아서〉 프로그램에 출연하는 문제를 상의하기로 했었다.

"안녕하세요, 기자님."

-네, 장 작가님. 영화 촬영은 잘 끝내셨어요?

"네, 뭐 그럭저럭."

-그때 저랑 한 약속 잊지 않으셨죠?

"네, 기억하고 있습니다."

-지금 어디세요?

"제가 지금 학교에서 〈수상한 아파트〉 편집 중이거든요."

-아, 맞다. 바쁘시겠네요. 혹시 오늘 시간 있으세요?

"시간이 없어도 약속을 했으니까 시간을 내야죠."

-호호호, 감사해요. 지금 바쁘시니까 제가 그쪽으로 가면 어떨까요?

"죄송하지만 그렇게 해 주시면 감사하죠."

-네, 그럼 2시간 후쯤 학교로 가서 전화드릴게요.

전화를 끊고 나자 용만이 물었다.

"형, 뭐야?"

"케이블에 〈영혼을 찾아서〉라는 프로그램이 있나 봐."

"〈영혼을 찾아서〉?"

"응. 지난번 제작 보고회 때 내가 영을 본다는 걸 알고 그 프로그램에 출연을 좀 해 달래. 혹시라도 영화 홍보에 도움이 될까 싶어서."

"그런 프로가 있었어? 처음 듣는데?"

태수는 일단 어떤 프로그램인지 확인하기 위해 유튜브를 검색했다.

그리고 유튜브에 뜬 프로그램의 동영상 조회 수를 보고 눈을 의심했다. 아무리 케이블 프로그램이라도 평균 조회 수가 200~300 수준이라니.

과연 이런 프로그램에 출연하는 게 영화 홍보에 도움이 될까 싶었다.

전소민 기자는 태수가 프로그램에 출연하면 자신이 하늘일보에서 연재하는 코너를 통해 지난번 인터뷰와 〈모텔 파라다이스〉에 대한 자세한 소개 기사를 써서 분위기를 띄워 주겠다는 약속을 했다.

태수는 〈영혼을 찾아서〉 프로그램의 가장 최신 편을 클릭해서 들어갔다.

제목은 '구달리의 흉가'였다.

스튜디오와 ENG 촬영을 병행하는 구성.

다른 편들도 대부분 흉가를 찾아다니는 내용이었다.

매주 흉가 체험 동호회의 신청을 받아서, 소위 영험하다는 퇴마사나 무당이라는 사람을 앞세워 흉가 체험을 하는 형식이다.

특집이라고 해 봐야 흉가에서 하룻밤 잠을 자는 이벤트를 벌이는 정도.

방송은 보면 볼수록 어이가 없어서 실소가 나오는 수준이었다.

흉가 체험 동호회 회원이라는 사람도 그렇고 퇴마사라는 사람도 그렇고 미리 입을 맞춰서 연기를 하고 있는 티가 너무 났다.

영혼이 나타났다며 호들갑을 떨고 비명을 지르고 밖으로 뛰쳐나가는 모습들도 너무 오버스럽고 자연스럽지가 않았다.

'요즘 저런 속임수를 쓰면 시청자들이 먼저 알 텐데.'

역시나 동영상 아래 댓글들이 달려 있는데 모두 태수와 같은 생각인 듯했다.

재미있는 건 댓글을 다는 사람들이 항상 같은 사람들이라는 것. 다른 편도 보니 그들은 욕을 하면서도 계속 방송을 보고 댓글을 달았다.

그런 것도 프로그램에 대한 애정이라면 애정으로 보였다.

김재민 : 어우야. 그건 아니지. 아까는 귀신이 반대편에 있었다고 했잖아. 아무리 귀신이라도 그렇게 왔다 갔다 하면 됨? ㅋㅋ

지구수호군 : 백두도사 연기력 마이 늘었네. 아까는 깜빡 속을 뻔^^

골룸하지종 : 나 1회부터 한 번도 안 빼고 봄. 귀신 프로 너무 좋아.

핵머리 : 예능 다큐라니까 이해할게. 근데 예능만 있고 다큐는 어딨

냐? 이 사기꾼들아. ㅋㅋㅋ

오지네 : 요즘 시청률 얼마 나오냐? 나는 왜 이런 프로를 계속 보고
있을까? ㅠ.ㅠ

콜미 : 중독성 개쩔음. 폐지될까 봐 요즘 밤잠을 설침^*^;;

－카톡.

저 지금 교내 카페에 도착했어요.

태수가 답을 했다.

지금 바로 갈게요.

약속 장소인 교내 카페로 향하는 동안 태수를 알아본 학우
들이 환호성을 질렀다.

"〈수상한 아파트〉 파이팅!"

"선배님, 잘생겼어요!"

"〈모텔 파라다이스〉 응원할게요."

"끼약!"

심지어는 휴대폰으로 사진을 찍는 학우들도 있었다. 밖에
서는 다들 태수를 잊었는데 학교는 아니었다. 이런 관심을
받아 보는 게 처음이라서 당황스럽고 어색해 고개를 들기도

힘들었다.

제작 보고회 덕분에 교내에서 스타가 됐지만 줄곧 영화 촬영장에 있어서 정작 태수 자신은 이런 분위기를 느낄 겨를이 없었던 것이다. 실용예술학교라서 학생들이 연예계에 관심이 많아 더더욱 열기가 뜨거웠다.

요즘 혹시 태수를 볼 수 있을까 싶어서 동아리방 근처를 배회하는 여학우들도 많고, 미스터리클럽에 가입하고 싶다는 신청이 쇄도한다던 용만의 말이 이제야 실감이 났다.

교내 카페에서도 마찬가지.

태수가 들어서자 카페에 있던 학우들이 태수를 알아보고 웅성거리기 시작했다. 다들 연예인 대하듯 당연하게 휴대폰을 꺼내는 학우들도 꽤 많이 보이고.

전소민 기자가 일어나서 번쩍 손을 들었다.

태수가 다가가서 인사를 했다.

"여기까지 오시게 해서 죄송해요."

"아니에요. 근데 학교에서 인기가 정말 좋네요? 완전 연예인급인데요."

"저도 오늘 처음 알았어요. 계속 촬영장에 있었거든요."

전소민은 새삼스러운 눈으로 태수를 바라봤다.

전소민은 프로그램 기획도 많이 하고 칼럼도 많이 연재를 했다. 〈영혼을 찾아서〉만 제외하고 자신이 기획한 프로그램이나 칼럼 대부분이 큰 성공을 거뒀다.

전소민은 자신이 그런 쪽으로 탁월한 촉이 있다고 자부한다. 그런 자신의 관점으로 볼 때 눈앞의 장태수는 대어급이라는 느낌이 팍 와닿았다.

연예 기획사의 로드매니저가, 지금 최고의 스타가 된 연예인을 길에서 처음 보고 발굴했을 때의 느낌과 비슷하다고나 할까.

열흘 전 인터뷰 때도 느꼈는데 지금 보니 더욱 강한 확신이 들었다.

이 꽃미남을 〈영혼을 찾아서〉에 출연시킬 수만 있다면 상상할 수 없는 일들이 일어날 수도 있겠다는 생각이 들면서 벌써부터 마음이 설레었다.

맨날 화면에 칙칙한 가짜 도사들과 동호회 회원들이 컬래버로 벌이는 어설픈 사기 연기만 보다가 장태수가 출연하면 그 등장만으로도 시청자들은 눈이 정화되는 느낌을 받을 것이다.

게다가 장태수는 그냥 잘생긴 사람이 아니다.

그런 사람이 있지 않나, 그저 보는 것만으로도 상대를 기분 좋게 만드는 좋은 기운을 가지고 있는 사람.

태수가 딱 그런 얼굴이었다. 연예계에서 그런 이미지를 가졌다는 건 잘생긴 것보다 몇 배는 더 강력한 무기다.

게다가 이 꽃미남이 영혼을 본다는 게 사실이라면, 〈영혼을 찾아서〉는 상상을 초월하는 대박을 터뜨린다는 쪽에 자신의 영혼을 걸 수도 있었다.

"혹시 저희 프로그램 보셨나요?"

"네, 봤어요."

"어떻게 봤어요?"

태수가 바로 대답을 못하자 전소민이 민망한 표정으로 물었다.

"재미없죠?"

"네."

전소민도 그럴 줄 알았다는 듯 애써 웃으며 말했다.

"그래요. 솔직히 좀 창피하긴 해요. 하지만 장태수 씨가 그날 제작 보고회에서 보여 준 능력을 저희 프로그램에 출연해서 보여 줄 수 있다면 분명히 큰 이슈가 될 거예요."

"프로그램 시청률이 그렇게 높을 것 같진 않은데, 제가 출연했다고 갑자기 그렇게 큰 이슈가 될까요?"

"장태수 씨가 출연만 해 준다면 제가 어떻게든 시청률을 끌어 올려 볼게요."

세상 일이 노력만으로 된다면 얼마나 좋을까.

그렇지 않다는 걸 태수는 너무도 잘 알고 있다.

"어떻게요? 그런 게 마음먹는 대로 쉽게 되는 일은 아니잖아요."

"장태수 씨는 저에 대해 잘 모르겠지만, 업계에서는 제가 나름 인정받는 미다스의 손이거든요. 〈영혼을 찾아서〉가 제

경력에 유일한 오점이긴 하지만 TVM 〈나도싱어〉랑 조은티비의 토크쇼 〈별별여행〉도 전부 제가 기획한 거예요."

〈나도싱어〉와 〈별별여행〉은 케이블에서 꽤 성공한 예능으로 자리 잡은 프로그램이다. 그런 프로그램을 전소민이 기획했다니 의외였다.

"아무런 대책도 없이 제 말만 믿으라는 얘기는 아니에요. 저도 계획이 있다고요. 일단 프로그램 예고 기사를 신문에 미리 낼 거예요."

"프로그램 예고 기사요?"

"지난번 장태수 씨 인터뷰를 하늘일보 제 코너에 올리면서 태수 씨가 이번에 QBS 〈영혼을 찾아서〉 프로그램에 출연한다고 소개를 할 거라고요. 프로그램은 시청률이 애국가 수준이지만 저희 신문은 꽤 인지도가 있거든요. 제작 보고회 때의 뜨거웠던 분위기를 다시 띄워 보자는 거죠."

전소민의 얘기에 태수가 고개를 갸웃했다.

제작 보고회 때와 같은 분위기를 띄워 보자고 하는데 말도 안 되는 소리다.

제작 보고회 때 반응이 뜨거웠던 건 무려 60군데가 넘는 취재진이 보는 앞에서 실시간으로 깜짝 이벤트를 했기 때문이다.

하지만 〈영혼을 찾아서〉는 대부분의 시청자들이 이름도 모르는 예능 다큐 프로그램이다. 아무리 쇼킹한 장면을 보여 준다고 해도 시청자들이 많이 볼 것 같지도 않고, 프로그램을 시청한 사람들도 조작이라고 의심할 가능성이 높았다.

사실 태수는 그 부분을 가장 경계했다.

그동안 〈영혼을 찾아서〉가 조작 방송과 인위적인 연출을 일삼아서, 프로그램에 대한 시청자들의 신뢰도가 극악 수준이라는 것.

태수가 의심스러운 눈빛으로 바라보자 전소민이 어쩔 수 없다는 듯 한숨을 내쉬며 자신의 속마음을 털어놓기 시작했다.

"그래요, 장태수 씨가 지금 무슨 생각하는지 알아요. 시청률 바닥인 프로그램에 한 번 그렇게 나온다고 얼마나 이슈가 될까 싶은 거죠? 더구나 방송에 나와도 사람들이 믿을 것 같지도 않고."

"정확히 그렇습니다."

전소민이 고개를 끄덕이며 물었다.

"그럼 이건 어떨까요? 영화가 극장에 걸려 있는 동안 한 번이 아니라 3주 정도 연속으로 출연한다면?"

사실 전소민은 처음부터 이 제안을 하려고 마음먹고 왔다. 자신이 생각해도 프로그램에 한 번 출연해서는 큰 반향을 불러일으키기가 어려울 것 같았다.

"그렇게 되면 분명히 얘기가 달라질 거예요. 만약 장태수 씨가 3주 연속으로 저희 프로그램에 출연을 약속해 준다면 제가 기자직을 걸고 장태수 씨가 출연하는 세 번째 방송 시청률은 무조건 5퍼센트 넘기도록 할게요."

솔직히 적당히 설득이 되고 싶은데 자꾸만 걸리는 게 있었다.

케이블에서는 시청률 5퍼센트도 결코 적은 수치가 아니다. 게다가 지금 애국가 시청률에 머물고 있는 프로그램을 불과 3주 만에 그런 시청률로 끌어올린다는 건 더더욱 믿기 어렵다.

전소민이 초조하게 태수의 대답을 기다리다가 자포자기한 사람처럼 목소리를 높였다.

"아, 좋아요. 솔직히 말할게요. 그냥 출연 좀 해 주면 안 돼요? 장태수 씨 출연하면 내가 확실하게 띄워 줄 수 있다니까요. 태수 씨는 자신이 얼마나 많은 매력을 가지고 있는지 몰라요. 그냥 출연해서 그 능력만 보여 주면 시청률 5퍼센트 그냥 나온다고요. 이것저것 따지지 말고 나 한 번만 믿어 줘요. 네?"

사실이었다. 말로 설명할 수 없지만 이 남자가 세 번 정도만 출연해 주면 분명 시청자를 사로잡을 수 있다는 확신이 있었다.

전소민이 워낙 큰 소리로 말을 해서 카페 안에 있던 학생들이 모두 돌아보고 웅성거렸다. 언뜻 대화를 들어 보면 연인들이 사랑싸움이라도 하는 것처럼 보이는 모양새.

태수가 헤어지자고 하고 전소민이 매달리는 여친 분위기.

하지만 전소민은 그런 것에도 아랑곳하지 않고 태수를 설득시키기 위해 계속해서 말을 이어 갔다.

"그리고 나 능력 없는 사람 아니에요. 조인상, 박보금, 백중기, 웬만한 남자 연예인들 내가 인터뷰하자고 하면 언제든 달려 나와요. 내 이름으로 검색 한번 해 보라고요, 얼마나 큰 기사들을 많이 썼는지. 참나, 내가 살다 살다 이런 셀프 홍보까지 하고. 굴욕도 이런 굴욕이 없네."

전소민의 얘기를 가만히 듣고 있던 태수가 내내 궁금하던 질문을 던졌다.

"전 기자님은 그 프로그램 자문 역할이잖아요. 그럼 직접적인 관계자도 아닌데 왜 이렇게 저한테 적극적이에요?"

전소민이 당당하게 말했다.

"난 원래 내 만족을 위해서 일을 해요. 내가 좋으면 이것저것 가리지도 않고 계산도 하지 않아요. 그냥 불같이 달려든다고요. 프로그램 시청률 좋아진다고 나한테 돌아오는 거 없거든요? 그냥 장태수 씨가 나오면 너무 재미있을 것 같아서 그래요, 시청자들이 너무 좋아할 것 같다고요. 모르겠어요?"

적어도 눈빛을 보면 전소민의 말이 거짓인 것 같진 않았다.

태수는 원래 제작 보고회처럼 깜짝 이벤트로 한 번 정도 출연을 생각했었다. 근데 전소민의 말대로 1회 출연은 도움이 되지 않을 것 같았다.

"그럼 프로그램은 기존의 구성 그대로 가는 건가요?"

태수의 물음에 머리를 감싸고 있던 전소민의 표정이 확 밝아졌다.

"그렇잖아도 장태수 씨가 그 부분에 대한 아이디어가 있으면 저희한테 적극 제시를 해 주셨으면 좋겠어요. 솔직히 저희가 외주제작사라서 피디나 작가가 기획을 할 만한 수준이 아니거든요. 지금 포맷도 초창기 제가 짰던 건데 계속 우려먹다가 이 모양이 된 거예요."

태수한테는 오히려 그 말이 더 반가웠다.

솔직히 지금 현재 포맷으로 출연을 한다면 정말 답이 없을 것 같았던 것이다.

유튜브로 방송을 보면서도 소재는 좋은데 구성이 안 좋다는 생각을 계속 했다. 태수는 이미 프로그램을 훨씬 재밌게 만들 수 있는 아이디어 몇 가지를 가지고 있었다.

태수는 작가이자 감독이다.

물론 예능 다큐라는 장르가 분야는 다르지만, 현재 프로그램을 맡고 있는 피디나 작가는 재능이라는 면에서 태수하고 비교가 되지 않는다.

또한 어느 누구도 태수보다 영혼에 대해, 자신의 영능력에 대해 잘 아는 사람은 없다. 그 두 가지 조합의 효과를 극대화할 수 있는 구성을 짜낼 수 있는 사람은 태수밖에 없다.

"그럼 제가 구성을 짜도 될까요?"

전소민이 세상을 다 얻은 사람 같은 얼굴로 말했다.

"왜 안 되겠어요? 노 프로블럼. 예산이 엄청나게 오버되지만 않는다면요."

"지금 프로그램하고 비교하면 많이 오버될 것 같은데요?"

전소민의 얼굴에 금방 다시 그림자가 드리웠다. 예산은 그녀의 영역이 아니니까.

그러면서도 전소민은 태수의 머릿속에 어떤 생각이 있는지 너무도 궁금했다.

전소민은 유튜브에서 본 두 편의 단편 영화와 태수의 소설 ≪비가 오면≫을 읽으면서 태수가 자신이 만나 본 어떤 사람보다 미스터리 공포 분야에서 탁월한 이야기꾼이라는 생각을 했다.

처음 자신이 〈영혼을 찾아서〉를 기획했을 때 프로그램의 가장 큰 장점으로 꼽은 것도 미스터리적인 구성으로 시청자를 몰입시키겠다는 포부였다.

지금은 몰입이고 나발이고 전부 엉망이 되고 말았지만.

"그럼 저랑 지금 프로그램 제작사로 가서 구성을 짜 볼까요? 태수 씨가 어떤 구성을 생각하는지 알아야만 된다, 안된다 말을 할 수가 있죠."

"지금 당장요?"

"영화 개봉까지 시간이 얼마 없잖아요. 물론 우리가 녹화

방송과 생방송을 겸하고 있지만 그래도 시간적인 여유가 부족하다고요."

그러고 보니 자신이 생각하는 아이디어로 프로그램을 구성하려면 미리 예고가 나가야 할 사항도 있고 취재가 필요한 부분도 있다. 영화 개봉 시기를 생각하면 서둘러야 할 것 같았다.

"네, 좋아요. 당장 시작하죠."

파인미디어 사무실.

강만수 대표, 권창훈 피디, 김영아 작가.

세 사람 모두 태수를 보자마자 든 생각은, 멀리서 찍은 제작 보고회 영상을 볼 때는 몰랐는데 직접 눈앞에서 보니 너무도 매력이 많다는 것이다.

잘생긴 건 둘째 치고, 보고 있으면 힐링을 받는 묘한 기운 같은 게 느껴졌다. 게다가 목소리가 너무 듣기 좋았다.

정말 영능력이 있는지는 모르겠지만, 그걸 빼고라도 전소민이 왜 그토록 호들갑을 떨었는지 알 것 같았다.

태수가 자신이 생각하는 구성에 대해 말을 이어 갔다.

"50분이라는 시간이 결코 적은 시간이 아닌데, 지금 구성에서는 너무 지루하게 끄는 경향이 있더라고요. 마치 시간을 때운다는 느낌이 들 정도로."

태수의 솔직한 비판에도 기분 나빠하기는커녕 다들 격하

게 공감하는 표정들.

"전 프로그램 구성을 15분, 35분 이렇게 두 꼭지로 나눠서 갔으면 좋겠어요. 35분짜리 본구성은 지금처럼 흉가를 찾아가서 영혼을 만나는 오싹한 분위기로 가고, 15분짜리는 프로그램 오프닝의 느낌으로 시청자들의 사연을 받아서 진행하는 겁니다."

권 피디가 물었다.

"사연을 받다니요?"

"일테면 이런 식이죠. 영혼과 관련돼서 궁금한 걸 물어보면 제가 대답을 해 주기도 하고, 또 시청자들 중에서 자신의 주변에 영혼과 관련된 문제가 있다고 생각하면 제가 직접 찾아가서 해결을 해 드릴 수도 있고요."

전소민이 손뼉을 딱 치면서 말했다.

"그거 정말 재미있을 것 같아요. 구성이 말만 들어도 확 끌리지 않아요? 정말 어떤 일이 생길지 모르는 거잖아요. 때로는 무서운 영혼을 만날 수도 있고 때로는 슬픈 영혼을 만날 수도 있고, 그 과정에서 감동스러운 일이 생길 수도 있는 거고."

확실히 전소민은 감이 좋았다.

태수가 의도하는 바를 정확하게 콕 집은 것이다.

사실 흉가를 찾아가는 건 그동안 계속 해 오던 포맷인 데다 아무리 있는 그대로 보여 줘도 시청자들이 믿지 않을 가능성이 높았다.

하지만 시청자 사연을 받아서 문제를 해결하는 건 다큐적인 요소가 강한 데다 어떤 일이 벌어질지 모른다는 스릴과 호기심을 자극할 수가 있다. 조작에 대한 의심도 상당 부분 해소할 수가 있고.

전소민의 말처럼 뜻밖의 감동적인 사연이 나타나면 그것 자체로 이슈가 될 수도 있다.

전소민이 살짝 흥분해서 말했다.

"대표님, 이거 너무 괜찮은 아이디어 아니에요? 이걸로 하죠, 우리."

강민수 대표가 미간을 좁히며 말했다.

"뭐 다 좋아. 다 좋은데 그게 어디 우리 결정만으로 되는 거야? 딱 봐도 앞부분에 15분짜리 오프닝이 메인 코너만큼 예산이 들겠구먼. 그걸 한 피디가 결재를 해 주겠냐고."

한재성은 QBS의 책임 프로듀서다.

"제가 오늘 바로 한 피디님 만나서 담판을 지을게요."

권 피디가 말했다.

"저도 그것만 해결된다면 오케이입니다. 재미있을 것 같아요. 다만 장태수 씨가 정말로 영혼을 볼 수 있다는 전제가 있어야겠죠."

QBS A 스튜디오 편집실.

전소민이 가지고 온 구성안과 예산안을 훑어보던 한재성 프로듀서가 고개를 저었다.

"예산도 문제고 이런 식으로 생방을 하면 변수가 너무 많아."

전소민이 답답하다는 듯 말했다.

"그게 문제예요. 우리 프로그램 자체가 변수가 많아야 재미있는 프로거든요? 무슨 일이 일어날지 뭐가 나타날지 모른다는 기대감을 시청자한테 줘야만 한다고요. 근데 뻔한 조작 방송만 하니까 기대가 전혀 안 드는 거죠."

"듣는 사람 기분 나쁘게 자꾸 조작 방송, 조작 방송 하지 마."

"이거 진짜 된다고요, 프로그램 살릴 수 있어요."

"여기 봐 봐, 제작비 예산이 두 배야. 만약 방송 내보냈는데 별로 반응 없으면 전 기자가 책임질 거야? 안 그래도 지금 프로그램 시청률 안 나와서 편성국에서 다음 개편 때 자른다고 난린데."

전소민이 부르르 떨면서 말했다.

"시청률이 안 나오니까 이런 특단의 대책을 강구하는 거죠. 어우, 답답해."

머리카락을 움켜쥐고 헤드뱅잉을 하던 전소민이 고개를 번쩍 들었다. 머리카락이 산발이 되어 섬뜩한 느낌마저 들게 만들었다.

퇴마^{하는} 톱스타

한 피디가 움찔하며 물었다.

"왜 그렇게 무서운 얼굴로 째려보냐?"

"나중에 분명히 후회하실 거예요. 제가 이렇게까지 강하게 주장한 적 보셨어요? 장태수 그 친구 진짜 보석이에요. 두고 보세요, 앞으로 모든 방송사들이 그 친구 잡으려고 다들 혈안이 되어 달려들 테니까."

고스트라인 사무실.

태수가 조진호 대표와 박흥식 감독, 영화홀릭 송혜진 대표에게 〈영혼을 찾아서〉 프로그램 출연에 대해 의논을 했다.

전소민이 말한 3회 연속 출연과 자신이 기획한 프로그램 구성에 대해.

조진호가 말했다.

"구성은 정말 재미있네. 나라도 보고 싶은 마음이 들 것 같아. 다만 시청률이 너무 낮아서 얼마나 많은 시청자들이 알고 찾아서 볼까? 요즘엔 아무리 재밌다고 광고를 해도 시청자 채널 돌리게 만드는 게 정말 어렵거든."

영화홀릭 송혜진이 말했다.

"그래도 전 그런 프로그램은 무슨 일이 일어날지 모르기 때문에 시도해 보는 건 무조건 좋다고 생각해요. 게다가 장작가님이 가진 능력이라면 우리가 상상할 수 없었던 쇼킹한 일이 벌어질 수도 있고. 더구나 하늘일보 전소민 기자가 기사를 써 준다면 소리 소문 없이 사라지는 일은 없을 거예요."

박흥식 감독도 송혜진의 의견에 동의했다.

"제 생각도 같습니다. 재미있을 것 같아요."

송혜진이 조심스럽게 말했다.

"다만 장 작가님한테 부탁드리고 싶은 건, 앞으로 인터뷰든 뭐든 영화 홍보와 관련된 일은 저희한테 먼저 연락을 주시면 좋겠다는 거예요. 홍보도 무턱대고 하는 게 아니라 전략을 세워서 해야 하거든요. 저희가 이 영화의 홍보와 관련된 모든 일을 책임지고 있으니까요."

처음엔 언뜻 무슨 소린지 이해가 되지 않았다. 홍보를 전략적으로 해야 한다는 소리도 잘 모르겠고.

"홍보를 하는 건 무조건 좋은 거 아닌가요?"

송혜진이 말했다.

"당연히 좋죠. 하지만 매체에 따라 중요도가 다르기 때문에 인터뷰 시간이나 장소를 그 레벨에 맞게 잡겠다는 거예요. 일테면 메이저 언론의 경우 인터뷰 장소도 중요하고 분위기도 중요하거든요. 또한 줄거리나 등장인물의 캐릭터에 대한 질문을 받을 때 어느 선까지 얘기해야 할지도 가이드라인이 필요하고요."

그제야 무슨 얘긴지 알 것 같았다.

태수는 생각지도 못한 부분이라 확실히 프로는 다르다는 생각이 들었다.

"제가 너무 몰랐네요. 앞으로는 꼭 먼저 말씀드리겠습니다."

태수의 전화가 울렸다.

우우우우웅.

전소민 기자의 전화였다.

"네, 기자님."

휴대폰에서 들려오는 전소민의 목소리가 평소답지 않게 풀이 죽어 있었다.

-작가님, 죄송해서 어떡하죠? 예산 문제로 QBS 측에서 진행이 어렵다네요.

"아, 그래요?"

-하지만 제가 어떻게든 방법을 만들 테니까 작가님은 무조건 출연한다고 생각하고 계세요. 알았죠?

"방법을 만들다니요?"

-부족한 제작비만큼 광고를 붙여 보려고요. 그건 허락받았거든요.

솔직히 광고는 편성 전에 미리 잡아야만 한다.

기업들도 편성에 맞춰서 광고비를 집행하기 때문에 지금 기업을 찾는 건 거의 불가능에 가깝다. 게다가 지금 프로그램의 상황을 생각하면 무슨 설레발을 쳐도 광고를 주겠다는 기업은 나오지 않을 것 같았다.

"일단 알겠습니다."

태수도 저절로 목소리가 가라앉았다.

―정말 죄송해요, 작가님.

전화를 끊고 나니 허탈한 기분이 들었다.

자신이 구성한 대로 프로그램을 제작한다면 꽤 재미있는 프로그램이 나올 것 같아서, 은근 시청자들의 반응이 어떨지 기대를 하고 있었던 것이다. 게다가 첫 방송 출연이라는 생각에 설레는 마음도 없지 않았고.

태수의 얘기를 전해 들은 나머지 사람들도 뒤늦게 아쉬운 마음을 표현했다. 특히 마케팅을 담당한 송혜진이 아쉬워했다.

"구성도 재밌고 기획도 좋았던 것 같은데 너무 아쉽네요. 혹시 위브라더스에서 그런 쪽으로 지원하긴 어렵겠죠?"

조진호가 대답했다.

"글쎄, 얘기는 해 보겠지만 아마 어려울 거예요. 홍보 효과가 확실하다는 검증이 되면 모르지만 너무 막연하니까. 그리고 우린 장 작가 능력을 알아서 충분히 재미있을 것이란 기대를 갖지만 그쪽은 그렇지 않죠."

그때 사무실 문이 열리며 〈모텔 파라다이스〉의 두 배우인 손예지와 장웅인이 들어섰다. 오늘 영화 홍보와 관련해서 토크쇼 출연 문제로 회의가 잡혀 있었던 것이다.

요즘엔 영화 개봉을 앞두고 토크쇼나 리얼 버라이어티쇼에 출연하는 게 당연한 순서처럼 되어 있었다.

"안녕하세요? 어? 태수도 왔네?"

퇴마하는
톱스타

"안녕하세요, 누나. 안녕하세요, 선배님."

장웅인이 태수의 어깨를 주무르며 말했다.

"장 작가 오랜만이야. 지난번 제작 보고회 영상 진짜 쇼킹하던데? 짐작은 하고 있었지만 그 정도인지는 몰랐거든. 영화 홍보는 우리 장 작가가 제일 열심인 것 같아."

조진호가 말했다.

"그러게 말입니다. 지금도 장 작가 방송 출연하는 문제로 얘기를 나누고 있었어요."

손예지가 놀란 토끼 눈을 하고 되물었다.

"방송 출연요? 누가요?"

"누구긴 누굽니까? 여기 장 작가가 방송에 출연할 뻔했는데 아쉽게도 방금 무산됐어요."

손예지가 호기심 가득한 눈으로 물었다.

"진짜요? 무슨 방송인데요?"

태수가 그동안 있었던 얘기를 요약해서 들려줬다.

장웅인이 안타까운 얼굴로 말했다.

"제작비가 오버돼서 안 된다고? 내가 볼 땐 그 사람들 굴러 들어온 복을 걷어찬 거네. 딱 들어 봐도 방송되면 얼마나 재밌어?"

박흥식 감독이 말했다.

"방송사 입장에선 충분히 그럴 수 있죠."

말없이 가만히 듣고 있던 손예지가 말했다.

"이렇게 하면 어떨까요?"

모두의 시선이 손예지에게 집중됐다.

"어차피 우리 토크쇼 출연하잖아요. 한 군데 더 나가죠, 뭐."

"예?"

"아니, 우리 영화 홍보를 태수한테만 맡겨 놓을 수 없잖아요. 〈영혼을 찾아서〉? 그 프로그램에 저랑 웅인 선배랑 같이 나가면 QBS에서 하자고 하지 않을까요? 아닌가?"

송혜진이 활짝 웃으며 말했다.

"당연히 QBS에선 대환영이겠죠."

태수가 말했다.

"근데 누나 그 프로 진짜 인기 없어요. 누나가 상상할 수 없을 정도로. 시청률이 거의 애국가 수준이고 프로그램에 대한 시청자들의 반응도 굉장히 부정적이에요."

손예지가 팔짱을 끼고는 물었다.

"프로그램 구성을 네가 짜기로 했다며?"

"그건 맞아요."

"내가 볼 땐 태수가 재미있게 만들 것 같은데? 그리고 우리가 의기투합하면 성공할 수 있지 않을까?"

박흥식 감독이 웃으며 말했다.

"역시 예지 씨는 무슨 문제든 한 번에 정리하는 능력이 있다니까요. 예. 내 생각에도 그런 조합이라면 충분히 재미있을 것 같아요. 물론 QBS에서도 대환영이겠고."

손예지와 박홍식의 얘기를 들어 보니 갑자기 든든한 생각이 들었다. 아무리 극악한 시청률의 방송이라도 스타가 가는 곳에 사람들은 몰리는 법이니까.

순간 답답하던 가슴이 뻥 뚫리는 기분이었다.

조진호도 거들었다.

"아무리 애국가 수준의 시청률이라고 해도 예지 씨 나온다고 하면 자연스럽게 프로그램 주목도도 올라갈 거고, 우리 장 작가 구성력이라면 꽤 재미있는 프로그램이 될 것 같아. 프로그램이 영화하고도 어울리고. 홍보 충분히 될 것 같은데?"

송혜진이 상기된 표정으로 물었다.

"만약 출연한다면 두 분이 첫 회에 한꺼번에 출연하는 건가요?"

손예지가 말했다.

"그건 구성안 잡을 태수가 결정해야지."

"제 생각에는 두 분이 각각 나눠서 출연하는 게 좋을 것 같아요. 1회는 웅인 선배, 2회는 예지 누나 이렇게요. 물론 두 분 스케줄이 맞아야겠지만."

"3회는 누구? 두 사람이 동시에 나가나?"

조진호의 말에 송혜진이 고개를 저었다.

"그건 좀 신선도가 떨어질 것 같아요. 새로운 얼굴이면 좋은데. 누구 섭외할 만한 배우 없나요?"

손예지가 물었다.

"보윤이 어때요?"

조진호가 물었다.

"박보영요?"

"아니, 보영이 말고 보윤이요. 외모하고 이름까지 박보영 닮은 배우 있잖아요. 요즘 국민 여동생 소리 듣는……."

송혜진의 말에 조진호가 '아아' 하며 말했다.

"박보윤 당연히 알죠. 근데 박보윤이 여기 출연을 해 줄까요?"

"보윤이가 〈오늘도 연애〉라는 드라마에서 태수하고 오프닝 같이 찍었거든요. 둘이 무려 전생의 연인으로 나온다고요."

손예지의 말에 다들 눈이 휘둥그레졌다.

태수가 난처한 표정으로 말했다.

"그렇긴 한데 그 정도 인연으로 설마 박보윤 씨가 나오겠어요? 그냥 하루 드라마 촬영 같이했을 뿐인데."

손예지가 묘한 웃음을 지으며 말했다.

"스케줄만 되면 아마 나올걸. 우리 소속사니까 내가 얘기해 볼게. 일단 QBS 쪽에는 나하고 웅인 선배 얘기만 먼저 해 놔."

"예, 그럴게요. 정말 고마워요, 누나."

"야, 너 자꾸 고맙다고 하지 마, 내가 고맙지. 넌 이 영화

제작자지만 난 투자자라고."

"아참, 그렇지. 아무튼 알았어요, 누나."

태수는 사무실을 빠져나와서 즉시 전소민 기자에게 전화를 걸었다.

―예, 작가님.

"프로그램에 손예지 씨하고 장웅인 씨 출연하면 진행 가능한가요?"

순간 휴대폰에서 돌고래 울음소리가 들려왔다.

―리얼 실화예요?

"예. 아직 스케줄 문제가 있긴 하지만 두 분 다 다음 주에는 영화 홍보를 최우선으로 생각하기 때문에 가능하면 맞추겠대요."

전소민의 흥분한 목소리가 휴대폰으로도 생생하게 전달이 됐다.

―모텔 파라다이스 분명히 흥할 거예요. 제가 장담할게요.

QBS에서는 즉시 〈영혼을 찾아서〉 특집 프로그램 예고를 내보냈다.

출연자 소개에서 태수에 대한 소개와 제작 보고회 영상이 나갔고, 〈모텔 파라다이스〉 두 주연배우인 손예지와 장웅인이 출연한다는 소식을 대대적으로 광고했다.

일주일 동안 10개도 안 되던 〈영혼을 찾아서〉의 시청자 게시판이 들썩이기 시작했다.

언론들도 생각보다 적극적으로 〈영혼을 찾아서〉의 특집 프로그램에 관심을 기울이며 기사를 쏟아 내기 시작했다. 제작 보고회 때의 뜨거웠던 열기가 일부 살아나는 분위기였다.

[공포 영화 〈모텔 파라다이스〉의 영능력을 가진 작가와 손예지, 장웅인, 심령 프로에 전격 출연!]

[공포 영화 〈모텔 파라다이스〉의 실화 버전, 〈영혼을 찾아서〉]

[심령 프로그램에 손예지와 장웅인 그리고 〈모텔 파라다이스〉 제작진 출연!]

영화 마케팅을 담당하는 영화홀릭의 가장 중요한 임무는 영화와 관련된 기사를 끊임없이 쏟아 내는 것이다.

등록된 언론사에 영화 관련 보도 자료를 보내도 대중들이 호기심을 자극할 기사가 아니면 언론사들은 기사를 실어 주지 않는다.

인터넷에 영화와 관련된 기사가 줄어들면 대중의 관심은 멀어지는 법이고.

초창기엔 손예지 인터뷰를, 그다음엔 장웅인 인터뷰를 주로 내보냈다. 이후에 딱히 이슈가 없어서 답답할 때 제작 보고회에서 태수가 대박을 터뜨렸다.

커밍아웃한 기사는 거의 일주일 가까이 이슈를 이어 갔다.

하지만 태수가 일반인인 데다 단발성의 기사여서 그 이상 이슈를 만들어 내는 데는 한계가 있었다. 이제 남은 건 손예지, 장웅인 토크쇼 정도인데 〈오래된 기억〉하고는 비교가 되지 않았다.

〈오래된 기억〉은 조승수, 강동운, 전지혜가 돌아가면서 인터뷰를 하고 다 함께 모여서 리얼 버라이어티 쇼에 나가면서 기사들이 쏟아졌다. 대중들은 거의 매일 연예란에서 〈오래된 기억〉과 관련된 기사 3~4개를 볼 수가 있었다.

반면 〈모텔 파라다이스〉는 하루에 기사 하나 올리기도 버거운 상황.

그런 상황에서 이번 〈영혼을 찾아서〉는 3주 동안 프로그램이 진행이 되기 때문에 꾸준히 이슈를 만들어 낼 수가 있다는 힘이 있다.

제작 과정에서 생각지도 못한 의외의 사건이라도 벌어지면 상상 이상으로 큰 폭발성을 가질 수도 있고.

⌇

흉가를 찾아다니는 인터넷 동호회 카페에서 '미친집'이라고 불리는 유명한 흉가.

권창훈 피디와 전소민 기자가 태수와 함께 그 흉가를 찾았다.

　조작 방송이 아니기 때문에 촬영 전 흉가를 찾아가서 정말 영혼이 있는지부터 확인을 해야만 했다. 만약 영혼이 없다면 프로그램의 맥이 빠져 버릴 테니까.

　이곳에 오기 전까지 태수는 괴산과 음성의 흉가 두 군데를 이미 다녀오는 길이었다. 둘 다 〈영혼을 찾아서〉 방송에서 소개된 흉가였다.

　프로그램에 고정 출연하는 자칭 퇴마사인 백두도사가 방송에서 말하기를, 괴산 흉가에는 목매달고 죽은 지박령이 있고, 음성 흉가에는 온 가족이 약을 먹고 자살한 가족 귀신이 살고 있다며 호들갑을 떨었던 곳이다.

　근데 정작 태수가 확인해 본 바로는 귀기가 전혀 느껴지지 않았다. 잔류사념으로 확인도 해 봤지만 현재는 물론 과거에도 귀기는 존재하지 않았다.

　미친집은 오랫동안 미스터리 심령 현상을 취재해 온 전소민 기자가 추천한 곳이었다.

　전소민의 얘기를 듣고 태수가 직접 인터넷 동호회에 들어가 자료를 찾아봤다.

　실제로 흉가 체험을 갔던 동호회원들의 후기를 보면 미친집에서 정말 귀신 현상을 겪은 것으로 추정되는 후기들이 다수 있었다.

겉에서 봐도 이곳은 소문만 무성한 다른 흉가와는 확실히 달라 보였다. 동호회원들 사이에서도 정말 귀신이 있다며 체험을 꺼릴 정도였으니까.

흉가가 된 과정도 차별성이 확실했다.

보통 흉가는 오랫동안 빈집으로 방치되어 흉물스럽게 변한 경우나, 그 집에 살던 사람이 죽고 나머지 가족들이 떠나면서 방치된 집들이 대부분이었다.

따라서 흉가라고 불리는 곳들의 공통점은 그저 오랫동안 집이 방치되어 있다는 것이다. 그런 곳들은 실제로 조사해 보면 사람들이 생각하는 흉가와는 거리가 멀었다.

근데 미친집이 흉가가 된 과정은 경우가 좀 달랐다.

일단 집이 방치된 기간이 짧았다.

불과 3년 전에 이 집에 살던 사람이 자살을 했다. 이후로 남은 가족들이 귀신 현상에 시달렸다고 한다. 결국 가족들이 집을 떠났고 이후 집에 들어왔던 세입자도 역시 귀신 현상에 시달려서 집을 나갔다.

결국 미친집은 지금의 흉가가 됐다.

흉가가 된 이후에도 흉가 동호회를 중심으로 이곳은 진짜 성지라는 소문이 퍼졌고, 작년에 한 흉가 동호회에서 두 명이 체험을 하러 미친집에 들어갔다.

그날 밤 한 명은 흉가에서 스스로 목을 매달아 자살했고 다른 한 명은 정신이상 증세를 보여 아직까지 병원 치료를 받고 있다고 했다.

전소민이 눈앞의 흉가를 바라보며 말했다.

"제가 정말 이런 곳을 많이 다녀 봤는데 이곳처럼 오싹한 기분이 들었던 곳은 별로 없었어요. 저는 낮에 들어갔는데 정말로 뭔가가 있다는 느낌을 받을 정도였거든요."

"그럼 왜 방송에선 다루지 않았어요?"

전소민 기자가 다시 생각하고 싶지 않다는 듯 고개를 흔들었다.

"당연히 다루고 싶어서 추천을 했죠. 근데 당시 게스트로 나왔던 무당이 이 집 앞에 딱 오자마자 안 들어가겠다고 버티는 거예요. 그러다가 결국 그 길로 줄행랑을 놓았어요. 지금 와서 생각해 보면 그래도 그 무당은 사이비는 아니었던 거죠."

태수가 손전등으로 어두컴컴한 흉가를 비춰서 올려다보다가 문을 열고 안으로 들어갔다.

권 피디가 흉가 안으로 들어가는 태수의 뒷모습을 보며 중얼거렸다.

"정말 뭘 보긴 보는 건가? 여기도 귀신 없다고 하면 어떡해? 계속 이런 식으로 찾아다니다 보면 끝도 없겠다. 백두도 사는 사방에 귀신이 있다고 그러던데 뭔 귀신 찾기가 이렇게 힘들어?"

전소민이 말했다.

"그런 사이비하고 진짜하고 비교하지 마세요. 아마 여기엔 정말 뭔가 있을 거예요."

"근데 왜 여기 있어? 흉가만 보면 무슨 놀이공원 온 것처럼 좋아서 뛰어 들어가더니."

전소민이 애써 웃으며 말했다.

"다른 곳은 몰라도 여긴 싫어요. 후우, 처음 저기 들어가서 느꼈던 오싹한 느낌이 아직도 몸에 그대로 남아 있다고요. 권 피디님이나 한번 들어가 보시죠? 심령 프로 연출하는 피디가 촬영할 장소에 한 번도 들어가지 않는다는 게 말이 돼요?"

권 피디가 고개를 마구 저으며 말했다.

"난 낮에나 들어갈 거야. 솔직히 난 귀신이나 영혼 같은 거 믿지 않는데 이상하게 이런 건 무서워. 난 공포 영화도 제대로 못 본다니까."

"치이, 저기 나오네요."

잠시 후 흉가를 모두 둘러본 태수가 손전등을 앞세워서 걸어 나왔다.

권 피디가 물었다.

"어떻게 됐어요? 여기는 뭐가 있어요?"

태수가 살짝 상기된 표정으로 고개를 끄덕였다.

"네, 있어요. 이곳으로 할게요."

태수가 작성한 〈영혼을 찾아서〉 구성안은 두 꼭지로 이루어진다.

오프닝 성격의 15분짜리 꼭지 〈영혼탐정〉과 본방 성격의 35분짜리 〈흉가탐방〉.

오프닝인 〈영혼탐정〉은 미리 오늘 오후에 녹화로 제작되고 〈흉가탐방〉은 방송 당일인 내일 생방송으로 진행될 예정이다.

특히 본방인 〈흉가탐방〉은 구성안에서 아예 오픈 스튜디오 부분을 뺐다.

대신 태수는 미친집 앞에 간이 세트를 만들어서 중계차로 생방송을 진행하는 구성을 짰다.

좀 더 현장감을 살리면서 극적인 효과를 주기 위한 구성이었다.

〈영혼탐정〉은 시청자들이 영혼과 관련된 사연을 보내면 태수가 읽어 보고 적당한 사연을 고른 후 직접 현장을 방문해서 탐정처럼 문제를 해결한다.

쇼킹한 사건보다는 일상에서 벌어지는 미스터리한 영적 현상을 다루는 코너다.

QBS에서는 미리 시청자들에게 영혼과 관련된 사연을 보내 달라고 예고를 내보냈다. 단, 사연을 신청하는 사람은 자필로 직접 쓴 편지를 보내야만 한다.

그래야만 태수가 잔류사념으로 편지의 진위를 가릴 수가 있기 때문이다.

생각보다 많은 편지들이 외주제작사인 파인미디어로 배달이 됐다.

김영아 작가를 비롯한 파인미디어 직원들이 오전부터 시청자들의 편지를 일일이 읽어 봤다.

그중에서 사연이 괜찮고 촬영에도 무리가 없을 사연 세 통을 미리 선정해서 나머지 편지들과 함께 녹화를 위해 방송국으로 가져갔다.

1회 방송에는 게스트로 장웅인이 출연할 예정이데 오프닝인 〈영혼탐정〉 코너에는 출연하지 않고 〈흉가탐방〉에만 출연하게 된다.

오프닝인 〈영혼탐정〉에는 게스트 대신 전소민 기자와 태수 둘만 출연해서 녹화를 할 예정이다.

꽃

태수는 어젯밤 학교에서 밤새도록 〈수상한 아파트〉 편집을 한 후에 편집실 소파에서 잠이 들었다. 편집은 앞으로 3~4일 더할 예정이고, CG를 맡긴 영상이 오면 마무리해서 녹음 작업을 진행할 예정이다.

영화제 출품까지는 날짜가 여유가 있어서 큰 문제는 없었다.

용만이 소파에서 웅크리고 자는 태수를 흔들어 깨웠다.

"형, 일어나. 오늘 방송 녹화 있다고 하지 않았어?"

용만의 소리에 태수가 벌떡 일어나 앉았다.

"몇 시야?"

"지금 오후 2시 좀 넘었는데."

"헉, 오늘 4시부터 녹화 있는데. 빨리 가야겠다."

"형, 세수나 좀 하고 가. 그 몰골로 방송에 나가려고?"

태수가 급하게 세수를 하고 카니발을 몰아서 여의도로 향했다.

여의도로 향하는 중간에 조진호 대표한테 카톡이 왔다.

내일모레 마침내 〈모텔 파라다이스〉의 언론 배급 시사회가 열린다는 소식이었다.

언론 배급 시사회는 언론 시사회와 배급 시사회를 말한다. 보통 일반인들은 언론 시사회는 알지만 배급 시사회는 모르는 경우가 많다.

배급 시사회는 보통 언론 시사회가 진행되는 옆 상영관에서 동시에 진행을 하게 된다.

배급 시사회에 참석하는 사람들은 주로 극장주들이다.

극장주들은 영화가 어떻게 나왔는지 자신의 눈으로 직접 확인을 한 후에, 언론 시사회나 일반 관객 시사회의 반응까지 살핀 후에 자신의 극장에 그 영화를 상영할지 말지를 결정하게 된다.

결국은 극장주들에 의해서 개봉 첫 주 〈모텔 파라다이스〉의 상영관이 몇 개가 될지 결정이 되는 셈이다.

조진호 대표가 보낸 카톡 마지막 메시지를 보고 태수는 잠시 차를 갓길에 붙였다. 언론 시사회 무대 인사에 태수도 올라가게 될 테니 그렇게 알고 있으라는 내용.

무대 인사에 자신이 올라간다는 건 생각지도 못했던 일이다.

태수가 조진호 대표에게 전화를 걸었다.

-어, 장 작가.

"대표님, 제가 왜 무대 인사에 올라가죠? 보통 무대 인사는 감독하고 주연배우만 올라가잖아요."

-물론 그렇긴 한데 언론 시사 전날 〈영혼을 찾아서〉 본방이 있는 날이잖아. 아마 그 프로그램에 대한 기사들이 꽤 쏟아질 거야. 기자들 입장에서는 당연히 장 작가도 보고 싶지 않겠어? 이것도 홍보니까 같이 올라가서 무대 인사 하라고. 알았지?

그제야 왜 그런 결정이 내려졌는지 알 것 같았다.

"네, 알았어요."

영화 홍보에 도움이 된다면 무대에는 당연히 올라갈 것이다. 다만 그런 영광스러운 자리에 자격이 없는 자신이 올라가는 게 맞는지 판단이 잘 서지 않았던 것이다.

문득 언젠가 〈모텔 파라다이스〉의 예지 영상이 떠오른 적이 있다.

당시 영상은 무대에서 인사를 하는 박홍식 감독과 손예지, 장웅인, 두 아역 배우와 또 한 사람이 있었다.

당시 그 사람은 얼굴이 뿌옇게 흐려 보여서 누군지 알아보기가 어려웠다. 이제 생각해 보니 그 사람은 바로 태수 자신이었다.

⋙

방송국에 도착한 태수는 로비에서 김영아 작가에게 연락을 했다. 김영아 작가가 방송국 로비에 도착하면 전화하라고 당부했기 때문이다.

잠시 기다리자 김영아 작가가 출입증을 가지고 달려 내려왔다.

태수는 출입증을 가슴에 달고 방송국 안으로 들어갔다. 태수는 이렇게 방송국 내부에 들어와 보는 게 처음이었다.

김영아 작가의 안내에 따라 안으로 들어가는데, 곳곳에서 익숙한 얼굴들을 만날 수가 있었다.

걸 그룹 '사이다걸'이 복도 중간에 서서 깔깔거리며 장난을 치고 있었다.

아마 바깥이라면 절대 그런 모습을 보일 리가 없겠지만 방송국이라서 그런지 주위의 시선을 거의 의식하지 않는 모습이었다.

그렇게 장난을 치다가도 아는 선배가 지나가면 언제 그랬냐는 듯 일제히 폴더 인사를 하며 합창을 했다.

"선배님, 안녕하세요. 시원한 사이다걸입니다!"

김영아 작가가 태수를 분장실로 안내하고는 분장사에게 부탁을 했다.

"〈영혼을 찾아서〉 팀인데요, 저희 게스트분이니까 잘 좀 부탁드려요."

"네."

분장사의 대답을 들은 김영아 작가가 태수를 돌아보고는 말했다.

"분장 끝나시면 여기 오른쪽 모퉁이 돌아서 쭉 오시면 A 스튜디오 있거든요, 그리로 오시면 돼요."

분장실에서는 두 명이 동시에 분장을 할 수 있도록 자리가 두 개였다.

"이쪽으로 앉으세요."

태수 옆자리에 앉아 있는 사람은 아침 방송을 진행하는 여자 아나운서였다.

아나운서들은 기본적으로 방송국 직원이라서 대부분 방송국 분장실에서 분장과 머리를 한다.

텔레비전에 나오는 아나운서와 나란히 앉아서 메이크업을

받고 있으니 머리가 따끔거리고 심장이 두근거렸다. 전면 거울에 나란히 모습이 비쳐서 아무리 보지 않으려고 해도 자꾸만 눈길이 갔다.

메이크업을 마친 후에는 분장실을 나와서 김영아가 말한 대로 A 스튜디오를 찾아갔다.

스튜디오에는 전소민 기자가 미리 와 있었다.

전소민이 프로그램 책임 프로듀서인 한재성 CP에게 태수를 인사시켰다.

"안녕하세요, 장태수입니다."

"반갑습니다. 덕분에 우리 프로가 갑자기 관심을 많이 받게 됐네요. 3주 동안 좋은 프로그램 만들어 보죠."

"네, 감사합니다."

태수는 스튜디오가 생각보다 커서 새삼 놀랐다.

스튜디오 한쪽에는 시청자들이 보낸 편지들이 테이블 위에 잔뜩 쌓여 있었다. 그중에서 제작진이 고른 편지 세 통이 옆에 따로 놓여 있었고.

한 피디가 테이블에 쌓여 있는 편지들을 가리키며 말했다.

"일단 여기 시청자들이 보낸 편지를 전부 모아 놓은 겁니다. 여기서 태수 씨가 편지를 고르고 내용을 읽는 모습을 녹화할 겁니다. 여기 이쪽의 편지 세 통이 우리 제작진이 미리 골라 놓은 편지들이에요."

전소민이 물었다.

"편지 사연 주인공들하고는 모두 연락이 됐나요?"

"인적 사항 모두 받아 놨어요. 장태수 씨가 최종 주인공을 선정하면 곧바로 연락을 취한 후 사연의 주인공이 살고 있는 현장으로 달려갈 겁니다. 여기서 편지를 고르는 모습부터 사연의 주인공을 만나는 순간까지 ENG 촬영을 할 거고."

태수가 물었다.

"지역이 너무 먼 곳은 없나요?"

김영아가 대답했다.

"일부러 그걸 고려한 건 아닌데 다행히 뽑고 나니까 세 곳 다 서울이더라고요."

스태프가 와서 전소민과 태수에게 와이어리스 마이크를 달아 줬고 까만 바탕에 〈영혼을 찾아서〉라는 하얀색 글자가 적힌 대본 카드를 건네줬다.

"안녕하십니까?"

우렁찬 목소리와 함께 〈영혼을 찾아서〉의 메인 MC인 한석후 아나운서가 등장했다.

태수보다는 형뻘인 한석후 아나운서가 친근하게 다가와서 손을 내밀었다. 평소 텔레비전으로 자주 보던 아나운서가 먼저 인사를 건네니까 기분이 묘했다.

"장태수 씨, 반가워요."

"네, 안녕하세요."

한석후가 눈을 동그랗게 뜨고 물었다.

"와, 무슨 일반인이 이렇게 잘생겼어?"

전소민이 말했다.

"제가 뭐라고 했어요? 스튜디오 분위기 확 살아나지 않아요?"

"그러게, 맨날 칙칙한 백두도사님만 보다가 태수 씨 오니까 진짜 스튜디오가 훤해지네. 근데 손예지 씨 정말 출연하는 거 맞아요?"

"네, 출연하겠다고 하셨어요. 이번 주 말고 다음 주에."

한석후가 싱글싱글 웃으며 말했다.

"그럼 우리 프로 이번 개편에 살아남는 거야?"

"오빠는 어차피 상관없잖아요. 다른 프로도 많이 맡고 있으면서."

전소민과 한석후는 꽤 친분이 있는 모양이었다.

"어우야, 그런 소리 하지 마. 나 나름 이 프로에 애정 많다고."

녹화 시간이 되어 태수와 전소민이 게스트석에 앉자 온에어 불이 들어왔다.

카메라가 뒤쪽 벽면에 달려 있는 '특집 – 영혼을 찾아서'라고 적힌 패널을 비추고 있다가 줌아웃을 하더니 한석후 아나운서를 잡았다.

조연출이 사인을 주자 한석후가 멘트를 시작했다.

"오늘도 저희 〈영혼을 찾아서〉를 찾아 주신 시청자 여러

퇴마하는 톱스타

분 안녕하십니까? 저는 한석후입니다."

한석후가 인사를 한 후에 말했다.

"이미 예고해 드린 대로 오늘은 저희 〈영혼을 찾아서〉가 특집으로 꾸며지는 시간입니다. 오늘도 저희 프로그램에 좋은 이야깃거리를 들고 오신 하늘일보 전소민 기자님입니다."

"안녕하세요, 전소민입니다."

중앙 모니터에 인사하는 전소민의 얼굴이 비쳤다.

다음은 태수 차례.

아무리 녹화라고 해도 실제 방송은 처음이다 보니 긴장이 됐다.

"얼마 전에 공포 영화 〈모텔 파라다이스〉 제작 보고회 현장에서 아주 깜짝 놀랄 만한 일이 벌어졌다는 기사를 많이들 보셨을 텐데요. 아, 못 보셨다고요? 그럼 지금 바로 보시겠습니다. 영상 보여 주시죠."

컷으로 끊은 후 다시 녹화가 이어졌다. 본방송에서는 그사이 태수가 〈모텔 파라다이스〉 제작 보고회에서 보여 줬던 커밍아웃 참고 영상이 나갈 예정이다.

한석후가 능숙하게 멘트를 이어 갔다.

"다들 깜짝 놀라셨죠? 방금 보신 영상은 요즘 흔히 하는 말로 리얼 실화입니다. 바로 영상 속 주인공이자 소설가이며 시나리오 작가와 영화감독으로 몸이 열 개라도 부족할 만큼 바쁘게 살고 있는 진정한 능력자, 장태수 작가님 나오셨습니다."

태수를 비추던 카메라에 녹화 불이 들어왔다.

태수가 카메라를 보며 인사를 했다. 귀기가 살짝 감돌며 얼굴이 환해졌고 목소리가 촉촉하게 부드러워졌다.

"안녕하세요, 장태수입니다."

태수의 목소리를 들은 한석후가 애드리브를 쳤다.

"와, 목소리가 저보다 좋으시네요, 하하."

한석후가 프로그램 시작할 때 일상적으로 하는 멘트를 이어 간 후에 컷으로 끊었다.

한석후를 비롯해서 태수와 전소민은 다시 편지가 잔뜩 쌓여 있는 테이블로 이동했다.

스태프들이 녹화 준비를 하는 동안 한석후가 물었다.

"장태수 씨 진짜 대단하다. ≪비가 오면≫ 그 소설 요즘 베스트셀러 아니에요?"

전소민이 대신 대답했다.

"맞아요. 단편영화도 연출했는데 나중에 기회 되면 보세요. 정말 잘 만들었어요."

"진짜 재주 많네, 목소리도 좋고. 근데 태수 씨가 영혼을 본다는 거 진짜예요? 전 기자, 진짜 맞아?"

전소민이 고개를 흔들며 한숨을 내쉬었다.

"왜 사람 말을 못 믿는지. 이해는 해요. 이 프로그램 하면서 속은 게 한두 번이어야지. 근데 이번엔 진짜거든요."

퇴마하는 톱스타

한석후가 정말 궁금하다는 듯 물었다.

"와우, 근데 태수 씨는 어쩌다가 그런 능력이 생겼어요? 원래부터 있던 능력이에요?"

"아뇨, 어느 날 갑자기 저도 모르게 생긴 능력이에요."

"그런 게 가능하구나."

한석후가 조심스럽게 물었다.

"그럼 혹시 여기 방송국에도 영혼이 있어요?"

"아무 때나 보이는 건 아니고, 일정한 조건이 충족될 때만 보여요."

"아, 그래요?"

편지가 잔뜩 쌓여 있는 테이블 앞에 서 있는 세 사람을 카메라가 잡고 다시 녹화가 시작됐다.

한석후의 멘트.

"저희가 미리 시청자 여러분들께 영혼 현상과 관련된 질문도 좋고 그런 현상이 있으면 사연을 보내 달라고 부탁을 드렸는데, 지금 보시는 것처럼 이렇게 많은 사연들이 저희 앞으로 전달이 되었습니다. 그래서 저희 제작진이 이 중에서 세 통의 사연을 이렇게 선정을 했습니다."

한석후가 세 통의 편지를 손에 들고 카메라를 향해 흔들어 보이며 멘트를 이어 갔다.

"물론 장태수 씨는 이 편지 안에 있는 사연을 아직 읽어 보지 못했습니다. 지금부터 장태수 씨가 이 세 가지 사연 중에서 한 가지를 임의로 뽑은 후에 사연을 보내 주신 분을 직접 찾아가서 만나 보도록 할 텐데요. 저희 제작진이 확실하게 말씀드릴 수 있는 건 이번 특집 프로그램은 예능 다큐가 아니라 오직 다큐로만 진행된다는 점입니다. 따라서 혹시 걱정하실지 모를 연출이나 조작은 절대 있을 수 없다는 점을 분명히 말씀드릴 수 있습니다."

한석후가 태수를 돌아보며 편지 봉투 세 개를 내밀고는 말했다.

"자, 태수 씨가 이 세 가지 편지 중에서 한 가지를 뽑아 주시죠."

태수가 편지 한 통을 뽑아 들고는 눈을 감은 후 조용히 주문을 읊었다.

'사이코메트리.'

화르르르륵.

공기가 흔들리며 편지를 쓰던 사연 신청자의 애틋한 마음이 그대로 태수에게 전해졌다. 혹시라도 장난 편지나 거짓 편지인 경우가 있기 때문에 확인을 해 본 것이다.

한석후가 말했다.

"우리 태수 씨는 편지를 만져 보면 이 편지가 진짜 사연을 써서 보낸 편지인지 가짜 편지인지 구분할 수가 있다고 합니다. 어떠세요, 장태수 씨? 이 편지 진짜가 맞습니까?"

"네, 사연을 신청한 분의 애틋한 마음이 편지에서 느껴지네요."

"여러분, 들으셨죠? 태수 씨가 편지를 읽지도 않고 편지를 쓰신 분의 애틋한 마음이 느껴진다고 했습니다. 과연 그 말이 사실인지 아닌지는 잠시 후에 확인을 하실 수가 있습니다. 다시 말하지만 저희는 아직 장태수 씨에게 편지를 보여 드린 적이 없습니다. 그럼 태수 씨, 사연을 신청한 분을 향해서 어서 출발하시죠. 영혼을 찾아서…… 출바알~!"

태수는 전소민, 메인 작가 김아영과 함께 제작진이 마련한 차량을 타고 사연 신청자를 만나기 위해 방송국을 출발했다. 카메라 VJ 다섯 명이 태수와 전소민을 촬영하며 따라붙었다.

태수가 탄 차량 안에는 VJ 한 명과 고프로 카메라 두 대가 별도로 설치되어 있었다.

태수는 차를 타고 이동하면서 비로소 편지를 열어서 신청자의 사연을 읽었다.

강서구에 사는 40대 부부의 사연이었다.

사연은 이랬다.

한 달 전에 초등학생인 아들이 밤에 학원을 다녀오다가 뺑소니 교통사고를 당했다.

하나뿐인 아들이 그렇게 죽음을 당하자 부부는 삶의 의미를 잃었다. 더구나 그날은 아이 엄마의 생일이어서 생일 파티를 열기로 한 날이었다.

부부는 아들을 죽인 가해 차량을 아직도 찾지 못한 데다 매일 밤마다 부부의 꿈에 아이가 나타나서 고통의 나날을 보내고 있다는 사연이었다.

아이는 부부의 꿈속에 똑같이 나타나서 한참 동안 거실을 서성이는데, 그 꿈을 꾼 후로 아이 엄마는 자살을 시도할 정도로 우울증이 극심해졌다는 것이다.

부부는 왜 아이가 부부의 꿈에 계속 나타나는지 이유를 알고 싶다고 했다. 혹시라도 아이의 영혼이 죽어서도 고통받고 있는 건 아닌지 밤잠을 이루지 못한다고 했다.

제작진이 왜 그 사연을 골랐는지 알 것 같았다. 누구든 자식을 키워 본 부모라면 충분히 공감할 만한 내용이었다.

태수가 편지를 다 읽기를 기다렸다가 전소민이 물었다.

"정말 이상하죠? 죽은 아이가 꿈속에 나타날 수는 있지만 보통은 한 사람의 꿈에만 나타나잖아요. 근데 여기선 부부의 꿈에 동시에 나타났다는 게 너무 신기하더라고요. 이런 일이 가능할 수가 있는 건가요?"

물론 지금 전소민이 하는 모든 대사와 행동은 방송용이다. 대본에도 기본적인 멘트의 방향이 적혀 있었고.

전소민은 이번 ENG 촬영에서 자신의 심령적인 지식을 앞세워서 시청자를 대신해 궁금한 걸 물어보는 진행자의 역할을 맡았다.

태수는 아직 카메라 앞이 어색하긴 했지만 가능한 한 의식하지 않으려고 애쓰며 대답했다.

퇴마하는 톱스타

"네, 이건 확실하게 영적인 현상이라고 할 수 있어요."

"영적인 현상요?"

"이렇게 죽은 사람이 부부의 꿈에 동시에 나타나는 경우는 죽은 아이의 귀기가 작용을 했을 때만 가능한 일이에요?"

"귀기요?"

김아영은 곁에서 두 사람의 대화를 듣고 있다가 얼른 메모를 했다. 귀기가 무엇인지 자막으로 안내를 해야 하기 때문이다.

"흔히 우리 살아 있는 사람들한테는 생기가 있다는 말을 하잖아요, 생기가 있어야 건강해 보인다고. 영혼도 마찬가지예요. 보통 사람이 죽어서 영혼이 되면 귀기라는 게 생겨요. 영혼이 움직일 수 있는 힘이라고 할 수 있죠. 근데 한을 품고 죽거나 특별히 집념이 강한 영혼은 훨씬 많은 귀기를 품게 되요. 그런 영혼들은 귀기를 이용해서 살아 있는 사람들의 삶에 영향을 미치게 되죠. 우린 그런 영혼을 보통 악귀나 원귀라고 부르고."

전소민이 어깨를 움츠리며 리액션을 했다.

"어우, 그런 얘기 들으니까 오싹하네요. 그럼 아이가 부모의 꿈에 동시에 나타난 게 귀기 때문이라는 거죠? 그럼 아이한테도 그만큼 강한 귀기가 생겼다는 말인가요?"

"그건 지금부터 알아봐야겠지만, 제 생각엔 그럴 가능성이 높다고 생각해요."

"그럼 아이가 한을 품고 죽었을 수도 있다는 얘기인가요?"

"한을 품어서 그런 걸 수도 있고 뭔가 반드시 해결하고 가야 할 일이 있을 때, 즉 부모님한테 해야 할 말이나 알려야 할 일이 있을 때도 그런 귀기가 생길 수가 있어요. 그건 지금부터 알아봐야죠."

방송 차량이 집에 도착했을 때는 이미 부부가 밖에 나와서 애타게 태수 일행을 기다리고 있었다. 아이의 엄마는 한눈에 봐도 얼굴이 많이 수척해 보였다.

전소민이 얼른 나서서 살갑게 인사를 건넸다.

"어떡해요, 어머니. 정말 상심이 크시겠어요."

부인은 차마 대답을 못 하고 남편이 대신 울먹이며 말했다.

"요즘은 정말 사는 게 사는 게 아닙니다. 사는 게 너무 고통스러워요."

"그렇죠, 충분히 이해합니다."

"솔직히 말하면 저희는 영혼 같은 걸 믿지 않았어요. 근데 아이가 저희들 꿈에 동시에 나타나는 걸 봤고 저희한테 하고 싶은 얘기가 있는 것 같았어요. 저희는 그게 뭔지 너무 알고 싶은 거예요. 그래야만 아이가 편안하게 하늘나라로 갈 수 있을 것 같고."

"혹시 아이가 부모님에게 하고 싶은 얘기가 어떤 얘기인지 짚이는 데가 있으세요?"

"글쎄요. 제 생각에는 자신을 치고 달아난 차량의 정보 같은 게 아닐까요? 그 못된 사람을 잡아서 한을 풀어 달라는 얘기일 것 같아요. 대체 어떤 나쁜 사람인지."

"네, 알겠습니다. 그래서 저희가 두 분의 답답한 마음을 풀어 드리려고 이렇게 달려왔습니다. 여기 두 분을 도와줄, 영혼을 보는 남자 장태수 씨입니다."

"안녕하세요, 장태수라고 합니다. 제가 최대한 두 분이 궁금해하시는 것들을 잘 알아봐 드리겠습니다."

그때까지 말없이 있던 아내가 말했다.

"저희는 정말 다른 거 없어요. 아이의 영혼이 지금 어디에 있는지, 영혼이라도 편안하게 잠들었는지 그것만이라도 알고 싶어요."

아마도 그 말이 부부의 솔직한 심정일 것이다. 아이의 영혼이라도 편안하게 잠들었는지 알고 싶은 부모의 마음.

그걸 알기 전에는 맛있는 음식을 먹을 수도, 편안하게 잠을 잘 수도, 큰 소리로 웃을 수도 없을 테니까.

태수와 전소민은 부부의 안내를 받아 집 안으로 들어갔다.

"아이 방을 먼저 좀 보고 싶은데요."

태수의 말에 부부가 죽은 아들의 방으로 일행을 안내했다. 부부는 아이가 죽은 후에도 아이가 살아 있을 때와 똑같이 아이의 방을 매일 청소하고 있다고 했다.

혹시라도 아이의 영혼이 집을 찾아왔을 때 부부가 자신을 잊고 있지 않다는 걸 보여 주기 위해서라고 했다.

아이의 이름은 김동훈이고 초등학교 5학년이었다.

사진 속의 동훈이는 통통한 체형에 순박한 곰돌이 같은 얼굴을 하고 있었다. 다소 늦게 아들을 얻은 부부에게 동훈이가 얼마나 소중한 존재였을지는 굳이 되물을 필요조차 없었다.

태수는 손바닥으로 아이가 가지고 놀던 장난감이나 책상 혹은 노트 같은 것들을 만지면서 눈을 감고 혹시라도 남아 있을 잔류사념을 살펴봤다.

옆에서 지켜보던 전소민이 물었다.

"지금 뭘 하시는 건가요?"

"만약 아이의 영혼이 집을 다녀갔다면 귀기라는 게 방에 남아 있을 거예요. 그걸 알아보는 중이에요."

VJ 두 명이 촬영을 하며 그런 태수를 지켜봤다.

태수가 눈을 뜨자 역시 숨을 죽이고 지켜보던 전소민이 물었다.

"아이가 다녀갔나요?"

"아뇨, 아이의 영혼이 직접 집으로 찾아오진 않은 것 같아요. 아마도 아이는 귀기를 이용해서 엄마, 아빠의 꿈에 바로 나타났던 것 같아요."

그렇다면 동훈이는 왜 직접 집을 찾지 않고 꿈에만 나타났을까.

먼저 드는 생각은 동훈이가 지박령이 되었을 경우다.

지박령(地縛靈)은 땅에 얽매여 있는 영혼이라는 뜻이다.

보통 한을 품고 죽었거나 죽음을 맞이한 장소에 특별한 애착이나 미련이 많은 경우 그 지역을 떠나지 못하고 머무는 영혼을 지박령이라 부른다.

따라서 만약 동훈이의 영혼이 지박령이 되었다면 영혼을 만날 수 있는 장소는 한 곳밖에 없다. 동훈이 죽음을 맞이한 장소다.

동훈의 영혼만 만날 수 있다면 왜 지박령이 되었는지도 알 수가 있을 것이다.

태수와 전소민은 부부의 안내를 받아서 동훈이 교통사고를 당한 장소로 이동했다.

동훈이 사망한 지점은 차량이 뜸한 큰길의 횡단보도.

횡단보도 앞에는 뺑소니 차량을 찾는 현수막이 걸려 있었다.

사고 일시와 장소, 경위에 대한 내용이 일목요연하게 적혀 있었고 마지막에 연락처와 목격자에게 후사하겠다는 내용이 적혀 있었다.

전소민이 현수막을 보고는 카메라를 돌아보며 말했다.

"저렇게 아이를 치고 달아난 뺑소니 차량 잡는 방법이 없을까요? 혹시라도 당시 사건을 목격하신 분이 있다면 꼭 저희 제작진으로 연락해 주시기 바랍니다."

태수는 처음 영능력을 얻었을 때 뺑소니 차량을 찾아 준 경험이 있다. 한 달이라는 적지 않은 시간이 지난 탓에 도로에 잔류사념이 남아 있을지가 의문이지만.

현수막에 적힌 내용대로라면 동훈이는 밤 10시경에 학원이 끝나서 집으로 돌아오다가 이곳 횡단보도에서 사고를 당했다.

태수가 차량이 뜸한 어두컴컴한 주변 도로를 살펴봤다.

지금도 차량들이 속도를 높인 채 굉음을 내며 달려가고 있었다.

그 도로의 한 지점에 아이가 사망한 지점으로 생각되는, 붉은 페인트로 쓰러진 아이의 형체를 그려 놓은 표시가 보였다.

태수가 그 자리에 서서 주문을 읊었다.

'귀기탐색.'

화르르르륵.

귀기탐색을 하자마자 곧바로 허공에 메시지가 떴다.

귀기를 접촉했습니다.

'어? 벌써 귀기를 접촉했다고?'

태수가 뒤로 돌아섰다.

바로 눈앞에 사진에서 봤던 동훈의 영혼이 태수를 바라보고 있었다.

옆에서 지켜보던 전소민이 태수의 행동을 보고는 뭔가 발견을 했다는 걸 깨달았다. VJ들도 태수 주변으로 다가왔다.

전소민이 얼른 다가와서 물었다.

"왜요? 혹시 지금…… 동훈이 영혼을 찾았어요?"

지켜보던 부부도 긴장한 채 숨을 죽였다.

태수가 고개를 끄덕이며 말했다.

"네, 방금 동훈이 영혼을 만났습니다."

동훈의 엄마가 손으로 입을 막으며 울음 섞인 비명을 내질렀다.

막상 영혼을 만났다는 소리를 듣자 전소민도 눈을 휘둥그레 뜨고 주변을 두리번거렸다.

카메라 네 대가 모두 태수의 주위 허공을 촬영하기 시작했다.

태수가 카메라를 바라보며 말했다.

"여러분이 믿으실지 모르겠지만 지금 제 눈앞에는 이곳에서 사망한 김동훈 군의 영혼이 서 있습니다."

전소민이 태수가 가리킨 허공을 바라보며 눈을 치켜떴다. 조금 떨어져서 지켜보던 동훈의 엄마가 동훈을 부르며 울음을 터뜨렸다.

반면 동훈의 영혼은 비교적 차분한 모습이었다.

동훈의 영혼이 물었다.

─아저씨는 제가 보여요?

"그래, 동훈아. 아주 잘 보여. 네가 엄마, 아빠 보고 싶어서 꿈에 나타났던 거니?"

─네. 엄마, 아빠가 보고 싶어서 계속 생각했더니 꿈으로 들어갈 수가 있었어요. 근데 말은 할 수가 없었어요.

"그건 네가 귀기가 부족해서 그래."

동훈이 부부를 돌아보고는 말했다.

─우리 엄마, 아빠도 지금 제 모습을 볼 수가 있어요?

태수가 고개를 가로젓자 동훈이가 실망한 듯 고개를 숙였다.

"근데 동훈아, 넌 왜 여기 이렇게 계속 남아 있었어? 죽었을 때 널 데려가려는 흰 빛 같은 게 내려오지 않았어?"

─내려왔어요. 내려와서 내 몸이 둥둥 떠오르려고 했는데 제가 가지 않으려고 했어요.

"왜?"

─엄마 생일 선물을 줘야 하니까.

"생일 선물?"

동훈이 고개를 끄덕이고는 그날의 일을 설명했다.

동훈이 사고가 난 날은 엄마의 생일이었다. 동훈은 사고 며칠 전 엄마가 아빠한테 자신은 그 흔한 반지도 하나 없다며 투정하는 소리를 들었다.

동훈은 그동안 자신이 모아 놓은 용돈으로 금은방에서 엄마의 실반지를 하나 샀다.

그날 동훈은 학원이 끝나고 엄마에게 줄 생일 선물을 손에 들고 횡단보도를 건너던 중 갑자기 달려든 승용차에 사고를 당했다.

동훈이 울면서 뜻밖의 말을 했다.

－엄마한테 반지를 줘야만 하늘나라로 갈 수가 있는데……

"그게 무슨 소리야?"

동훈이 손으로 도로의 갓길을 가리켰다. 동훈이 가리킨 곳은 인도와 도로의 턱이 있는 연결 부위에 콘크리트가 부서져서 커다랗게 구멍이 난 부분이었다.

태수가 가서 살펴보니 그 구멍 안에 뭔가가 있었다. 카메라들이 급히 따라와서 태수와 구멍 속을 촬영했다.

전소민은 어느 순간부터 전율을 느끼며 끼어들 생각조차 하지 못한 채 자신도 시청자가 되어 구경만 할 수밖에 없었다.

태수가 구멍에 손을 넣어 뭔가를 꺼냈다. 태수의 손에 들려 있는 건 뜻밖의 물건이었다.

반지 케이스.

태수가 반지 케이스의 뚜껑을 열자 그 안에 실반지가 들어 있었다.

동훈이 훌쩍이며 말했다.

－맞아요, 그 반지를 엄마한테 생일 선물로 주고 하늘나라로 올라가고 싶었어요. 그래서 엄마, 아빠한테 반지가 거기 있다고 알려 주려고 꿈에 찾아갔던 건데…….

가슴이 먹먹해지고 찡하게 울리는 기분을 느꼈다.

태수가 반지를 들고 가서 부부에게 사연을 설명하고 반지를 내밀었다.

"동훈이가 엄마한테 주는 늦은 생일 선물입니다."

반지를 받은 동훈의 엄마가 동훈의 이름을 부르며 오열했다.

태수는 순간 부부가 동훈을 볼 수 있도록 부적을 사용해 주고 싶은 마음이 들었지만 이내 그만뒀다. 그런 부분이 방송에 나간다면 여러 문제가 발생할 수 있을 것 같았던 것이다.

반지를 전하고 마음이 편해진 탓일까.

동훈의 표정이 한결 밝아졌고, 영혼의 모습이 흐려지며 스르르 허공으로 사라지고 있었다.

태수는 부부에게 동훈이 편안한 얼굴로 하늘로 올라갔다는 말을 전했다.

전소민이 눈시울이 붉어져서 말했다.

"정말 기대 이상이에요. 제 생각에는 〈영혼탐정〉 코너를 15분이 아니라 30분으로 늘려야만 할 것 같아요."

전소민이 감정을 가라앉힌 후에 카메라를 보며 멘트를 했다.

"지금 여러분이 보신 장면들은 절대로 연출이나 조작이 없었다는 말씀을 다시 한번 드립니다. 방송을 믿을지, 믿지 않을지도 여러분의 선택에 달렸다고 생각합니다. 그럼 저희는 잠시 후 흉가탐방 코너를 통해 다시 찾아뵙겠습니다."

전소민은 멘트를 마치고 사연을 보낸 부부에게 가서 위로를 건넸다.

촬영이 끝나고 VJ들이 철수 준비를 하는 동안 태수는 다시 사고 지점으로 돌아가 바닥에 손바닥을 대고 조용히 주문을 읊었다.

'사이코메트리.'

화르르르륵.

허공이 흔들리며 그날의 영상이 떠올랐다.

동훈을 치고 뺑소니를 친 차량은 검정색 에쿠스였다. 차량 번호가 또렷하게 보였다.

태수가 여전히 슬픔을 주체하지 못하는 부부에게 다가가서 조용히 말했다.

"검정색 에쿠스예요."

"네?"

태수는 동훈을 치고 달아난 뺑소니 차량이 검정색 에쿠스라는 것과 차량 번호를 부부에게 알려 줬다. 방송에서 그런 걸 알려 주면 부작용이 많을 것 같아 따로 부부에게만 알려 준 것이다.

"경찰에 신고를 하고 조사를 해 보면 아마 흔적이 나올 겁니다. 그리고 두 분 손을 잠시 저한테 주실래요?"

부부가 어리둥절한 표정으로 선을 내밀었다.

태수가 각각 한 손씩 잡고 칠성의 능을 작동시켰다. 허공이 흔들리며 메시지가 떴다.

제1성인 탐랑성의 생기탐랑의 능이 작동합니다.

화르르르륵.

태수의 양손에 푸르스름한 생기탐랑의 기운이 서리더니 부부에게 각각 옮아갔다.

태수가 눈을 떴을 때 부부의 표정이 한결 편안해 보였다.

부부가 영문을 모르겠다는 듯 말했다.

"이상해요, 조금 전까지만 해도 죽을 것처럼 마음이 아팠는데 지금은 편안해졌어요. 이게 어떻게 된 일인지?"

두 부부가 어리둥절해하는 모습을 보며 전소민도 의아한 표정으로 태수를 돌아봤다.

태수가 부부에게 말했다.

"이제 동훈이가 좋은 곳으로 갔으니까 두 분 행복하게 사세요. 그게 아마 동훈이가 원하는 두 분의 모습일 거예요."

"감사합니다, 정말 감사합니다."

두 부부가 태수에게 감사를 표했다.

태수가 부부와 작별을 하고 촬영 차량으로 돌아가는데 전소민이 물었다.

"방금 장 작가님이 그렇게 하신 거예요? 확실히 두 부부의 표정이 환해졌어요."

"네, 마음의 치유가 필요해 보여서."

전소민이 불만스럽게 말했다.

"그런 감동적인 장면을 촬영을 해야지 그렇게 흘려보내면 어떡해요? 더구나 그런 능력이 있으면 시청자들한테……."

"지금까지 촬영한 분량만으로도 충분하잖아요."

태수의 진지한 눈빛을 대한 전소민이 말끝을 흐렸다.

"뭐 그렇긴 하지만……."

"방금 그 부분이 방송에 나가면 제가 많이 곤란해질 수 있어요. 그런 부분은 전 기자님이 절 보호해 주셔야 해요, 그렇지 않으면 계속 촬영하기가 힘들어져요."

가만히 태수를 바라보던 전소민이 이내 고개를 끄덕였다.

"알겠어요. 너무 욕심내지 않을게요."

전소민이 태수에게 손을 내밀며 말했다.

"축하해요, 첫 방송 성공적으로 마쳐서. 정말 기대 이상이었어요."

태수가 손을 잡고 악수를 하자 전소민이 말했다.

"오늘 직접 눈으로 보고 나니까 내일 본방이 정말 기대가 되고 한편으로는 걱정도 되네요. 녹화면 모르겠는데 생방이라서."

QBS 〈영혼을 찾아서〉 A 스튜디오 부조정실.

강서구 부부의 사연을 촬영한 ENG 영상을 받아서 확인하던 한재성 책임 프로듀서는 영상이 흐르는 내내 탄성과 감탄을 멈출 수가 없었다.

촬영한 영상이 모두 끝났을 때도 한동안 어안이 벙벙해서 화면에서 시선을 떼지 못했다. 눈으로 보고서도 과연 이게 실화인가 싶을 만큼 놀랍고 극적인 상황의 연속이었다.

"이야, 저게 가능하구나. 지금까지 저렇게 확실하게 영혼과의 교감을 보여 주면서 극적인 상황을 연출한 프로그램이 있었나?"

보는 내내 흥분으로 가만히 앉아 있을 수가 없었다.

"장태수 저 친구 진짜 보물이네."

이런 영상을 15분짜리 꼭지로 압축해서 내보낸다는 건 말이 되지 않았다.

한 피디는 곧바로 편성실 김효재 국장에게 전화를 했다.

"국장님, 내일 〈영혼을 찾아서〉 방송 시간 30분 늘려야 할 것 같습니다."

—이 사람 무슨 소리 하는 거야? 본방이 내일인데.

"오늘 촬영해 온 오프닝 코너 ENG 촬영본을 방금 확인했거든요."

–영혼탐정인가 그거?

"예, 이게 심상치가 않습니다."

김 국장의 목소리가 높아졌다.

–왜? 또 무슨 사고 쳤어?

"그게 아니라, 장태수 이 친구 완전 물건이네요. 이거 잘하면 크게 터질 수도 있을 것 같아요. 국장님이 직접 보셔야 할 것 같은데요."

–하여간 설레발은. 그런다고 내일 본방인 프로를……

"예전에 유리겔라라고 초능력자 혹시 기억하세요?"

–유리겔라? 텔레비전에 나와서 숟가락 구부린 그 초능력자?

"네, 초능력으로 텔레비전 보는 시청자들 집 안의 숟가락을 구부려서 당시에 세상이 발칵 뒤집혔잖아요. 물론 나중에는 마술 트릭이라고 고백을 했지만."

–당연히 알지. 내가 국민학교 때 텔레비전으로 그거 보고 충격받았거든.

"저는 이 프로그램이 그것 못지않은 충격을 줄 수 있을 거라고 생각합니다."

–지금 그거 진심이야?

"일단 내려와서 확인을 해 보시죠."

–뭔 셀레발인지는 모르겠는데 아무튼 편성은 못 바꿔. 본방 전날 이

렇게 훅하고 들어오면 어쩌자는 거야? 누구 시말서 쓰는 꼴 보고 싶어?

"편성만 다시 잡을 수 있다면 제가 시말서 쓰겠습니다. 국장님도 여기 내려와서 확인해 보시면 분명히 저하고 같은 생각을 하실 겁니다. 게다가 어차피 특집이고 뒤쪽으로는 녹화방송밖에 없잖아요."

ㅡ음, 지금 내려가서 확인해 볼게.

잠시 후 김 국장이 불쾌한 표정으로 부조정실로 내려왔다.

"퇴근하는 사람 붙잡아 놓고 뭔 난리야?"

"일단 한번 보십시오."

"별거 아니면 각오해."

김 국장이 자리에 앉아 촬영본을 감상했다.

시간이 흐르면서 굳어 있던 김 국장의 입꼬리가 점점 올라갔다.

영상을 다 본 후 김 국장이 상기된 표정으로 물었다.

"지금 저 친구가 영혼과 얘기를 나눠서 반지를 찾아 준 거지?"

"맞습니다."

"리얼 실화 맞아? 뭐 장난친 거 없어?"

"절대 없습니다. 저희 VJ들 세 명이 달라붙어서 찍은 영상이에요. 조작이고 뭐고 없어요. 장태수 저 친구는 현장에 가는 차량 안에서 편지 사연을 처음 봤거든요."

김 국장이 주먹을 불끈 쥐면서 말했다.

"이거 실화면 일 나겠는데? 물론 모든 시청자가 저걸 진짜 실화라고 믿진 않겠지만 저 정도면 충분히 임팩트가 있네. 게다가 스토리도 꽤 감동적이고."

"제 생각에도 시청자들한테 굳이 믿으라고 강요할 필요는 없을 것 같습니다. 어차피 믿지 않는 사람들은 끝까지 믿지 않을 테니까요. 하지만 분명히 이슈는 될 겁니다. 게다가 흉가탐방 코너에서는 이번 주에 장웅인 나오고 다음 주에는 손예지가 나오거든요."

김 국장이 설레는 표정으로 물었다.

"그럼 흉가에서도 진짜 뭐가 나오는 거야?"

"제가 듣기로는 그렇다고 알고 있습니다. 장태수 작가가 흉가에 들어가서 직접 확인했답니다. 그 안에 영적인 존재가 있다고."

"이게 무슨 일이래? 오케이, 30분 늘려서 편성하도록 하지. 자네는 편집이나 잘 끝내. 장태수 저 친구 앞으로 3주 동안 나오기로 했지?"

"예, 맞습니다."

"본방송뿐만 아니라 비하인드로 쓸 수 있는 여분 영상들까지 다 찍어. 그리고 〈영혼을 찾아서〉는 3주 내내 긴급 편성한다고 파인미디어 강 대표한테 전해. 아, 아니다. 내가 사장님하고 얘기해서 내일 방송 시간 9시로 꽂아야겠다."

"예? 11시 30분이 아니고요?"

"저 정도면 메인 뉴스 빼고는 다 비켜야지. 그리고 이왕 하는 거 제대로 해야지, 제대로. 파인미디어 강 대표한테 만약 특집 끝나고 저 친구 계속 출연시킬 수 있으면 앞으로 9시로 시간대 고정시켜 준다고 해. 그리고 지원할 수 있는 장비하고 인력 전부 가동하고."

　　　　　　　　　　　※

　미친집 앞 〈영혼을 찾아서〉 생방송 현장.

　중계차까지 동원된 생방송 현장. 수많은 VJ들이 촬영 준비 과정부터 카메라에 담느라 분주하게 뛰어다녔고 한쪽에선 야외 세트장을 꾸미는 중이었다.

　미친집을 배경으로 A 스튜디오에서 떼어 온 〈영혼을 찾아서〉 패널이 설치됐고 간단한 테이블과 의자도 세팅이 됐다.

　그야말로 오픈 스튜디오를 미친집 앞으로 옮겨 온 것 같은 분위기.

　권창훈 피디를 비롯한 김영아 작가와 제작진의 표정에도 설렘과 긴장감이 공존했다.

　두 사람이 프로그램 진행에 대해 나누는 대화도 모두 VJ들의 카메라에 담았다.

　오늘 방송에 투입되는 VJ만 15명이고 하늘엔 드론까지 띄웠다.

태수와 장웅인에겐 고프로 카메라를 머리에 장착할 예정이었다. 평소 〈영혼을 찾아서〉의 ENG 촬영은 VJ 세 명 투입이 기본이었다.

덕분에 스튜디오에서 떼어 온 프로그램 패널이 없었다면 완전히 다른 프로그램 제작 현장 같았다.

만일의 사태에 대비해서 현장에는 구급차까지 대기하고 있었다.

한석후 아나운서가 준비 상황을 지켜보며 연신 고개를 흔들었다.

"뭐야? 뭐가 이렇게 대단해? 우리 프로 아닌 것 같잖아. 이게 대체 무슨 일이래? 방송 직전에 시간대까지 바뀌고?"

중계차 안에서 생방송 진행 준비를 하던 한재성 피디가 밖으로 나오며 말했다.

"무슨 일이긴, 대박 조짐이지. 석후 씨 이따가 〈영혼탐정〉 코너 편집본 봐 봐, 진짜 대박이야."

한석후가 물었다.

"아, 그래서 방송 시간도 갑자기 바뀐 거예요?"

"그래. 김 국장님이 시말서 쓸 각오하고 밀어붙인 거잖아."

"와, 그 정도예요?"

한석후 아나운서가 뒤쪽의 미친집을 돌아보며 말했다.

"여기 분위기 정말 장난 아니다. 근데 저기 흉가에 뭐가 있긴 한 거야?”

“장 작가님이 그러는데 정말로 악귀가 있대요.”

그때 뒤쪽에서 벽력같은 소리가 들려왔다.

“누가 악귀가 있대!”

자칭 백두도사 길재중이 개량 한복을 입고 어슬렁거리며 다가왔다. 머리를 길게 묶었고 털보처럼 수염을 기른 40대 후반의 남자였다. 풍채도 좋아서 언뜻 보면 막 산에서 하산한 진짜 도사처럼 보였다.

“도사님, 오셨어요?”

길재중이 촬영 준비를 하는 스태프들을 돌아보며 못마땅한 듯 중얼거렸다.

“너무한 거 아냐? 나 할 때는 꼴랑 카메라 세 대 붙이더니, 대체 뭐 얼마나 대단한 친구라고 이 난리야. 나이도 얼마 안 된다며? 뭐 검증 같은 건 해 본 거야?”

김영아가 말했다.

“그건 이따가 오프닝 영상 보시면 아실 수 있을 거예요.”

길재중이 못마땅한 듯 말했다.

“근데 왜 흉가 안에는 안 들어가고 다들 밖에서 촬영을 해?”

김영아가 말했다.

“지금은 나중에 특집 프로그램 만들려고 비하인드 영상 촬영 중이에요. 장 작가님이 일단 미친집 안으로는 들어가지 말라고 해서 VJ들도 다들 대기 중이에요."

"뭐? 아니 그 친구가 뭔데 들어가라, 말라야? 왜 들어가지 말래? 이유가 뭐야?"

"위험하대요."

길재중이 어이가 없다는 듯 혀를 찼다.

"다들 왜 이래? 왜 다들 그 친구 말이라면 이렇게들 쩔쩔 매냐고."

길재중이 VJ들을 둘러보다가 평소 자신을 담당하는 VJ를 불렀다.

"어이, 현태 씨, 이리 와서 나 좀 찍어 줘!"

김현태가 얼른 다가와서 길재중을 팔로우하며 찍기 시작했다.

길재중이 테이블에 있던 손전등을 들고 흉가를 향해 성큼성큼 걸어가자 김영아가 기겁을 했다.

"도사님, 안 돼요. 장 작가가……."

"김 작가, 자꾸 이럴 거야? 그 어린 친구가 뭘 안다고? 여태까지 나하고 촬영하면서 무슨 일 일어난 적 있었어?"

"그건 아니지만 저기 미친집은 그때 선녀보살도 못 들어가 겠다고 해서 촬영 펑크 난 곳이잖아요."

"됐고, 어이, 현태 씨, 들어가자고."

김현태가 김영아를 보며 어떡하냐는 얼굴로 인상을 찡그리는데 길재중이 다시 재촉했다.

"현태 씨, 뭐 해? 들어가자니까."

"아, 예, 도사님."

김영아는 즉시 중계차로 달려가 한재성 피디에게 이 사실을 알렸다.

"뭐? 백두도사가?"

한 피디가 황급히 달려 나와서 소리쳤다.

"도사님! 거기 들어가면 안 돼요. 조금만 기다리셨다가……."

"내가 안전한지 살펴보고 나올 테니 걱정하지 말아요."

길재중이 소리치고는 걱정 말라는 듯 손을 흔들며 미친집 안으로 들어갔다.

한 피디가 물었다.

"장 작가는 어디까지 왔대?"

"아까 곧 도착한다고 했는데, 어? 저기 오네요."

길재중은 어젯밤 늦게 메인 작가 김영아로부터 오늘 방송 시간이 원래 시간보다 2시간 30분 앞당겨졌다는 연락을 받았다.

"갑자기 방송 시간을 그렇게 앞당기면 어떡해? 내가 무슨 약속이라도 있으면 어쩔 뻔했어?"

—죄송해요, 도사님. 대신 저희가 프라임 시간대로 긴급 편성된 거니까 이해를 좀 해 주세요.

퇴마하는
톱스타

기분이 상했던 길재중이 프라임 시간대라는 소리에 마음이 누그러졌다.

"근데 갑자기 무슨 일이야? 앞에 프로그램에 무슨 일 생겼나? 우리가 땜빵하는 거야?"

─그게 아니라요. 장태수라고 내일 방송에 출연하는 게스트분이 계신데 진짜 영능력자세요. 게다가 이제 대학생인데 얼굴도 연예인급이고요. 그래서 지금 다들 난리가 났어요. 아마 도사님도 내일 보시면 깜짝 놀라실 거예요.

"야, 걔가 진짜 능력자면 나는 뭐 가짜냐? 그리고 만약 내가 그 시간에 약속 있었으면 어쩔 뻔했어?"

─아, 네. 그것도 생각해 뒀죠. 만약 중요한 약속 있으시면 어쩔 수 없이 그냥 도사님 없이 방송해야죠, 뭐. 사실 내일은 영화배우 장웅인 씨도 나와서 게스트는 충분하거든요. 그럼 도사님, 내일 나올 수 있는 거죠?

김영아와 통화를 끝내고 나니 뭔가 홀대받는 느낌이 들면서 기분이 싸했다.

굴러온 돌이 박힌 돌을 빼낸다고, 자신은 이 프로그램에서 반년 이상을 버틴 유일한 게스트였다. 덕분에 자신의 인터넷 퇴마 카페 '백두도사'의 회원 수도 수십 배로 늘어났다.

근데 강력한 경쟁자가 나타난 셈이다. 제작진에서 프라임 시간대로 긴급 편성을 할 정도로 기대를 갖고 있다는 말이 아닌가. 게다가 자신이 출연하지 않아도 괜찮다는 김영아의 말이 상처로 남았다.

아니, 그런 감성적인 이유가 아니라도 길재중에게 엄청난 위기감이 밀려들었다.

　만약 장태수가 고정 게스트로 들어온다면 자신의 위치가 흔들릴 수 있다. 장태수한테 밀리지 않으려면 지금보다 더 확실하게 존재감을 드러내야만 한다.

　자신은 그동안 밑도 끝도 없는 허세와 함께 제작진과 사사건건 부딪치는 막무가내 퇴마사로 캐릭터를 구축해 왔다. 많은 시청자들이 사기니, 연출이니 하면서 재수 없다고 악플을 달았지만 길재중은 별로 신경 쓰지 않았다.

　길재중의 가장 강점은 멘탈이 강하다는 것.

　게다가 무플보다는 악플이 낫고, 악역도 프로그램에서는 중요한 캐릭터라는 신념 하나로 버텼다.

　어쨌든 방송에서 버티고 있으면 자신의 카페 회원 수는 계속 늘어나고 퇴마를 의뢰하는 사람들도 많아지기 때문에 손해 볼 게 없었다.

　그리고 많지는 않아도 악역 캐릭터인 자신을 좋아하는 시청자들도 조금씩 늘어나고 있는 중이었다. 다음번 개편 때 방송이 없어지지 않을까 걱정하던 참인데 날벼락처럼 엉뚱한 걱정이 날아든 셈이다.

　길재중은 프로그램에서 연출된 것처럼 진짜로 영능력을 가지고 있는 건 아니다. 보통 사람보다 영감(靈感)이 더 예민하게 발달해서 영혼이 근처에 오면 그 존재를 느낄 수 있는 정도였다.

예민한 영감 덕분에 태백산에서 10년 이상 기 수련을 한 것도 사실이다. 덕분에 부적을 만들고 가벼운 잡귀를 물리치는 정도의 간단한 퇴마는 할 수가 있게 됐다.

길재중이 반년을 고정으로 버틴 이유도 바로 그런 잔재주가 있었기 때문이다.

갑자기 자취를 감춘 선녀보살을 제외하면 그동안 방송에 나온 퇴마사들은 그런 능력조차도 없는 완전 사기꾼들이었으니까.

길재웅이 한 손에는 부적을, 다른 손에는 손전등을 들고 미친집 철재 대문을 밀고 안으로 들어갔다.

끼이이이익.

VJ 김현태는 왠지 예감이 좋지 않아서 들어가기 싫었지만 싫다고 할 수가 없었다.

2층 단독주택인 미친집 마당에는 잡초와 각종 쓰레기들이 어지럽게 뒹굴고 있었다.

길재중이 마당에서 고개를 들고 미친집 2층을 올려다봤다.

2층에 검은 귀기가 꿈틀거리며 요동을 치고 있었지만 길재중의 눈에 그것들이 보일 리가 없었다.

길재중이 카메라를 보며 중얼거렸다.

"서늘한 게 분위기가 아주 죽이네요. 이곳에서 아주 강력한 귀기가 느껴집니다. 대체 어떤 악귀가 안에 있는지 지금부터 제가 미친집이라고 소문난 흉가에 미리 들어가 보도록 하겠습니다. 들어가서 우리 제작진이 안전하게 촬영을 할 수 있는지 살펴봐야겠어요. 그동안 꾸준히 방송 보신 분들은 아실 겁니다. 제작진의 안전이 누구한테 달려 있는지."

길재중이 손전등을 앞세워 반쯤 열린 현관문을 열고 집 안으로 들어갔다.

휑한 거실에 뒤집어진 소파와 낡은 침대, 반쯤 부서진 장롱이 아무렇게나 방치된 채 버려져 있는 모습이 보였다. 창문에는 찢어진 커튼이 축 늘어져 있었고.

길재중이 거실 한가운데 서서 눈을 감고는 중얼거렸다.

"예상대로네요. 여기 악귀들이 한두 마리가 아니에요. 이야, 뭔 악귀들이 이렇게 많냐? 여기서 무슨 일이 있었던 거야?"

물론 정말로 뭔가를 느껴서 하는 소리는 아니었다. 지난 반년 동안 계속 출연을 하다 보니 연기력이 일취월장한 것이다.

덕분에 길재중의 캐릭터를 재미있게 보는 시청자들도 꽤 늘어나고 있었고.

길재중이 눈을 뜨고는 가장 어두운 주방 안쪽을 노려보며 중얼거렸다.

"가만있자…… 저기 구석에서 강한 귀기가 느껴지네요.

퇴마하는 톱스타

그럼 제가 저쪽으로 가서……."

길재중이 걸음을 옮기려는데 촬영을 하던 김현태가 겁먹은 목소리로 말했다.

"도, 도사님……."

길재중이 살짝 기분이 상한 표정으로 속삭이듯 말했다.

"웬 호들갑이야?"

"저기…… 방금 장롱 문이 살짝 움직이는 것 같았어요."

길재중이 재빨리 돌아서서 손전등으로 장롱 문을 비췄다. 부서져서 비스듬하게 매달려 있는 장롱의 문이 손전등 불빛에 드러났다.

길재중이 정말이냐고 눈짓으로 묻자 김현태가 고개를 끄덕였다.

"방금 우리 VJ가 뭔가를 느꼈답니다. 주방은 잠시 후에 확인하고 일단 저곳을 먼저 확인하도록 하겠습니다. 만약 뭔가가 있다면 제가 이 부적으로 악귀를 제령할 것입니다."

길재중이 손에 축귀부를 들어서 흔들어 보이더니 손전등을 비추며 장롱을 향해 다가갔다. 영능력은 없지만 태백산에서 기 수련을 한 덕분에 부적은 나름의 효력이 있었다. 그래 봐야 대단한 효력은 아니고 영을 쫓는 정도지만.

길재중이 비스듬하게 기울어진 장롱의 어둠 속으로 손전등 불빛을 비췄다.

장롱 안에서는 바깥보다 서늘하고 습한 기운이 느껴졌고

버려진 옷가지 따위가 아무렇게나 구겨져 있었다.

'서늘하긴 한데 딱히 귀기가 느껴지진 않는데? 대체 뭘 봤다는 거야? 저 자식 겁먹고 헛 걸 본 거 아냐?'

장롱 안으로 얼굴을 들이밀고 깊숙하게 손전등을 비추던 길재중이 순간 흠칫했다. 서늘한 에어컨 바람 같은 귀기가 목덜미를 휘감고 지나갔던 것이다.

'헉.'

자신의 얼굴과 맞닿을 것 같은 거리에 영이, 그것도 강한 귀기를 가진 악귀가 있다는 게 온몸으로 느껴졌던 것이다.

지금까지 자신이 부딪쳤던 영의 기운하고는 차원이 달랐다.

악귀가 뿜어내는 차가운 귀기가 얼굴에 닿는 게 느껴졌고, 어둠 속에서 쏘아보는 무시무시한 눈빛이 온몸을 휘감는 게 느껴졌다.

'제, 제기랄.'

이런 때 자칫 악귀를 자극했다가는 무슨 일을 당할지 몰랐다.

장롱에 얼굴을 처박고 있는 길재중을 걱정하는 김현태의 불안한 목소리가 들려왔다.

"도, 도사님?"

길재중이 얼굴은 장롱에 처박은 채 가만히 있으라고 손을 들고 내저었다.

길재중에겐 보이지 않았지만 장롱 구석, 그의 바로 눈앞에 검은 기운의 덩어리가 쪼그리고 앉아 있었다.

검은 머리카락이 얼굴을 덮었고 온몸이 기이하게 뒤틀려서 목이 돌아간 여귀가 구석에 웅크린 채 색색거리며, 닿을 것 같은 거리에서 길재중을 노려보고 있었던 것이다.

여차하면 날카로운 손톱으로 얼굴을 긁어 버릴 것처럼 잔뜩 독이 오른 여귀였다.

길재중이 조심스럽게 천천히 얼굴을 밖으로 빼냈다.

다리가 후들거렸지만 티를 내지 않으려고 이를 악물었다. 간신히 얼굴을 밖으로 꺼낸 후에는 자신도 모르게 안도의 한숨이 흘러나왔다.

여태까지 많은 흉가를 다녀 봤지만 그가 만난 영은 기껏해야 커튼을 움직이는 수준의 지박령 정도였는데, 방금 자신이 만난 악귀는 그런 수준을 뛰어넘었다.

선녀보살이 왜 기겁을 하고 도망을 쳤는지 이제야 비로소 알 것 같았다.

길재중이 김현태에게 조용히 나가자고 손짓을 하며 뒷걸음질을 쳤다.

오늘 게스트인 장태수가 정말로 영능력자인지는 모르겠지만, 무슨 일이 일어나도 크게 일어나겠다는 불길한 예감이 들었다.

하지만 길재중은 모르고 있었다. 장롱 속에 들어 있는 악

귀가 미친집의 악귀 전부가 아니라는 것을. 집 안 곳곳에 웅
크리고 있던 다른 악귀들도 그를 계속 주시하고 있었던 것
이다.

김영아가 소리쳤다.

"저기 전소민 기자님하고 장태수 작가님이 오시는 것 같아
요!"

전소민의 승용차가 막 촬영장으로 들어서고 있었다.

촬영장으로 들어선 승용차 운전석에서 전소민이 내렸고
태수와 장웅인이 차례로 내렸다.

"안녕하십니까?"

오늘 출연할 게스트인 장웅인이 특유의 소탈한 목소리로
인사를 건넸다. 스태프와 관계자들이 다들 장웅인과 인사를
나눴다.

전소민이 한 피디를 보고 들뜬 음성으로 말했다.

"어제 오프닝 영상 정말 괜찮았죠? 오늘 방송 시간 옮겼다
는 연락받았을 때 짐작은 했지만. 거봐요, 제가 뭐라고 했어
요. 장태수 작가님 보물이라고 했잖아요. 영상 얼른 보고 싶
다. 어? 근데 다들 표정이 왜 이래요?"

한 피디가 심각한 표정으로 말했다.

"전 기자, 장 작가, 잠깐만."

한 피디가 전소민과 태수를 조용히 불렀다.

"왜요?"

한 피디가 미친집을 힐끗 보면서 말했다.

"어떡하냐? 지금 백두도사 길재중 씨가 미친집에 먼저 들어갔는데."

태수가 놀라서 미친집을 돌아봤다.

검은 귀기가 미친집 2층을 휘감은 채 꿈틀거리고 있었고 그 안에서 손전등 불빛이 움직이는 게 보였다.

미친집을 감싸고 있는 귀기는 크기도 상당히 컸고 움직임도 활발했다. 게다가 색도 진한 걸 보면 집 안에 머물고 있는 악귀가 잔뜩 화가 나 있는 상태라는 걸 알 수가 있었다.

전소민이 말했다.

"아니, 분명히 장 작가님이 들어가지 말라고 했는데 왜 들어갔대요?"

"우리도 들어가지 말라고 말렸지. 근데 백두도사 성격 알잖아, 고집 피우면 아무도 못 말리는 거. 게다가 우리가 장 작가한테만 신경을 쓰니까 자존심이 상한 모양이더라고."

전소민이 어이가 없다는 듯 말했다.

"어후, 진짜. 자존심이 상할 게 따로 있지. 장 작가님, 어떡해요?"

"그분이 영적인 능력은 있나요?"

한 피디가 고개를 흔들며 말했다.

"모르겠어요. 어떤 때는 아닌 것 같은데 또 어떤 때는 뭔가 아는 것 같기도 하고."

태수가 조심스럽게 물었다.

"제가 지금 들어가 볼까요?"

전소민이 말했다.

"소용없어요. 워낙 똥고집이라서 말도 안 들을 거예요. 오히려 자기 무시한다고 막 화낼 걸요? 그동안은 악귀 없는 흉가만 찾아다녀서 괜찮았던 거지, 한번 제대로 당해 봐야 정신을 차릴 거예요. 저 집에 있다는 악귀가 혹시 사람 죽게 만들고 그런 정도는 아니죠?"

태수가 걱정스러운 표정으로 미친집을 돌아봤다.

보통 악귀라고 해도 백귀라든가 아주 악독한 악귀가 아니면 사람을 직접적으로 해하는 경우는 드물다. 몸에 빙의되어 괴롭히거나 혹은 물리력으로 사람들을 다치게 하는 경우가 대부분이다.

근데 미친집의 경우는 달랐다.

며칠 전 미친집에 들어가서 귀기탐색을 했을 때, 집 안에서 뿜어져 나오는 귀기 속에 온몸을 찌르는 것 같은 살의가 들어 있었던 것이다.

귀기에서 살의가 느껴진다는 건 사람을 죽여 본 경험이 있는 악귀라는 의미다. 당시 악귀가 어떤 존재인지 정확하게 파악은 못 했지만 결코 안심할 수 있는 상황이 아닌 건 확실했다.

"안 되겠어요, 제가 들어가 봐야겠어요. 미친집의 악귀는 사람을 죽일 수도 있을 거예요."

그제야 전소민도 걱정스러운 표정으로 말했다.

"정말이요? 그래도 백두도사님은 부적도 가지고 있으니까 괜찮지 않을까요?"

"저 정도 귀기를 가진 악귀라면 웬만큼 영험한 부적이 아니면 소용이 없을 거예요."

"어? 저기 나오네요."

전소민의 말대로 다행히 길재중이 VJ 김현태와 함께 미친집을 걸어 나오는 모습이 보였다.

길재중이 미친집에서 의기양양하게 다가와서 너스레를 떨었다.

"이야, 저 집에 악귀가 보통 많은 게 아냐. 현태 씨, 아까 봤지? 막 집 안 물건들 움직이는 거."

김현태가 얼굴이 허옇게 질려서 고개를 끄덕였다.

길재중이 주머니에서 부적을 꺼내 흔들며 말했다.

"그렇잖아도 내가 현관문에 축귀부를 한 장 붙여 놓고 나왔어. 혹시라도 악귀가 밖으로 나올까 봐서, 하하."

길재중은 애써 웃고는 있었지만 아직도 심장이 쿵쿵거렸다. 최대한 악귀를 자극하지 않으려고 얼마나 조심하며 집을 나왔는지 모른다.

한 피디가 끼어들어서 태수와 길재중을 인사시켰다.

"장 작가, 인사해요. 여긴 우리 고정 패널로 출연하는 백두도사님 길재중 씨. 도사님, 여긴…….'

"알아요, 장태수 작가. 워낙 주위에서 태수 태수 해서 이름이 저절로 외워지더라고."

길재중이 손을 내밀면서 말했다.

"나 길재중이오."

태수가 공손하게 인사를 했다. 딱 봐도 나이가 마흔은 훌쩍 넘어 보였기 때문이다.

"장태수라고 합니다."

태수가 손을 잡고 악수를 했다.

"어이, 작가 양반. 연배로 봐도 내가 월등히 위인 것 같고 나한테 대학생 조카가 있으니 말 좀 놔도 되겠소?"

"네, 편하게 말씀하십시오."

태수는 악수하는 손을 빼려고 했지만 길재중이 놓아주지 않았다.

손을 놓아주는 대신 길재중이 오히려 손에 힘을 가하기 시작했다. 자신의 악력을 과시해서 태수의 기를 꺾으려는 의도였다.

나이는 마흔이 넘었지만 아직도 바벨 90킬로그램은 번쩍 들어 올릴 정도로 힘에는 자신이 있는 길재중이었다.

'아마 손이 꽤 아플 거다.'

길재중이 입꼬리를 올리는 것도 잠시.

이게 웬일인가.

서서히 자신의 악력을 압도하며 오히려 힘을 가해 오는 태수의 기세가 심상치가 않았던 것이다. 게다가 얼굴은 온화한 미소를 머금었는데 전혀 힘을 주고 있다는 생각이 들지 않았다.

'어떻게 저럴 수가 있지?'

보통은 얼굴은 웃고 있어도 힘을 주고 있다는 티가 얼굴에 드러나는데.

'으으으.'

더 이상은 견딜 수가 없을 정도로 통증이 밀려들었다. 가만히 있다가는 손바닥뼈가 바스러질 것 같았다.

길재중이 황급히 손을 풀었다.

길재중이 노려봤지만 태수는 아무 일도 없었다는 듯 미소만 지을 뿐이었다.

'뭐지? 얼굴은 꼭 범생이같이 생겨 가지고. 종잡을 수가 없는 놈이네.'

온에어 불이 들어오면서 생방송이 시작했다.

한석후가 특집 프로그램에 대한 안내와 함께 태수를 소개했다. 이어서 준비된 영상들이 차례로 방송을 탔다. 태수의 제작 보고회 영상과 어제 밤새 편집을 마친 〈영혼탐정〉 코너가 방송으로 나갔다.

〈영혼탐정〉 코너가 방송을 타는 동안 태수는 VJ들을 모아 놓고 미친집에 들어가기 전 주의 사항을 전달했다.

비록 좋은 그림을 찍지 못하는 한이 있더라도 자신보다 앞서지 말고 시야를 벗어나지 말고 개인행동을 하지 말라는 것이었다.

그 모습을 지켜보던 길재중이 전소민에게 가소롭다는 표정으로 투덜거렸다.

"아니, 전 기자, 방송도 모르는 친구한테 저렇게 막 맡겨도 돼?"

그러잖아도 길재중의 돌출 행동에 화가 나 있던 전소민이 싸늘한 표정으로 말했다.

"도사님, 오늘은 특집이니까 도사님은 좀 조용히 있으시는 게 좋을 것 같아요."

길재중이 발끈하며 눈을 부라렸다.

"아니, 전 기자까지 왜 이래? 이전 방송에서도 촬영 들어가기 전에 내가 먼저 흉가에 들어가서 안전한지 여부를 체크했는데 왜 이번만 문제를 삼냐고? 그리고 내가 뭐 틀린 말했어? 영능력이 있는지 없는지는 잠시 후에 들통이 나겠지만 쟤가 방송에 대해 뭘 안다고……."

"네, 도사님이 틀리셨어요. 저기 장태수 작가님은 작가면서 영화감독이에요. 이번에 개봉하는 영화 〈모텔 파라다이스〉의 각본도 쓰셨고요. 근데 방송을 왜 몰라요?"

길재중의 목소리가 갑자기 수그러들었다.

"여, 영화감독이야?"

이번에는 옆에서 째려보면서 듣고 있던 김영아가 나섰다.

"이번 특집 3회분의 구성안도 전부 장 작가님이 쓴 거예요. 원래 구성은 진행을 방송국 오픈 스튜디오에서 하고 ENG만 현장에 나오는 거였어요. 근데 장 작가님이 이렇게 바꾼 거라고요. 이렇게 하니까 현장감이 확 올라간다고 다들 반응이 얼마나 좋은데요."

"그럼 진즉 얘기를 하지, 흠흠."

애써 시선을 돌리는 길재중의 마음이 착잡하면서 초조해졌다. 이러다간 정말로 자신의 자리가 없어질 것 같았던 것이다.

한 피디는 길재중을 불러서 주의를 줄 수도 있었지만 일부러 그렇게 하지 않았다.

길재중이 태수를 견제하며 자신의 캐릭터대로 행동하는 것도 방송의 재미를 위해 나쁘지 않다는 생각이 들었던 것이다.

그리고 프로그램이 시청률도 높고 안정적이라면 모르지만 어떻게든 이슈를 만드는 입장에선 이런 유형의 돌출 캐릭터가 도움이 될 수 있겠다는 생각이 들었다.

다행한 건 길재중은 완전 막무가내가 아니라는 것. 길재중은 방송에서 자신이 해야 할 역할이 뭔지 정확히 알아차리는 예능감을 가지고 있었다.

〈영혼탐정〉 코너가 끝나고 마침내 〈흉가탐방〉 코너가 시작됐다.

게스트인 장웅인은 한석후와 함께 바깥에 마련된 오픈 스튜디오에서 〈모텔 파라다이스〉에 대한 얘기를 나눴다. 어차피 이 프로그램에 나온 목적이 영화 홍보를 위한 것이었기에 중요한 부분이었다.

방송에는 〈모텔 파라다이스〉 예고편과 보도 자료로 제공되는 제작기 영상이 흘러나가고 있었다.

그사이 태수는 머리에는 고프로 카메라를, 가슴엔 와이어리스 마이크를 장착하고 스태프들과 함께 미친집으로 진입할 준비를 갖췄다.

그런 과정들도 VJ들이 모두 촬영을 해서 방송으로 내보냈다.

그럼 한석후와 장웅인이 준비 상황을 지켜보면서 흉가에 들어가서 무슨 일이 벌어질지 토크를 나누며 시청자들의 호기심을 증폭시켰다.

태수가 현장의 권창훈 피디에게 준비가 끝났다는 신호를 보냈고 미친집으로 진입하라는 사인이 떨어졌다. 전소민은 이번에도 진행자 자격으로 프로그램에 참여했다.

태수가 맨 앞에서 걸어가자 VJ들과 하늘에 떠 있는 드론이 다양한 각도와 앵글로 태수를 카메라에 담았다.

반면 길재중은 맨 뒤에 떨어져서 잔뜩 굳은 표정으로 그 뒤를 따랐다. 길재중을 잡고 있는 카메라 VJ는 김현태 한 사람뿐이었다.

⊷

한재성 피디는 마치 편집실을 통째로 옮겨 놓은 것 같은 중계차에서 실시간으로 들어오는 영상들을 수많은 모니터로 지켜보고 있었다.

그는 10여 개의 영상들을 보며 현장의 VJ들에게 영상에 대한 지시를 내리고 실시간으로 편집된 영상을 방송으로 송출하느라 눈코 뜰 새가 없었다.

VJ가 많아서 웬만한 스포츠 중계방송 못지않게 들어오는 영상들이 많았다.

"커트!"

"11번 카메라, 장태수 작가 얼굴 클로즈업으로 더 들어가. 커트."

"3번 카메라, 미친집 전경 픽스로 잡고 있어. 커트."

"5번 카메라, 거기 미친집에 현관문 클로즈업으로 잡아

봐. 오케이, 커트."

한 피디는 미친집과 태수를 팔로우하는 영상과 바깥의 오픈 스튜디오의 토크 영상들을 한 화면에서 보여 주기 위해 화면을 분할했다.

메인 영상은 당연히 태수를 중심으로 한 영상이었고, 바깥 오픈 스튜디오에서 한석후와 장웅인이 미친집의 영상을 지켜보며 나누는 토크가 화면 하단에 작은 박스로 들어갔다.

미친집 바깥에 마련된 오픈 스튜디오는 권창훈 피디가 현장을 지휘했다.

장웅인과 한석후가 두 개로 분할된 모니터를 보면서 실시간으로 멘트를 주고받았다.

막 미친집 마당으로 들어서는 방송 팀의 모습과 클로즈업으로 잡힌 태수의 긴장된 얼굴을 보며 한석후 아나운서가 말했다.

"조금 전 〈영혼탐정〉 코너를 보신 시청자들께서는 장태수 작가가 영혼을 보고 대화를 나누는 장면을 직접 눈으로 목격하셨습니다. 지금부터는 장태수 작가가 일명 미친집이라고 불리는 흉가에 들어가서, 우리가 흔히 말하는 악귀의 존재를 증명해 보이고 그들을 퇴마하는 과정까지 보여 주겠다고 합니다. 다시 한번 말씀드리지만 이 프로그램은 생방송으로 진행되고 있으며 저희 방송사에서는 어떠한 조작이나 연출도 없다는 사실을 시청자 여러분께 거듭 알려 드립니다."

김영아는 옆에서 프로그램 게시판을 모니터하며 시청자들의 반응을 체크하며 연신 탄성을 쏟아 내고 있었다.

평소 한두 개의 글도 올라오지 않던 시청자 게시판에 올라오는 글들의 수가 하나둘 늘어나기 시작하더니 〈영혼탐정〉 중간 정도부터 가속이 붙기 시작한 것이다.

다들 이전에는 〈영혼을 찾아서〉라는 프로그램을 몰랐다가 SNS를 통해 〈영혼탐정〉 코너에 대한 소식을 보고 급하게 들어오는 시청자들이었다.

〈영혼탐정〉을 보고 게시판에 올라오는 시청자들의 반응은 기대를 넘어설 정도로 뜨거웠다.

두딸엄마 : 같은 자식을 키우는 사람으로서 정말 감동스러운 프로그램이었습니다. 감사해요. 동훈이의 영혼이 하늘나라로 올라가서 편안하게 잠들었으면 좋겠습니다.
wjddk0922 : 정말 감동스럽게 잘 봤습니다. 장태수라는 분이 정말로 영혼을 보는지는 모르겠지만 저는 그렇게 믿고 싶습니다. 그래야만 동훈이가 편안해질 것 같으니까요.
가즈아 : 저런 뺑소니 개XX들은 잡아서 능지처참을 해야 함.

〈영혼탐정〉이 끝났을 때 게시판에 올라온 시청자들의 글이 모두 14개였다. 그사이에도 새로운 글이 계속해서 올라오고 있었고.

비록 프라임 시간대로 방송 시간을 급하게 옮겼지만, 시청률 0.5퍼센트를 간신히 넘기던 프로그램이라고는 상상하기 힘든 관심이었다.

감동적이었다는 글이 가장 많았고 태수에 대한 호기심을 나타내는 글들도 많았다.

물론 방송의 조작을 의심하는 글들도 여전히 보였다.

그리고 〈흉가탐방〉에 대한 안내가 나가고 방송이 시작되자 전혀 다른 분위기의 글들이 빠르게 게시판을 차지하기 시작했다.

guswn44 : 이거 완전 재밌겠다. 진짜 악귀 나오나?

오늘처음 : 와, 이런 프로가 있었어? 오늘 처음 봄.

골룸하지종 : 대박, 이게 무슨 일이래? 나 이 프로 1회부터 계속 봤는데 오늘 완전 약 빨고 찍는 거 같은데?

핵머리 : 헐, 얘네들이 이젠 조작 방송을 아주 대대적으로 하려고 작정을 했네.

오지네 : 이거 영혼을 찾아서 맞음????

전소민이 마치 전투를 치르러 가는 사람처럼 비장한 표정으로 미친집을 향해 걸어가는 태수에게 다가가서 물었다.

"시청자의 이해를 돕기 위해 혹시 지금 뭔가 보이는 게 있으면 말씀을 좀 해 주시죠."

태수가 미친집 앞에 멈춰 서서 2층을 가리키며 말했다.

"지금 저기 2층 위쪽에, 영혼들의 에너지라고 할 수 있는 귀기라는 기운이 많이 뭉쳐져 있어요."

"그 말은 곧 이 흉가 안에 많은 악귀들이 있다는 말로 이해해도 될까요?"

"네, 그렇게 이해하시면 됩니다."

전소민이 카메라를 보고 말했다.

"여러분, 들으셨죠? 전 사실 오싹하면서도 무지 흥분이 되거든요. 과연 저 흉가 안에서 어떤 일이 벌어질까요? 그리고 흉가 안에 있다는 악귀들의 정체는 과연 뭘까요? 그럼 지금부터 장태수 작가와 함께 악명 높은 흉가, 미친집의 내부로 들어가 보도록 하겠습니다."

태수가 미친집 마당으로 들어서서 2층을 올려다봤다. 검은 귀기의 덩어리가 이전보다 한층 활발하게 움직이고 있었다. 방송 팀이 접근하는 걸 악귀들도 감지하고 있는 것이다.

태수가 잠시 심호흡을 하고 마음을 가다듬었다.

오늘은 퇴마를 하는 게 목적이 아니라 방송을 통해 시청자들에게 실제로 영혼이 존재한다는 걸 보여 주고 최대한 방송을 극적으로 만들어서 이슈를 만드는 게 목적이다.

퇴마라면 오히려 간단하다.

하지만 방송은 퇴마를 하는 것보다 몇 배는 더 어렵고 위험이 따르는 일이다.

방송을 위해서는 위험한 줄 알면서도 일정 부분 악귀들을 그대로 지켜봐야만 한다. 위험에 노출되는 인원들도 많고 그 모든 안전에 대한 책임을 태수 자신이 져야만 한다.

긴장이 되는 건 생방송 때문이 아니라 오히려 그 부분 때문이었다.

태수가 미친집의 현관문을 열고 거실로 들어갔다.

사방에서 살의를 품은 강한 귀기가 몰려드는 게 느껴졌다. 귀기가 한 방향이 아닌 여러 방향에서 느껴진다는 건 악귀가 한두 마리가 아니라는 소리다.

태수는 안으로 우르르 들어서는 VJ들에게 조용히 하라는 신호를 보내고는 거실 한가운데 서서 조용히 주문을 읊었다.

'귀기탐색.'

화르르르륵.

공기가 흔들리며 허공에 지도가 나타났다.

지도에 나타난 붉은 점들을 바라보는 태수의 표정이 변했다. 대충 세어 봐도 예닐곱 개는 되는 붉은 점들이 집 안 곳곳에 도사리고 있었던 것이다.

1층에 네 개, 2층에 세 개의 붉은 점이 보였다.

대부분 일정한 크기를 갖추고 있어서, 나름 물리력을 행사하거나 인간에게 빙의를 시도할 수도 있는 힘을 지닌 악귀들이었다.

그중에서도 유독 붉은 점의 크기가 큰, 가장 강한 영적인 힘을 지닌 악귀가 2층에 머물고 있었다. 놈이 악귀들의 우두머리일 가능성이 높았다.

태수가 주문을 읊었다.

"안명부."

공기가 흔들리며 노란 부적이 허공에 나타났다.

손을 뻗어서 안명부를 움켜쥔 손으로 눈을 비볐다. 시야가 초록색으로 변했고 거실 곳곳에 웅크리고 있는 네 마리의 악귀들 모습이 보였다.

태수는 악귀들의 위치와 모습을 파악한 후 긴장한 모습으로 입구에서 대기하던 VJ와 게스트들을 향해 조심스럽게 말했다.

"이제 천천히 안으로 들어오세요. 절대로 큰 소리를 내지 말고 조용히 들어오세요."

지금 태수가 하는 모든 행동과 목소리는 중계차를 통해 생방으로 방송이 나가는 중이었다. 태수의 목소리와 행동에 따라서 방송을 지켜보는 시청자들도 덩달아 긴장을 하고 숨을 죽일 수밖에 없었다.

그야말로 국내에서 한 번도 시도된 적이 없는 독특한 형식의 생방송 프로그램이었다.

VJ들이 미친집 거실로 들어서자 태수가 일일이 위치를 정해 줬다. VJ들은 다양한 앵글과 각도로 태수의 표정과 목소리를 그대로 카메라에 담겼다.

"아뇨, 거기 말고요. 좀 더 왼쪽으로요."

VJ 한 명이 말했다.

"이쪽에 서면 작가님 얼굴 잡기가 힘들어서요. 저는 저 안쪽으로 가서 서는 게 좋겠어요."

VJ가 부서진 장롱이 있는 거실 구석으로 이동했다.

태수가 급하게 말했다.

"거기 멈춰요, 그쪽은 가면 안 돼요. 거기 부서진 장롱 밖으로 지금 악귀 한 마리가 고개를 내밀고 있거든요."

VJ들 중에서 누군가 옅은 비명을 질렀고 방송을 보던 시청자들도 아마 놀라는 사람들이 많았을 것 같았다.

카메라 몇 대가 장롱이 있는 어두컴컴한 구석을 비췄고, 오픈 스튜디오에서 지켜보던 장웅인과 한석후도 깜짝 놀랐다는 대화를 주고받았다.

장롱 쪽으로 가던 VJ는 얼른 뒷걸음질을 쳤다.

실제로 거실 구석에 방치되어 있던 장롱 속에서 악귀가 얼굴을 내밀고 있었던 것이다.

얼굴 전체를 검은 머리카락으로 가린 악귀로 얼마 전 길재중이 마주쳤던 바로 그 여귀였다.

현관에서 선뜻 안으로 들어서지 못한 채 모든 광경을 지켜보던 길재중도 태수의 말에 흠칫 놀라서 눈을 부릅떴다.

'대체 그걸 어떻게 안 거지?'

～⊱⊰～

김영아는 인터넷과 SNS상에서 〈영혼을 찾아서〉에 대한 실시간 반응과 시청자 게시판 모니터링 결과를 계속해서 권창훈 피디와 한재성 피디에게 전달하는 역할을 맡았다. 시청자들의 반응을 봐 가며 구성을 조금씩 수정하기 위해서였다.

시청자 게시판에 믿을 수 없을 정도로 많은 글들이 빠른 속도로 올라오고 있었다.

하지만 그보다 더 놀라운 건 인터넷과 SNS상에서 느껴지는 반응들이었다.

평소 인터넷에서 〈영혼을 찾아서〉를 치면 관련 글을 찾기가 어려울 정도였는데, 지금은 자신의 눈을 믿을 수가 없을 정도로 많은 반응들이 올라오고 있었다.

어디에 가면 방송을 볼 수 있는지 묻는 네티즌부터 채널 안내를 해 주는 링크까지.

방금 전 태수가 장롱에 악귀가 있다고 얘기한 직후부터는 그야말로 놀라운 속도로 네티즌들의 관심이 폭발적으로 늘어나고 있었던 것이다.

네이바를 검색하던 김영아가 자신의 눈을 비비며 비명처럼 소리쳤다.

"말도 안 돼. 권 피디님, 지금 우리 프로그램이 네이바 실 검 12위에 올라왔어요!"

네이바 실검 12위에 올랐다는 김영아의 말에 권창훈은 자 신의 귀를 의심했다.

어제까지 주위에서 무슨 프로그램을 연출하냐고 물으면 대답하기가 민망할 정도였다.

근데 실검 12위라니.

권 피디가 직접 네이바에 들어가서 확인을 했다. 정말로 〈 영혼을 찾아서〉가 실검에 들어가 있었다. 게다가 그사이 순 위가 다시 두 계단이나 상승해서 어느새 10위까지 올라가 있 었다.

프로그램은 아직 퇴마를 하는 하이라이트로 진입하기도 전이다. 문득 터무니없는 상상이 떠올랐다.

'혹시 이러다가 실검 1위 찍는 거 아냐?'

그때 카톡 알람이 울렸다.

제작사인 파인미디어 강만수 대표가 보낸 카톡이었다.

5분 전 프로그램 실시간 시청률 3% 돌파. 현재 계속 상승 중.

〰️

길재중은 악귀를 봤다는 사실을 알려야 했지만 모른 척했다. 퇴마를 하지 못하고 도망쳐 나온 이유를 설명할 수가 없기 때문이다.

대신 누군가에게 위험이 닥쳤을 경우 자신의 존재감을 드러내기 위해 기회를 엿보고 있었다. 장롱 속 악귀가 스태프를 공격하는 순간 자신이 뛰쳐나가서 부적을 붙일 수만 있다면.

근데 태수가 장롱에 악귀가 있다고 태연하게 말을 하자 화들짝 놀랄 수밖에 없었다.

자신은 장롱 속에 얼굴을 들이밀고 나서야 거기에 뭔가 있다는 걸 알았는데, 태수는 멀리서도 그걸 이미 알고 있었다는 얘기가 아닌가.

'설마 저 녀석…… 진짜 영을 보는 건가?'

〈영혼탐정〉 코너를 볼 때만 해도 뭔가 속임수가 있을 것이라고 애써 위안했지만, 방금 전 태수의 말은 영을 보지 않고서는 도저히 불가능한 행동이었기 때문이다.

그렇다면 〈영혼탐정〉 코너에서 아이의 영혼을 만나던 장면과 반지를 찾아 주던 것들이 전부 사실이었단 말인가.

'아니야, 그럴 리가 없어. 내가 지금까지 영능력이 있다고 떠벌리는 수많은 인간들을 만나 봤지만 진짜는 없었다고.'

문득 진짜가 나타났다고 말하던 김영아의 말이 떠올라서 길재중은 다시 기분이 상했다.

저런 강력한 경쟁자가 나타났으니 자신은 자칫 방송에서

퇴출당할 수도 있다.

딱 봐도 프라임 시간대에 방송이 되고 앞으로 시청률도 올라갈 것 같은데, 여기서 퇴출당한다면 억울해서 견딜 수가 없을 것 같았다.

또 그렇게 되면 백두도사 카페에 유입되던 회원들의 수도 급격하게 줄어들 것이고.

'위험을 감수하는 한이 있더라도 어떻게든 존재감을 드러내야만 해, 귀신을 물리치든, 귀신한테 당하든. 설마 죽기야 하겠어?'

태수는 이번 프로그램의 구성안을 짜면서 머릿속에서 수없이 이 순간을 그려 봤다.

어떻게 해야만 퇴마를 방송으로 보여 줄 수 있을지.

만약 퇴마만을 목적으로 했다면 진즉 이 집 안의 악귀들을 제령했을 것이다. 강형진 신부의 도움을 받기는 했지만 백귀들까지 물리쳤던 자신이 아니던가.

하지만 혼자서 퇴마를 하면 이전의 프로그램처럼 퇴마사 혼자 사기 방송을 하는 것처럼 비춰질 수도 있다. 중요한 건 자신이 느끼는 것을 시청자도 함께 느끼게 해 주는 것이다.

대단히 큰 위험만 아니라면 일정 부분 위험을 감수하더라도 방송의 효과를 극대화하는 쪽으로 선택해야만 한다.

그래야만 바닥을 기는 시청률을 올릴 수 있고, 시청률이 올라야만 〈모텔 파라다이스〉에 실질적으로 홍보가 될 수 있다.

문제는 어떻게 시청자들에게 보이지 않는 악귀들을 표현하느냐다.

태수가 거실의 악귀들을 보면서 고민을 하는데, 마침 좋은 타이밍에 전소민이 접근해 왔다.

"작가님, 조금 전에 저쪽 장롱에 악귀가 있다고 하셨는데 지금도 있나요?"

"네."

"그럼 혹시 악귀가 어떤 모습으로 있는지 말해 주실 수 있나요?"

태수 입장에서는 딱 바라던 질문이었다.

"지금 장롱 안에 있는 여귀는 검은 머리카락으로 얼굴을 가린 채 밖으로 고개를 내밀고 저희들을 노려보고 있습니다."

"정말요?"

태수의 말에 전소민이 어깨를 움츠리며 돌아봤고 카메라들이 일제히 장롱을 향했다.

머리를 내밀고 있던 여귀가 갑자기 카메라와 불빛들이 자신을 향하자 장롱 속으로 얼른 고개를 집어넣었다.

"저희들이 너무 관심을 많이 가져서 그런지 여귀가 장롱 속으로 쏙 들어갔네요."

태수가 어색하게 웃으며 천천히 거실을 둘러봤다.

"저기 주방 쪽에는 머리가 뒤로 돌아가고 허리가 굽은 할머니 귀신이 서 있네요."

태수가 가리킨 곳에 서 있던 VJ가 놀라서 뒷걸음질을 쳤
다.

"또 한 마리는 여기 위에, 천장에 거꾸로 매달려서 아까부
터 계속 제 머리 위를 기어 다니고 있습니다. 허리 아래가 잘
려서 상체만 남은 20대 후반의 남자 귀신이에요."

다들 카메라를 태수가 가리킨 천정을 비췄다.

시커먼 어둠만 있는 천정의 모습.

아직까지는 다들 반신반의하는 모습들이다.

"마지막 귀신은…… 음……."

태수가 바로 눈앞에 있는 VJ에게 물었다.

"실례지만 이름이 어떻게 되시나요?"

VJ가 대답했다.

"박희성입니다."

"네, 박희성 씨, 지금 카메라를 오른쪽 손으로 들고 촬영을
하는데, 혹시 반대편 왼쪽 어깨가 많이 아프지 않으세요?"

박희성이 놀라서 되물었다.

"맞습니다. 그걸 어떻게?"

"지금 다리가 한쪽밖에 없는 40대 여귀가 박희성 씨 어깨
를 밟고 서 있어서 그렇습니다."

"아악!"

박희성이 저도 모르게 비명을 지르자 태수가 말했다.

"괜찮습니다, 당장 해코지를 할 것 같진 않아요. 그리고 지금 박희성 씨 어깨 위에 올라가 있는 귀신은 생각보다 귀기가 강하지 않아서 비교적 안전한 편이에요. 가능하면 귀신을 쫓지 않는 게 방송에는 도움이 되겠지만, 계속 신경이 쓰이면 제가 쫓아 버릴게요."

박희성이 애써 웃음을 지으며 고개를 흔들었다.

"아, 아닙니다, 괜찮습니다. 충분히 견딜 만합니다."

전소민이 말했다.

"이 질문은 혹시 실례가 될 수도 있는데, 계속 악귀가 마치 눈에 보이는 것처럼 말씀은 하시는데 시청자들 입장에서는⋯⋯."

"시청자들이 어떻게 믿느냐는 질문을 하려는 거죠?"

"네, 딱 그거예요."

"여기 혹시 머리가 긴 여자분 없으신가요?"

아쉽게도 전소민은 머리가 짧은 스타일이었다.

VJ들을 둘러봐도 대부분 남자였고, 여자 VJ 둘은 머리가 짧았다. 하긴 VJ 중에서 긴 머리를 하고 있는 경우를 별로 본 기억이 없었다.

그때 스태프들이 귀에 끼고 있는 리시버에서 한 피디의 소리가 들려왔다.

"백두도사님, 머리 길잖아요."

그러자 전소민도 반갑게 소리쳤다.

"맞다. 백두도사님 머리 길어요!"

모든 스태프들의 시선이 길재중에게 쏠렸다.

현관 입구에서 상황을 관망하던 길재중이 당황한 표정을 짓더니 손가락으로 자신을 가리키며 말했다.

"나?"

태수가 말했다.

"네, 죄송하지만 긴 머리카락을 가진 분이 좀 필요해서요."

백두도사가 뻘쭘하게 태수 곁으로 다가왔다.

"긴 머리카락을 어디에 쓰려고?"

태수가 카메라를 보며 말했다.

"조금 전에 제가 장롱 안에 머리카락이 긴 여귀가 들어 있다고 했잖아요. 머리카락이 긴 여귀들은 자신처럼 긴 머리카락에 관심을 많이 가지거든요. 혹시 괜찮으시다면 장롱 옆으로 가서 서 있어 주시길 부탁드립니다. 그럼 여귀가 어떤 식으로든 반응을 보일 것 같거든요."

길재중이 기분 나쁜 표정으로 태수를 노려보며 반문했다.

"여귀가 반응을 보인다고?"

"아, 혹시 안전을 걱정하시는 거라면 제가 옆에서……."

"그 정도는 나도 스스로 보호할 수 있으니까 걱정할 필요 없소."

"그래도 만일의 안전을 위해서."

"장태수 씨, 나도 퇴마사야. 이 프로그램에 반년 동안 출연을 하면서 제작진의 안전을 책임졌던 사람이라고."

길재중이 정말로 화난 사람처럼 말을 하자 한 피디가 재빠르게 말했다.

─지금의 모습도 백두도사님 캐릭터니까 그 정도 수준까지는 용인하겠습니다.

길재중이 불쾌한 표정으로 머리를 묶은 끈을 풀어 헤치자, 정성스럽게 빗질을 한 윤기 나는 머리가 여자의 머리카락처럼 찰랑거리며 어깨 위로 쏟아져 내렸다.

길재중이 장롱을 노려봤다.

물론 겁이 나기도 했지만 나름 계산이 있었다. 살짝 굴욕적이긴 하지만 이런 식으로라도 존재감을 드러낼 수 있다면 나쁘지 않은 선택이라는 생각이 들었다.

어쨌든 기회가 온 셈이니까.

길재중이 조심스럽게 장롱 옆으로 다가가서 서더니 카메라를 보며 말했다.

"사실은 장태수 씨가 미리 얘기를 해서 그렇긴 한데 나도 아까부터 이 장롱 속에 있던 악귀를 보고 있었어요."

전소민이 얼른 다가가서 물었다.

"그럼 도사님도 여귀를 보신 거예요?"

길재중이 기다리던 기회가 왔다.

"누가 여귀랍디까?"

"네? 그럼 장롱 속에 있는 귀신이 여귀가 아니란 말씀인 가요?"

길재중이 살짝 당황한 표정을 짓는 태수를 힐끗 보고는 말 했다.

"내가 보기엔 여귀가 아니라 몽달귀신이에요, 남자 귀신 이라고."

전소민이 흥미로운 표정으로 물었다.

"그럼 방금 전에 장태수 씨가 여귀가 도사님의 긴 머리에 흥미를 가질 것이라고 얘기를 했는데 그 말도 틀렸을 수 있 겠네요?"

"그렇소. 내가 볼 때는 아무런 일도 일어나지 않을 겁니 다."

전소민이 태수를 돌아보고 물었다.

"방금 도사님 얘기를 어떻게 생각하세요?"

태수가 빙긋 웃으며 말했다.

"금방 결과가 나오지 않을까요? 기자님은 뒤로 조금 물러 나 있으세요."

태수는 길재중이 원래 허세를 부리는 캐릭터라는 건 알고 있었다.

피디도 특별히 길재중을 제지하지 않는 걸 보면 이 상황을 재미있게 받아들이고 있다는 얘기였다. 돌출 행동만 하지 않 는다면 태수도 그에 맞춰서 상황을 흥미롭게 끌고 가 볼 작정이었다.

"도사님이 1분만 거기에 서 있어 주시면 감사하겠습니다. 만약 1분이 지나도 아무 일이 일어나지 않는다면 도사님 말이 맞는 걸로 제가 인정을 하겠습니다."

길재중이 태수를 비웃으며 장롱 옆에 가서 섰다.

길재중은 태수 모르게 손안에 부적을 움켜쥐고 있었다.

장롱 속 악귀가 자신에게 다가오면 부적을 붙여서 물리칠 작정이었다.

장롱 속 악귀는 귀기가 강해서 물리력을 사용할 수가 있다. 이전에 집 안에 들어왔을 때 김현태가 장롱 문이 움직이는 걸 봤다고 하지 않았나.

그런 악귀에게 부적을 붙이면 어떤 일이 벌어질까.

악귀가 장롱 안에서 난리를 칠 것이다. 장롱에서는 요란한 소리가 날 것이고 시청자들은 악귀의 존재를 분명하게 알게 될 것이다.

입만 나불거리는 장태수보다 확실한 임팩트를 보여 주는 셈이다.

그럼 자신은 장롱의 문을 닫고 또 다른 부적으로 입구를 봉인할 작정이었다. 계획대로만 된다면 정말로 극적인 순간이 연출되는 것이다.

길재중이 카메라를 바라보며 의기양양하게 말했다.

"자, 그럼 여러분. 지금부터 시간을 재시기 바랍니다. 1분입니다, 1분!"

모든 카메라가 일제히 길재중과 태수를 잡았다.

길재중은 모든 신경을 장롱 속 귀기와 자신의 손안에 들어 있는 부적에만 집중한 채 태수를 바라보며 의기양양한 미소를 지었다.

하지만 태수는 그런 길재중과 장롱 속 여귀 따위에겐 신경 조차 쓰지 않았다. 더 심각한 문제가 눈앞에서 벌어지고 있 었기 때문이다.

1층에 있던 나머지 세 마리의 악귀들이 호기심이 가득한 표 정으로 스태프들 주위로 슬금슬금 몰려들기 시작한 것이다.

뿐만이 아니었다.

2층 계단 입구에도 두 마리의 악귀가 모습을 드러냈다. 두 마리 모두 다리가 잘리거나 팔이 잘린 악귀들이었다. 이상하 게 이 집에 사는 악귀들은 영체가 멀쩡한 악귀가 없었다.

그리고 2층에서 내려오는 두 마리의 악귀 뒤에서 강력한 귀기를 뿜어내는 우두머리 악귀가 나타났다. 허리가 뒤로 완전히 꺾여서 머리가 아래로 가 있는 기이한 형태의 악귀 였다.

머리가 뒤집힌 상태에서 눈알을 까뒤집은 모습이, 한눈에 봐도 보통 악귀가 아니라는 걸 알 수가 있었다. 악귀들은 영 체가 뒤틀리거나 훼손이 심할수록 귀기도 강해지는 경향이 있다.

영체가 뒤틀리거나 훼손이 되면 그만큼의 고통을 동반하게 되고, 늘 분노를 담고 지내기 때문에 귀기가 쌓이는 것이다.

의아한 점은 악귀의 영체가 흙으로 뒤덮여 있다는 것. 땅속을 기어 다니는 것도 아닌데 왜 영체가 흙으로 뒤덮여 있는지 이해가 가지 않았다.

의문을 가지는 순간 머릿속에서 노인의 목소리가 들려왔다.

-조심하게. 저건 망귀네.

'망귀요?'

공기가 흔들리며 허공에 글자 정보가 나타났다.

[망귀 : 죽은 사람의 영혼은 그 유체가 보호되기를 원한다. 만약 유체가 온전히 유지되지 못하면 편히 쉴 수가 없기 때문이다. 망귀는 무덤이 파헤쳐지거나 자신의 시신이 훼손되면 복수를 위해 사람을 죽이는 위험한 귀신이다.]

허공에 메시지를 읽는데 정신이 번쩍 들었다.

노인의 목소리가 들려왔다.

-내가 보기에 이 집은 묘지 위에 지어진 집인 것 같네. 지금 나타난 이 망귀들은 바로 이 집을 지으면서 묘지가 훼손되어 원한을 품고 있는 망귀들일세.

그제야 사정이 어떻게 돌아가는 것인지 알 것 같았다.

왜 악귀들의 영체가 온전한 경우가 하나도 없는지.

왜 이 집에서 계속 사람이 죽어 나갔는지.

악귀들은 자신들의 시신이 훼손당했으니 이 집에 들어오는 사람들에게 복수를 하고 있는 것이다.

이 상태에서 정상적인 방송을 하는 건 너무 위험했다. 지금이라도 방송을 중지해야겠다는 생각을 하는 순간 여기저기서 놀람의 탄성이 흘러나왔다.

장롱 옆에 서 있는 백두도사의 긴 머리카락이 허공으로 솟구쳐 올라가고 있었던 것이다. 여귀가 긴 머리가 탐이 나는지 어느새 백두도사의 목에 매달려 머리카락을 매만지고 있었던 것이다.

태수가 조용히 말했다.

"도사님, 지금 조용히 현관문을 향해 걸어가세요. 그리고 VJ분들도 지금 즉시 집밖으로 나가세요. 오늘 방송은 일단 여기서 중지하도록 하겠습니다. 더 이상 방송을 진행하는 건 위험……."

태수의 말이 미처 끝나기도 전에 귀가 찢어지는 것 같은 괴성이 들려왔다.

―끼아아아아악!

돌아보니 여귀의 이마에 축귀부가 붙어 있는 게 아닌가.

여귀가 고통의 괴성을 지르며 장롱 속으로 뛰어 들어가 몸부림을 치기 시작했다.

쾅쾅쾅쾅쾅쾅!

밖으로 나가려던 VJ들이 일제히 다시 돌아와서 장롱을 비췄다.

백두도사가 재빨리 장롱 문을 닫더니 손에 들고 있던 또 한 장의 부적을 문에 붙이고는 카메라를 향해 소리쳤다.

"이 소리 들립니까? 이게 지금 악귀가 몸부림치는 소리요! 어서 여기 와서 소리를 들어 보라니까!"

VJ들이 들고 있는 카메라의 화면에 치직거리며 노이즈가 생기기 시작했다. 여기저기서 카메라 이상을 호소하는 VJ들의 당황한 목소리가 들려왔다.

태수는 그 이유를 알 것 같았다.

집 안에서 급격하게 귀기가 치솟고 있었던 것이다. 그것도 그냥 귀기가 아니라 살의를 품은 귀기였다.

"다들 여기서 나가요, 어서!"

태수가 소리친 후 주문을 읊으며 부적들을 있는 대로 허공에 띄웠다.

"축사부…… 화멸부…… 축귀부……."

공기가 흔들리며 허공에 노란 빛을 발하는 부적들이 십여 장 나타났다.

길재중도 뭔가 심상치 않은 일이 벌어졌다는 걸 비로소 깨달았다. 바늘로 온몸을 찌르는 것처럼 따가운 귀기가 사방에서 그를 압박하며 밀려들고 있었기 때문이다.

"어서 나가요!"

태수가 소리치자마자 귀기가 최고조로 치솟으며 스태프들의 카메라에 달려 있던 램프와 손전등들이 터져 나가기 시작했다.

펑! 펑! 펑! 펑!

비명이 들려왔고 실내에 빛이 사라지며 악귀들이 일제히 스태프들을 향해 달려들었다.

ー키아아아악!

태수도 주문과 함께 팔을 휘둘러 허공에 떠 있는 부적 수십 장을 악귀들을 향해 날렸다.

"축사! 화멸! 축귀!"

부적에서 뿜어진 노란 항마의 기운이 빛처럼 폭사하며 사방으로 뻗어 나갔다. 항마의 기운에 맞은 악귀들이 괴성을 지르며 형체가 녹아내렸다.

부적의 기운이 사라지자 실내가 칠흑 같은 어둠이 찾아들었다.

태수가 수인을 맺은 후 영력을 모아 주문을 읊었다.

"야명주!"

화르르르륵!

공기가 흔들리며 칠흑 같은 어둠 속에서 반딧불 같은 푸른 입자들이 무수히 나타나 서로 뭉치더니 둥근 구의 형태를 만

들어 냈다.

야명주가 푸른빛을 발산하자 시야가 밝혀졌다.

어둠 속에서 악귀 한 마리가 스태프의 다리를 잡아서 물어뜯는 모습이 보였다. 스태프가 비명을 지르며 몸부림을 쳤다.

"설호검!"

화르르르륵.

무형의 설호검이 손안에 들어왔다. 설호검을 스태프를 물어뜯는 악귀를 향해 던졌다.

쇄액!

설호검이 호를 그리며 날아가 악귀의 목을 꿰뚫었다.

─키아아아악!

설호검을 맞은 악귀의 영체가 흩어졌다.

몸이 절반으로 꺾인 우두머리 악귀가 껑충껑충 뛰더니 검은 기운으로 화했다. 마치 칼날처럼 변한 악귀의 기운이 태수를 향해 달려들었다.

─키아아아악!

태수가 가까스로 몸을 젖히며 악귀를 피한 후 의식을 집중하자 온몸이 화염에 휩싸인 무서운 형상의 부동명왕이 눈앞에 떠올랐다.

오른손에 항마의 검을, 왼손에는 오라를 움켜쥔 채 온몸이 화염에 휩싸여 있는 부동명왕의 형상.

태수가 그 부동명왕을 떠올리며 항마진언을 읊었다.

"부동명왕의 이름으로 명하노라…… 아이금강삼등방편…… 신승금강반월풍륜……."

은은한 태수의 목소리와 함께 부동명왕의 항마진언이 어둠 속에서 파동을 일으키며 사방으로 번져 나갔다.

항마진언에 악귀들이 고통스러운 괴성을 내질렀고 기운으로 변해 날뛰던 우두머리 악귀의 움직임도 둔해졌다.

태수가 입으로는 항마진언을 읊고 손으로는 부적을 허공에 띄워 악귀들을 점점 한 곳으로 몰아갔다.

태수가 부동명왕의 항마의 불길을 소환했다.

태수와 노인의 목소리가 합쳐지며 일갈했다.

"비록 억울하게 시신이 훼손됐다고 하나, 삶과 죽음의 경계는 모든 생명과 죽은 자들이 지켜야만 하는 계율이다. 너희는 그 경계를 넘었고 계율을 어겼다!"

손에 노란빛의 항마의 불길이 활활 타오르기 시작하자 태수가 팔을 뻗으며 일갈했다.

"멸겁화!"

노란 항마의 불길이 파도처럼 악귀들을 덮쳤다.

화르르르륵!

실검 1위와 선론 시사회

모든 것을 태워 버린다는 부동명왕의 술법, 멸겁화.

화아아아악!

태수의 손에서 활활 타오르던 멸겁화의 불길이 구석에 몰린 망귀들을 덮쳤다.

—키아아아악!

망귀들이 뒤늦게 밖으로 뛰쳐나가려고 했지만, 부채꼴처럼 퍼져 나오는 불길을 피하기엔 늦은 타이밍. 물론 그 불길은 영적인 불길이었고 사람의 눈으로는 볼 수가 없는 불길이었다.

하지만 지금처럼 칠흑 같은 암흑 속에서는 반짝거리는 노란빛을 육안으로도 확인이 가능했다.

멸겁화를 뒤집어쓰고 불덩이가 된 망귀들이 어둠 속에서 미친 듯이 날뛰며 괴성을 질러 대자, 어둠 속 공기가 투명한 파동을 일으켰다. 자세히 본다면 일반인도 그 미세한 파동을 느낄 수 있을 정도다.

멀리서 바라보는 스태프들의 눈에는 불길에 휩싸인 악귀들이 불도깨비가 번쩍거리며 춤을 추는 것처럼 보였다.

몇몇 VJ들이 공포를 무릅쓰고 어떻게든 그 모습을 담으려고 카메라를 갖다 댔지만 제대로 영상이 잡히지 않았다.

영적인 에너지는 자기장과 비슷한 성격을 지니고 있다.

엄청난 영적 에너지가 동시에 폭발하면서 대량의 자기장이 발생한 것과 같은 효과가 생겼다. 덕분에 모든 전자 기기의 작동에 오류가 생겼고 카메라에서는 치직거리는 노이즈가 생기거나 화면이 뒤틀리는 왜곡 현상이 발생했다.

허리가 뒤로 꺾인 우두머리 망귀도 불덩이가 되어 실내를 뛰어다녔다. 독이 오를 대로 오른 우두머리 망귀는 덩어리가 제법 커서 사람의 머리통만 했다.

사람의 머리통 크기의 불덩이가 마지막 발악을 하듯 여기저기 영체를 부딪치며 괴성을 질러 댔다.

─키아아아악!

쾅! 쾅! 쾅! 쾅!

다른 망귀들은 기껏해야 불도깨비가 되어 날뛰는 정도지만, 우두머리 망귀는 강력한 물리력을 행사하기 때문에 부딪

치면 크게 다칠 위험이 있었다.

"다들 고개를 숙이고 바닥에 엎드려요!"

카메라를 들고 촬영을 시도하던 VJ들이 황급히 몸을 숙였다.

어차피 조금만 시간이 지나면 소멸할 영체들.

하지만 실내에 사람이 워낙 많아서 소멸되기 전에 다치는 사람이 나올 것 같았다.

태수가 수인을 맺으며 주문을 읊었다.

"오대존명왕 퇴마진!"

동방의 항삼세명왕, 남방의 군다리명왕, 서방의 대위덕명왕, 북방의 금강야차명왕의 힘을 빌린 부적 네 장이 동서남북 사방에 나타났고, 그들의 중심이 되는 부동명왕부(不動明王符)가 태수의 눈앞 허공에 둥실 떠서 나타났다.

네 장의 부적이 서로 항마의 기운으로 이어지며 결계를 형성했고, 각각의 부적들이 다시 중심에 있는 부동명왕부와 이어졌다.

태수가 수인을 바꾸며 주문을 읊었다.

"제령!"

사방의 부적들이 부동명왕부를 중심으로 모이며 공간을 줄이기 시작했다.

마치 그물에 갇힌 물고기들처럼 망귀들이 발버둥을 쳤다.

하지만 영적인 에너지까지 거의 소진한 망귀들에게는 선

택의 여지가 없었다.

오대존명왕 퇴마진이 모든 공간을 없애며 네 장의 부적이 부동명왕부에 합체되는 순간 망귀들이 완전하게 소멸했다.

공기가 흔들리며 허공에 메시지가 떠올랐다.

귀기를 흡수했습니다.

순간 서늘한 기운이 태수의 몸 안으로 스며들었다.

김영아는 시청자 게시판과 온라인상에서 〈영혼을 찾아서〉의 실시간 반응을 체크하고 있었다.

김영아는 태수가 집 안에 있는 악귀들의 모습을 설명하는 부분에서 주작을 의심하는 게시글들이 빠르게 늘어나고 있는 걸 발견했다.

꼬치 : 헐~ 정말로 악귀들의 모습이 보이는 건가?

한수 : 저 말을 뭘로 믿음?

지구수호군 : 연기력에서 백두도사가 발림. ㅋㅋ

whddn : 솔직히 저건 좀 아닌 것 같은뎅???

solt17 : 말로만 믿으라고 하지 말고 증거를 대든가.

김영아는 그런 분위기를 권창훈 피디에게 즉시 전달했다.

권 피디는 상황을 그대로 방치하면 문제가 생길 수 있다는 판단을 내렸다. 프로그램에 대한 관심이 수그러드는 것은 물론이고 자칫하면 이후의 내용까지도 신뢰성 문제가 생길 수 있었다.

권 피디는 곧바로 무전기를 들고 리시버를 끼고 있는 전소민에게 현재의 분위기를 전달했다.

전소민이 난감하게 물었다.

-그럼 어떡하죠?

"장태수 작가가 방금 악귀들의 위치와 생김새까지 구체적으로 설명을 했는데, 그런 말들을 어떻게 믿느냐고 물어봐 줘요. 증명해 줄 수 있냐고."

사실 그런 요구는 권 피디에게도 부담스러웠다. 만약 태수한테 그런 걸 증명할 수 있는 방법이 없다면 서로가 난처해지기 때문이다.

전소민이 태수에게 그 말을 그대로 전했다.

"이 질문은 혹시 실례가 될 수도 있는데, 계속 악귀가 마치 눈에 보이는 것처럼 말씀은 하시는데 시청자들 입장에서는……."

다행히 태수가 당황하는 기색 없이 오히려 기다렸다는 듯 말을 받아 줬다. 그 얘기는 이미 나름의 대비책이 있다는 소리.

사실 그 부분은 프로그램의 성패를 좌우하는 가장 중요한 요소라서 태수가 시원하게 대답을 하는 순간 권 피디의 입에선 절로 안도의 한숨이 흘러나왔다.

　'만약 시청자들을 설득시킬 수 있는 그런 장면을 보여 줄 수만 있다면 정말로 대박이 날 텐데. 대체 어떤 방법으로 악귀의 존재를 증명하겠다는 건지.'

　권 피디도 숨을 죽인 채 흥미롭고 설레는 심정으로 다음 상황을 지켜봤다.

　그 순간 숨을 죽인 사람은 권 피디뿐만이 아니었다. 한석후, 장웅인도 멘트할 생각조차 잊어버리고 모니터만 바라봤다.

　하물며 일반 시청자들이야 말해 무얼 할까. 다들 숨을 죽인 채 모니터 속 태수만 바라볼 것이다.

　'장태수 작가, 제발 그럴싸한 방법으로 하나만 보여 줘. 하나만!'

　모두가 숨을 죽이고 지켜보는 순간 태수가 뜻밖의 질문을 했다.

　"여기 혹시 머리가 긴 여자분 없으신가요?"

　처음엔 권 피디도 고개를 갸웃했지만 이내 태수가 시청자들이 예상을 할 수 있도록 얘기를 풀어 줬다.

　장롱 속에 여귀가 있는데 그 여귀가 긴 머리에 관심이 많아서 어떤 일이 일어날 것이라는 얘기.

태수는 머리가 긴 여자를 찾았지만 흉가에 들어간 인원 중에는 그런 여자가 없었다. 밖에 있는 스태프라도 들여보내야 하나 고민하던 중에 섬광처럼 백두도사가 떠올랐다.

우람한 체형의 길재중이 긴 머리를 풀고 악귀 옆에 희생양처럼 서 있는 모습을 떠올리는 것만으로도 절로 입꼬리가 올라갔다.

뭔가 그럴싸한 그림이 나올 것이라는 방송 피디의 촉이 발동한 것이다.

다른 사람이라면 몰라도 방송 욕심이 많은 길재중이라면 가만히 있지는 않고 뭐든 돌출 행동을 할 것이라는 기대감도 있었다.

물론 권 피디는 길채중의 그런 작은 돌출 행동이 모든 사람을 위험에 빠트릴 정도로 위험하리라곤 상상도 하지 못했다.

권 피디가 길재중을 지목했고, 태수도 그런 피디의 의도를 알아차린 듯했다.

두 사람은 팽팽한 기싸움을 벌이며 누구의 말이 맞는지 대결 구도를 만들었다.

물론 권 피디는 결과를 알고 있었다. 보나 마나 길재중의 말은 허세에 불과할 테니까.

둘의 대결 구도가 성립되고 길재중이 장롱 옆에 서면서 1분 동안이라는 규칙까지 정해지자 잠잠하던 온라인이 다시 들먹이기 시작했다.

　　헬학교 : 두근두근. 누구 말이 맞으려나?
　　kim208 : 오오. 드디어 악귀의 실체를 보는 건가?
　　오지네 : 오늘 이 프로 약 먹음. 원래 이런 프로 아님.

　누구의 말이 맞을지, 어떻게 악귀의 존재를 증명하겠다는 것인지, 심지어는 백두도사 캐릭터가 재미있다는 의견까지 다양한 반응들이 쏟아졌다.
　그리고 딱 그 순간에 강만수 대표의 카톡이 다시 왔다.

　　시청률 6% 돌파. 계속 상승 중.

　아찔할 정도로 짜릿한 쾌감이 권 피디의 전신을 휘감고 지나갔다.
　시청률 6%.
　그야말로 꿈의 시청률로 어제까지 〈영혼을 찾아서〉 시청률의 10배다.
　게다가 지금의 특집 프로그램은 전체 3부작 중 첫 번째에 불과하다. 다음 주 게스트는 대한민국 최고의 여배우라고 할 수 있는 손예지다.
　정말 상상만으로도 흥분이 돼서 숨이 막힐 지경이었다.

김영아가 비명처럼 소리를 질렀다.

"피디님, 지금 우리 프로가 실검 3위예요! '귀신 보는 남자'도 실검 18위에 올라왔어요."

이 모든 게 꿈인가 싶을 정도로 흥분이 됐다.

이어서 길재중의 머리카락이 허공으로 치솟아 올라가는 장면이 화면 하나 가득 들어왔다.

태수가 의도한 장면이 바로 저것이라는 생각이 들자 그야말로 만세라도 부르고 싶었다.

권 피디의 입에서 저절로 탄성이 흘러나왔다.

"정말 대단한 친구야."

시청률과 실검이 빠르게 상승하는 게 눈에 보였다. 텔레비전을 바라보며 꺅꺅거리는 시청자들이 비명 소리가 행복한 속삭임처럼 귓전에서 울리는 듯했다.

길재중이 아무것도 없는 허공에 부적을 갖다 댔는데 그 부적이 떨어지지 않고 허공에 둥둥 떠 있는가 싶더니 갑자기 장롱 속으로 빨리듯 들어갔다.

전혀 예상치 못한 순간이었기에 권 피디도 눈이 휘둥그레졌다. 말로만 듣던 영혼의 존재를 확실하게 보여 주는 놀라운 장면이었다.

장롱 안에서 사나운 짐승이라도 들어 있는 것처럼 쾅쾅거리는 소리가 이어지면서 시청자들의 반응이 폭발했다.

권 피디는 전율을 느꼈다.

그야말로 극적인 순간의 연속, 최고의 1분이 될 만한 장면이었다.

[대박!]

[미친!]

[이건 인정!]

그런 키워드들이 온라인과 게시판에 쏟아지며 난리가 났다.

소름 끼치고 무섭다, 놀랍다는 반응들이 쏟아졌고 여전히 연출이다, 아니다 하는 논쟁의 글들도 일부 이어졌지만 열광하는 시청자들의 글에 금방 묻혀 버렸다.

권 피디도 그 장면에서는 정말 소름이 돋았다.

시청자와 같은 마음으로 소름이 돋기도 했지만 프로그램이 정말 실검 1위를 차지할지도 모르겠다는 예감에 몸이 부르르 떨릴 지경이었다.

김영아가 그런 권 피디의 마음을 읽은 것처럼 흥분해서 소리쳤다.

"피디님, 지금 우리 프로가 실검 1위예요!"

심장이 터질 것 같았고 현기증이 느껴졌다.

하지만 달콤한 순간은 딱 거기까지였다.

길재중이 장롱 문을 닫고 그 입구에 부적을 붙이자 장태수가 다들 나가라고 고함을 지르기 시작했다.

뭔가 잘못됐다는 직감이 들었고, 갑자기 화면에 노이즈가 낀 것처럼 치직거리는 왜곡 현상이 발생하기 시작했다.

권 피디의 입에서 비명이 터져 나왔다.

"안 돼!"

중계차 안에서는 한 피디가 괜찮은 화면을 찾느라고 계속 커트로 전환했지만 거의 모든 카메라가 동시에 오류를 일으켜서 정상으로 작동하는 카메라가 한 대도 없었다.

생방송 화면에 치직거리는 노이즈와 마구 왜곡되는 화면이 뜨자 한 피디가 다급하게 말했다.

"오픈 스튜디오로 돌립니다."

화면에 미친집의 화면이 사라지고 한석후와 장웅인의 오픈 스튜디오가 떴다.

한 피디의 휴대폰이 요란하게 울렸다.

편성국 김 국장이었다.

"예, 국장님."

―지금 뭐 하는 거야? 가장 하이라이트에서. 방금 사장님까지 전화 와서 난리를 치셨어.

"저도 지금 영문을 모르겠습니다. 갑자기 모든 카메라가

오작동을 일으키고 있어서요."

─그럼 지금 이후의 영상은 하나도 건질 수가 없단 말이야?

"일단 오픈 스튜디오로 넘긴 후에 괜찮은 영상이 있는지 찾아보고 있습니다."

─뭐라도 좋으니까 하나라도 건져, 하나라도! 지금 시청률이 미쳤다고!

전화를 끊은 한 피디가 편집 기사에게 소리쳤다.

"얘기 들었지. 뭐든 좋으니까 하나라도 찾아야해!"

하지만 그런 바람을 무참히 짓밟는 것처럼 카메라에 달린 라이트는 물론이고 손전등까지 터져 나가기 시작했다.

"아아아아!"

한 피디가 비명을 지르며 양손으로 머리를 감싸 쥐었다. 어둠 속 화면에서 이상한 불빛들이 빠르게 날아다니는 영상이 이따금 들어왔지만 그게 뭔지는 알 수가 없었다.

그리고 어둠 속에서 들려오는 비명과 괴성들.

화면으로 지켜보는 권 피디조차도 두려움에 몸이 떨릴 지경이었다.

흉가 안의 스태프들은 물론 오픈 스튜디오의 스태프들도 뭘 어떻게 해야 할지 몰라 다들 우왕좌왕하는 아수라장의 현장.

권 피디가 떨리는 목소리로 중얼거렸다.

"대체 저 안에서 무슨 일이 벌어지고 있는 거야?"

그런 어둠 속에서 차분한 음성으로 주문을 외우는 누군가의 목소리가 들려왔다. 보통 사람의 목소리와 다르게 청아하면서도 공기 중에 파동을 만들어 내는 울림이 있는 목소리.

치직거리는 노이즈 화면 중간에 잠깐씩 들어오는 정상 화면.

창백한 달빛이 스며드는 어두컴컴한 거실에서 수인을 맺은 채 서서 주문을 읊는 누군가가 있었다. 형체만 보이는데, 기기의 오류인지 온몸에서 은은한 오오라 같은 게 뿜어져 나오고 있었다.

권 피디가 화면 가까이 얼굴을 가져가며 중얼거렸다.

"누구야, 장태수야?"

태수의 앞쪽으로 뭔지 모르지만 노란 기운이 넘실거리고 있었고, 정체를 알 수 없는 기이한 괴성들이 끼어들었다. 괴성은 기계음도 아니고 사람이 낼 수 있는 소리도 아니었다.

불과 2, 3초도 되지 않는 짧은 화면 속에서 불도깨비 같은 불빛들이 어지럽게 날아다니다가 사라졌다.

츠츠츠츠츠.

화면에서 노이즈가 사라지더니 비로소 정상적인 영상이 들어오기 시작했다.

구석에 서 있던 형체가 돌아섰다.

장태수가 형형한 눈빛으로 천천히 현장을 둘러봤다.

이어서 공포에 사로잡힌 VJ들의 얼굴이 화면에 잡히기 시작했다.

권 피디가 화면을 보며 지시를 내렸다.

"견디기 힘든 VJ들은 밖으로 나오고 촬영이 가능한 VJ들은 촬영을 끝까지 마무리 짓도록!"

태수는 귀기를 흡수한 후 천천히 어둠을 둘러봤다.

요즘은 귀기가 부족하면 몸이 먼저 알아차린다. 마치 피로도가 높아서 몸이 뻐근한 것처럼 움직임이 무겁다.

이번에 너무 많은 귀기를 소모해 보유량이 아슬아슬했는데 다행히 보충을 했다. 방송을 하다 보니 귀기의 소모량이 너무 많았다.

어둠 속에서 휴대폰의 불빛이 하나둘 켜졌고 손전등 몇 개가 불이 들어와 실내를 밝혔다.

머리를 감싼 채 구석에 웅크리고 있던 전소민이 자리에서 일어났다. 역시 바닥에 쓰러져 있던 길재중도 어리둥절한 표정으로 몸을 일으켰다.

태수가 실내를 둘러보며 소리쳤다.

"혹시 다친 사람 있나요?"

"여기요."

태수가 돌아보니 아까 악귀에게 다리를 물어뜯긴 VJ였다.

달려가서 보니 VJ가 학질에 걸린 사람처럼 몸을 부들부들 떨고 있었다.

"왜 이러는 거예요?"

"잠시만 비켜 보세요."

VJ의 다리를 보니 푸르스름하게 멍이 들어 있었다. 아까 악귀에게 물린 자국이었다.

태수의 경우는 귀기가 있어야 영능력을 사용할 수 있지만 일반인의 경우 몸속에 귀기가 침범하면 육신이 피폐해지고 정신까지 위험해질 수가 있다.

태수가 다리에 손바닥을 대고 주문을 읊었다.

제1성인 탐랑성의 생기탐랑의 능이 작동합니다.

화르르르륵.

태수의 손에 푸르스름한 생기탐랑의 기운이 맺히더니 스태프의 다리로 옮겨 갔다.

사시나무처럼 떨던 스태프의 몸이 점차 진정이 되며 푸르스름하던 다리의 색도 빠르게 정상으로 돌아왔다.

"이제 안정을 취하면 괜찮을 겁니다."

태수가 자리에서 일어나 주위를 돌아봤다.

길재중이 시야에 들어왔다. 태수와 눈이 마주친 길재중이 얼른 시선을 피했다.

태수가 빠른 걸음으로 다가가서 다그치듯 말했다.

"방금 무슨 짓을 했는지 아시죠?"

"당연히 알지. 자네는 생각이 다를지 모르지만 난 프로그램에서 내가 해야 할 역할을 했을 뿐이야. 자네나 나나 똑같은 게스트라고."

"도사님의 욕심을 위해서 이 많은 사람들의 안전 따위는 무시해도 좋다는 말입니까?"

길재중이 갑자기 험악하게 인상을 쓰며 으르렁거렸다.

"자네 지금 나한테 뭐 하자는 거야? 내가 뭘 어쨌다고? 나한테 악귀가 달라붙는 게 느껴지는데 그럼 가만히 당하고만 있으란 소린가?"

"부적을 준비했으면 저한테 미리 말을 했어야 될 거 아닙니까."

길재중이 주위를 둘러보고는 낮은 목소리로 말했다.

"나도 명색이 퇴마사야. 지금까지 나름 카리스마 있는 캐릭터로 프로그램에 출연을 해 왔다고. 자네는 신입이고. 근데 자네는 날 불러 세워 놓고 웃음거리로 만들려고 했어. 먼저 사람을 무시한 쪽은 자네라고. 그리고 난…… 그게 그렇게까지 큰 일이 될 줄은 몰랐다고."

태수가 길재중을 노려보다가 손을 덥석 잡았다.

길재중이 깜짝 놀라며 손을 빼내려는 순간 태수가 주문을 읊었다.

'사이코메트리.'

화르르르륵.

사이코메트리의 주문을 읊자 공기가 흔들리며 시간이 멈췄다.

머릿속에서 길재중의 마음속 생각들이 들려오기 시작했다.

'김현태한테 내가 장롱 속에 여귀가 있다는 걸 미리 알았다는 얘기를 어디 가서도 하지 말라고 한 번 더 당부를 해야겠네. 그 사실이 밝혀지면 모든 비난이 나한테 쏟아질 수가 있겠어.'

화르르르륵.

다시 시간이 정상으로 흘렀다.

길재중이 얼른 손을 빼내며 당황한 표정으로 말을 더듬었다.

"지, 지금 무슨 짓을 한 거야?"

"이상한 생각은 하지 마시고요. 조금 전에 도사님이 한 행동이 그렇게 큰일로 번질지 모른다고 하셨죠?"

"그, 그랬는데…… 그게 왜?"

"도사님은 이미 장롱 속에 여귀가 있다는 걸 알고 있었습니다. 그래서 미리 부적도 준비해 뒀던 것이고, 그런 걸 알면서도 저한테 알리지를 않았어요. 왜? 그걸 말하면 자신이 악귀를 퇴치하지도 못하고 달아났다는 사실이 들통 날 테니까."

"지금 무, 무슨 소리 하는 거야?"

"VJ 김현태 씨 불러서 물어볼까요?"

길재중의 동공이 튀어나올 것처럼 휘둥그레졌고 표정이 변했다.

"자, 자네가…… 그걸 어떻게?"

"일단 제가 출연하는 이번 특집 프로그램에는 다른 사람들의 안전을 위해 도사님이 출연하지 못하도록 조치를 취하겠습니다."

태수의 말에 길재중의 얼굴이 허옇게 변했다.

길재중이 싸늘한 얼굴로 돌아서는 태수의 팔을 붙잡았다.

"이봐, 잠깐만!"

태수가 돌아서자 길재중이 말했다.

"우리 타협을 하자고. 날 제외하면 여기 아무도 영에 대한 지식이 있는 사람이 없어. 그래, 솔직히 말하지. 난 영능력은 없지만 보통 사람보다 영감이 뛰어나서 여러 가지 장점이 있어. 내가 없는 것보다는 있는 게 자네도 방송을 하는 데 훨씬 수월할 거야, 방송도 재미있고. 마지막에 사고만 터지지 않았다면 이번 방송도 꽤 괜찮았을걸."

"그래서요?"

"다음부터는 절대로 돌출 행동 같은 건 하지 않을게, 아니 방송의 재미를 위해서 하더라도 자네하고 약속된 행동만 할게. 망가지는 역할도 좋고 악귀한테 당하는 역할도 좋아. 죽지만 않는다면 뭐든 다 할 테니 날 방송에서 **빼지만** 말라고. 난 방송에 계속 출연하고 싶단 말야. 감정적으로 말고 방송을 먼저 생각하자고."

태수가 가만히 길재중을 바라봤다.

눈빛에서 방송에서 퇴출될 것에 대한 불안과 방송을 하고 싶은 열망이 동시에 묻어났다.

심성이 그렇게 악한 사람 같지는 않은데 방송에 대한 욕심 때문에 이기적인 행동을 하는 것 같았다.

길재중의 말처럼 돌출 행동만 하지 않는다면 여러모로 방송을 재미있게 만들 수 있는 캐릭터인 건 분명했다.

길재중이 없다면 방송의 재미까지도 태수 혼자 책임져야만 해서 부담스러운 면이 있다.

"그 부분은 일단 제작진하고 상의를 해 볼게요."

전소민이 다가와서 말했다.

"지금 오픈 스튜디오로 가서 방송을 마무리해야 할 것 같아요."

～～

온라인 실검에는 '영혼을 찾아서 방송 사고'라는 검색어가 새롭게 실검에 올랐다. 갑자기 화면에 노이즈가 나타나고 영상이 뒤틀리는 왜곡 현상이 일어났기 때문이다.

게다가 가장 중요한 하이라이트 장면에서 문제가 생겼다.

웬날벼락 : 갑자기 뭔 일? 진짜 무슨 일 난 건가?
초월 : 결정적인 순간에 끊기네. 헐, 이것도 절단 신공인가?
dudtn80 : 다시 영상 틀어라. 하나도 못 봤다.
딸아빠 : 아이 씨. 모처럼 재미있는 거 보나 했는데 ㅈㄹ.

오픈 스튜디오에서는 한석후와 장웅인이 갑작스러운 사
고에 대해 시청자들에게 해명을 하느라 진땀을 흘리는 중이
었다.

한석후가 진땀을 흘리며 멘트를 이어 나갔다.

"네, 지금 저희도 무척 당황스러운 상황인데요. 이렇게 수
많은 카메라들이 한꺼번에 오류를 일으키는 경우는 처음 본
것 같습니다."

김영아가 '시청자 게시판에서 어떻게 된 일인지 알려 달라
고 난리'라고 적은 종이를 눈앞에서 흔들어 댔다.

"지금 시청자 여러분들이 무슨 일이 벌어진 건지 많이들
궁금해하시는 것 같은데, 사실 저희도 여러분들만큼이나 현
장에서 무슨 일이 있었는지 궁금합니다. 그나마 다행한 소식
은 아직까지 다친 사람은 없다고 합니다."

그때 태수와 전소민, 길재중이 나란히 오픈 스튜디오로 들
어섰다. 두 사람은 구세주라도 만난 듯 반갑게 세 사람을 맞

이했다.

"아, 여기 우리 모두가 기다리던 장태수 씨가 막 도착을 했습니다. 장태수 씨, 괜찮으세요?"

태수가 마이크를 넘겨받으며 담담하게 대답했다.

"네, 괜찮습니다."

"대체 방금 무슨 일이 일어난 건지 간단하게 설명을 좀 해 주실 수가 있을까요? 지금 방송 시간이 얼마 남지가 않아서."

그러자 옆에 있던 길재중이 얼른 마이크를 대신 받으며 끼어들었다.

"그건 제가 설명하는 게 더 정확할 것 같습니다."

"아, 예, 그럼 백두도사님이 대신 설명을 해 주시죠."

길재중은 미친집에서 있었던 일들을 비교적 자세하게 설명했다. 자신의 머리카락을 만지는 악귀의 기운이 느껴져서 위협을 느꼈고 저도 모르게 부적으로 퇴치를 했다.

근데 미친집에는 악귀가 한 마리만 있었던 게 아니다.

길재중이 담담한 목소리로 말을 이어 갔다.

"제가 부적을 사용하면서 귀기가 강한 악귀들의 영적인 에너지가 한꺼번에 폭발했고, 전자 기기들이 오류를 일으키게 된 겁니다. 결론은 모든 게 제 불찰이었다는 거죠. 제가 사고를 쳐서 열이 받은 악귀들을 모두 퇴마한 게 여기 있는 장태수 씨고."

역시 길재중은 방송에 대한 감각이 뛰어났다.

길재중은 어떻게 해야만 방송에서 살아남을 수 있고 자신만의 캐릭터를 구축할 수 있는지 본능적으로 알고 있었던 것이다. 거기에 자신의 방송 분량 확보하는 방법까지.

태수를 띄워 주는 것 같지만 결정적인 멘트는 자신이 다 정리를 했다. 캐릭터는 망가져도 상관없으니 어떻게든 방송 분량은 확보하겠다는 전략.

만약 같은 연예계 사람이 자신의 분량을 그렇게 빼앗겼다면 엄청나게 짜증이 났을 상황.

하지만 태수는 방송 욕심이 있는 건 아니다. 길재중은 그런 것까지 꿰뚫어 본 전략으로 보였다.

덕분에 태수가 할 수 있는 일은 그저 웃는 일 말고는 별로 없었다. 물론 방송 후 온라인의 반응은 사뭇 달랐지만.

시간이 촉박한 관계로 한석후가 서둘러 방송을 마무리했다.

＊＊＊

생방송이 끝난 후 다들 10년은 감수한 표정을 지었지만 얼굴엔 어느 때보다 상기되고 고무된 기색이 역력했다.

검색 순위에 오랫동안 머물지는 못했지만 어쨌든 실검 1위를 찍었고, 시청률은 1부 〈영혼탐정〉이 전국 기준 1.7%, 2

퇴마하는 톱스타

부 〈흉가탐방〉이 5.2%, 순간 최고 시청률은 자그마치 7.9%를 찍었다.

순간 시청률이 가장 높았던 장면은 바로 백두도사의 머리카락이 올라가고 장롱 속에서 악귀가 몸부림을 치던 장면이었다.

과정이야 어쨌든 길재중이 시청률을 올리는 데 혁혁한 공을 세운 셈이었다.

방송이 끝나자 한 피디는 물론이고 권 피디도 태수를 대하는 태도가 완전히 달라졌다. 그야말로 특급 배우를 대하듯 공손해졌고 뭐든 필요한 게 있으면 무조건 지원을 하겠다고 했다.

한 피디 역시 모처럼 편성국장의 극찬을 들었다.

비록 사고로 방송이 매끄럽게 마무리되진 못했지만 이 정도면 대성공이었다.

특집 프로그램은 모두 3주에 걸쳐서 방영이 될 예정이고, 이런 식이라면 다음 주 손예지가 게스트로 나오는 편에서는 더 높은 관심과 시청률을 기록하리라는 건 의심의 여지가 없었다.

이제 관건은 3주째 최종 시청률이 얼마나 오를 것이냐는 것과 3주의 방송이 끝난 이후 프로그램을 어떻게 이끌어 갈 것이냐.

그리고 그 모든 결과는 오직 한 사람, 장태수의 결정에 달려 있었다.

무슨 수를 쓰건, 어떤 조건을 붙이던 장태수만 붙잡을 수 있다면, 프로그램에 고정으로 출연시킬 수만 있다면…… 상상하기 힘든 일이 벌어질 수도 있었다.

이건 단순히 프로그램 하나의 문제가 아니라 대부분 녹화방송으로 시간을 때우던 존재감 없는 QBS 방송국의 위상 자체를 바꿔 놓을 수도 있는 절호의 기회였다.

이미 편성국 김 국장은 사장과 기본적인 논의를 끝낸 후 한 피디에게 지시를 내렸다.

장태수가 원하는 건 무조건 들어주고 실탄도 걱정하지 말라는 것. 즉 출연료는 백지수표로, 달라는 대로 주라는 소리였다.

⚜

방송을 끝낸 태수가 카톡을 확인했다. 모두 확인을 할 수 없을 정도로 많은 카톡이 들어와 있었다. 다들 방송을 보고 흥분해서 보낸 카톡이었다.

그중에는 손예지의 카톡도 있었다.

지금 방송 봤는데 너무너무 놀란 거 있지? 다음 주에도 그렇게 무섭게 방송할 거니?

태수가 빙긋 웃으면서 답장을 했다.

  악귀들이 누나 근처에는 얼씬도 못 하게 할 테니까 걱정 마
세요^^

  조진호 대표도 기대 이상으로 반응이 뜨거워서 영화 홍보
에 큰 도움이 되겠다며 고맙다는 인사를 건넸다. 더불어 내
일 언론 시사회 준비해야 하니까 제작사 사무실로 일찌감치
오라는 내용.
  그 외 지인들의 카톡인데 다들 너무 놀란 모양.
  쭉 메시지를 살피는데 송현주가 보낸 카톡이 보였다.

  오빠, 집에 언제 와요? 내일 언론 시사회에 입을 옷 사 왔는
데 입어 봐야죠. 집에 도착하면 연락해요. 참, 방송 잘 봤어요.
오빠 이러다가 금방 스타 될 것 같아요^^

  '아, 내 정신 좀 봐. 현주한테 언론 시사회에 입고 갈 옷을
사 달라고 부탁해 놓고.'
  태수가 그제 언론 시사회 무대에 올라가게 됐다고 송현주
에게 카톡을 보냈다.
  무대에 올라갈 때 입을 만한 옷을 사려고 하는데 추천을
해 달라고 했더니 송현주가 같이 옷을 사러 가자고 했는데

시간이 나질 않았다.

어쩔 수 없이 송현주에게 옷값을 보내고 대신 사 달라고 부탁을 했던 것이다.

방송국에서 나오는데 권 피디가 따라 나오면서 말했다.

"장 작가님, 방송국 차량 타고 가요. 아마 지금 그대로 나가면 알아보는 사람 많아서 불편할 수도 있어요."

태수는 설마 그 정도일까 싶어서 사양했지만 권 피디가 막무가내로 우겨서 어쩔 수 없이 방송국 취재 차량을 타고 집까지 갔다.

집으로 향하는 차안에서 태수는 뒤늦게 인터넷과 SNS를 돌아다니며 프로그램 반응을 살펴봤다. 권 피디가 괜히 오버한다고 생각했는데 온라인의 반응은 태수의 상상을 훌쩍 뛰어넘었다.

워낙 존재감이 없던 방송인 탓에 생방송할 때보다 방송이 끝난 후에 오히려 열기가 더 뜨거웠다. 뒤늦게 어디로 가야만 방송을 볼 수 있는지 물어보는 네티즌들의 글이 눈에 띄게 늘어났다.

방송 사고로 인해 찾아볼 수 있는 영상이 별로 없다는 게 오히려 네티즌들의 미스터리한 호기심을 증폭시킨 모양이었다.

네티즌들은 유튜브에 올라온 짧은 영상들을 가지고 저마다 해석이 분분했다. 특히 평소 오컬트에 관심이 많던 사람들이 물을 만난 듯 달려들었다.

가장 많은 조회 수를 기록한 영상은 역시 길재중이 역귀의 이마에 부적을 붙이고 여귀가 장롱 안으로 들어가서 난리를 친 장면.

화면을 자세히 보면 길재중이 부적을 붙이는 순간 부적의 힘과 여귀의 영적 에너지가 충돌하면서 화면에 여귀의 모습이 흐릿하게 드러나는 지점이 있다.

거의 0.5초 정도의 짧은 순간으로, 태수는 그 모든 장면을 눈으로 봤기 때문에 알아볼 수가 있지만, 일반인은 그게 여귀라는 걸 알아차리기가 힘든 장면이다.

근데 놀랍게도 그 장면을 알아보는 몇몇 네티즌들이 있었다.

한 네티즌은 그 순간의 영상을 캡처해서 괴성을 지르는 여귀의 형태와 모습을 포토샵으로 그려서 올렸다. 그 사진을 본 네티즌들이 놀랍다는 반응을 보였다.

야근싫어 : 헐, 저거 여자 얼굴 아님?
신사동89 : 심령사진에 나오는 그런 영상 같은데?
조아요 : 방송에서 아까 장태수라는 사람이 여귀라고 했음.
holly123 : 방송 진짜 미쳤네.

네티즌들은 태수를 중심으로 불덩이가 날아다니는 장면이

나, 설호검을 던질 때 반짝하고 빛이 난 0.5초 정도의 극히 짧은 영상들을 올려놓고 그걸 분석하는 재미로 열기가 뜨거웠다.

네티즌들은 정상적으로 방송이 나갔을 때보다 이렇게 사고가 난 영상을 분석하면서 오히려 이번 방송은 주작이 아니라 진짜라는 얘기가 빠르게 퍼지기 시작했다.

어둠 속에서 태수의 형체만 보이는 짧은 영상에서도 갑론을박이 벌어졌다.

앞쪽에 노란빛이 살짝 보이고 태수가 수인을 맺고 말을 하는 2초 정도의 짧은 영상. 워낙 어두워서 수인을 맺은 손의 모습은 잘 보이지 않았지만 목소리는 어렴풋이 들렸다.

소리는 정확하게 이런 느낌으로 들렸다.

"며…… 거…… 화."

네티즌들이 그 장면을 반복적으로 돌려보면서 기공 무술이라느니, 앞쪽에 쓰러져 있는 스태프한테 말을 건네는 소리라느니 나름의 다양한 추측들을 내놓고 있었다.

태수는 자신의 아이디 JangTS로 접속해서 그 동영상 아래에 댓글을 달았다.

제가 보기엔 멸겁화라고 말하는 것 같네요. 멸겁화는 부동명왕의 불길이라고 부르는 주술이죠. 멸겁화라고 말한 걸 보면 어둠 속 도깨비불 같은 불빛들은 아마도 악귀들이 불길에 휩싸인 모습이 아닐까 싶네요.

ㅋㅋ

　네티즌들은 방송 영상들 외에도 태수에 대해서도 많은 관심을 보였다.
　방송에 출연한 태수의 갖가지 표정과 모습들이 캡쳐로 올라와 온라인을 돌아다녔다.
　태수의 검색어는 영혼을 보는 남자, '영혼남'이었다.
　"영혼남이라고?"
　태수는 자신의 일거수일투족이 사진으로 캡처되어 온라인상에 돌아다니는 모습이 너무 신기하고도 이상했다.

　오늘은뭐 : 와, 정말 영혼 보는 사람이 있구나.
　thsal89 : 영혼남 님, 돌아가신 우리 엄마 잘 있는지 물어보고 싶어요.
　SAS78 : 존잘. 곧 기획사에서 연락 올 각.
　뭐니 : 너무 잘생겼어요. 다음 주에는 꼭 생방 사수.
　웃는사람 : 모텔 파라다이스 봐야겠다. 영혼남이 각본 썼으면 재밌을 것 같음.
　다나 : 정말 퇴마를 하는 건가? 영혼남 연예인 데뷔해도 되겠음.
　신호철 : 저분 영화감독임. 유튜브에서 오싹한 이야기 채널 검색하면 저분이 찍은 단편영화 나옴.

　태수는 방송 게시판을 보다가 신호철의 이름이 나와서 저도 모르게 웃음을 터뜨렸다. 게다가 신호철은 유튜브 오싹한 이야기 채널에 링크까지 올려놨다.

❦

집에 도착한 태수가 옥상으로 들어서는데 누군가 부르는 소리가 들렸다.

－오빠~!

소리 나는 쪽을 돌아보니 여고생 영혼 이화가 옥상 난간에 서서 손을 흔들고 있었다.

"어? 너 아직도 안 갔어?"

－내가 어딜 가요. 오빠가 여기가 집이라고 생각하고 있으라고 했잖아요.

그러고 보니 그런 말을 했던 기억이 났다. 요즘 너무 바빠서 이화를 까맣게 잊고 있었던 것이다.

－오빠, 제 잃어버린 기억은 찾아봤어요? 이 교복 어느 학교인지 알아봤어요?

'헉.'

"아, 아니, 미안, 요즘 내가 너무 바빠서. 진짜 미안하다. 근데 앞으로도 당분간 계속 바쁠 것 같아. 어떡하지? 그냥 여기 혼자 있기 심심하면 다른 곳으로 가도 돼."

－아니에요, 오빠. 전 괜찮아요. 시간 엄청 많으니까 천천

히 찾아 주세요.

괜히 기억을 찾아 준다는 소리를 한 건 아닌지 살짝 후회가 됐다.

"내가 지금 누굴 좀 만나야 하거든?"

이화가 눈치 빠르게 재빨리 말했다.

-알았어요, 귀찮게 하지 않을게요. 저한테 신경 쓰지 마세요. 없는 사람, 아니 없는 귀신이라고 생각해요. 전 구석에 가서 숨죽이고 있을게요. 슈웅~.

이화가 눈앞에서 사라졌다.

다행히 이화는 태수를 귀찮게 하지도 않았고 하는 말도 잘 들었다. 그러지 않았으면 곁에 있으라는 말도 하지 않았겠지만.

태수는 송현주에게 지금 옥탑방에 도착했다고 전화를 했다. 지금 자신이 내려가서 옷만 받아 오겠다고 했지만 굳이 올라와서 주겠다고 한다.

송현주가 옷을 들고 옥상으로 올라왔다. 그동안 일이 많아서 그런지 무척 오랜만에 만나는 것 같았다.

송현주가 엄청 반갑게 말했다.

"오빠, 얼굴 진짜 오랜만에 봐요. 이러다가 진짜 얼굴 잊어버리겠어요. 나 오빠랑 얘기하고 싶어서 옥상에 올라와서 기다리다가 그냥 내려간 적도 많은데."

"어, 정말? 미안해, 현주야. 내가 어떻게 하다 보니까 자꾸만 일이 생기네. 그런 때는 전화를 하지."

"아니에요, 난 중요한 일도 아닌데 바쁜 사람한테 그러기 싫어요. 근데 오빠 인기 진짜 많더라. 오늘 방송 완전 대박이었어요. 인터넷 난리 났던데? 영혼남?"

"에고, 다들 호기심 때문에 그렇지 뭐. 몰라, 그냥 난 얼떨떨해."

"솔직히 난 좀 서운했어요."

"네가 왜?"

"오빠의 비밀을 나만 알고 있었는데, 이젠 모든 사람들이 다 알게 됐잖아요."

오늘은 왠지 송현주가 우울해 보였다. 눈빛이 촉촉하게 젖어 있는 것도 그렇고.

생기탐랑의 능이 작동한 이후부터는 다른 사람의 감정을 좀 더 예민하게 읽을 수 있는 능력이 생긴 것이다.

"무슨 일 있어?"

"아뇨, 그냥 괜히 좀 우울하고. 슬럼프인가 봐요. 참, 여기 옷! 마음에 들지 않으면 바꾸면 돼요."

"와, 진짜 고마워. 내가 진짜 미쳤다. 바쁜 연예인한테 일반인이 옷 심부름을 시키고."

"오빠는 연예인보다 더 바쁜 일반인인데 뭘."

"아무튼 진짜 고마워, 현주야. 내가 다른 건 몰라도 아직 옷 고르는 건 자신이 없거든."

퇴마하는 톱스타

"괜찮아요, 그런 부탁은 언제든 환영이에요. 어서 입어 봐요."

"알았어. 방에 가서 얼른 갈아입고 나올게."

"그냥 여기서 갈아입어요. 내가 돌아서 있을게요."

"어, 그럴래?"

태수가 평상 위에 옷을 올려놓고 그 자리에서 옷을 갈아입었다. 바지까지 갈아입으려니 좀 그랬지만 어차피 주위가 뻥뚫려서 볼 사람도 없고.

옷을 벗은 태수의 조각 같은 몸매가 달빛을 받아 은은한 빛이 났다.

태수가 옷을 갈아입는 동안 송현주가 밤하늘을 바라보며 말했다.

"예전에 오빠 시상식 갈 때 생각나요."

"어?"

"오빠 장르 문학 시상식 갈 때도 옷 없어서 내가 빌려다 줬잖아요."

"아, 맞다, 그랬었지."

"그때도 오빠가 방에서 갈아입고 나온다고 했을 때 내가 똑같이 말했어요. 돌아서 있을 테니까 그냥 여기서 갈아입으라고. 기억나요?"

"어. 맞아, 기억나. 하지만 그땐 윗도리만 갈아입었지. 이제 다 갈아입었어."

송현주가 돌아서서 태수를 바라봤다.

코발트색 면바지에 하늘색 남방과 하얀 재킷.

옷은 옷걸이가 좋아야 핏이 사는 법이다.

최근 태수는 얼굴뿐만 아니라 몸도 점점 변해 가고 있었
다. 어깨는 역삼각형으로 벌어지고 조금만 운동을 해도 가슴
과 복부 등에 멋진 잔근육들이 생겨났다.

게다가 깨끗한 피부에 더욱 또렷해진 이목구비에선 은은
한 기운이 뿜어졌다.

송현주가 눈이 부신 듯 그런 태수를 바라보며 말했다.

"그때하고 지금 오빠 모습이 너무 많이 달라졌어요. 지금
오빠 외모와 분위기는 당장 배우 해도 엄청 인기 많을 것 같
아요. 아참, 데뷔는 벌써 했지? 〈오늘도 연애〉의 강혁. 이렇
게 보니까 정말 강혁하고 똑같아요. 방송 언제 나와요?"

"몰라. 지난번에 6월 말쯤 제작 발표회 한다고 했는
데……."

송현주가 자꾸 얼굴을 보면서 웃어서 살짝 어색했다.

태수가 어색한 분위기를 바꾸려고 물었다.

"참, 너 〈최고의 사랑〉 끝나고 요즘 출연하는 드라마는 뭐
야?"

송현주의 표정이 살짝 어두워졌다.

"〈조용한 밀회〉라고 로코인데 이번에도 서브 조연이에
요."

"서브 조연이면 어때. 캐릭터는 마음에 들어?"

송현주가 고개를 흔들며 한숨을 내쉬었다.

"에휴, 지난번 광란의 노래방 이후로 계속 코믹 캐릭터만 들어와요. 그러니까 인기가 있어도 걱정, 없어도 걱정이에요."

"그것도 고민이겠다."

"난 그때 〈앞집녀〉의 여자 귀신 역할이 정말 좋았어요."

"진짜? 그럼 다음엔 그런 비슷한 소재로 시나리오 쓸 테니까 출연할래?"

송현주가 반색을 했다.

"정말요? 그럼 너무 설렐 것 같아요."

"그렇다고 너무 기대하지는 마. 내가 시나리오를 써 봐야 아니까."

"알았어요. 그런 가능성이 있다는 생각만으로도 왠지 기분이 좋아진다고요, 후후."

송현주가 내려가고 옥탑방으로 들어가는데 카톡이 왔다.

신호철이 보낸 카톡.

호철 : 태수야, 방송 잘 봤다.
태수 : 고마워요, 형. 근데 형 게시판에 올린 글 우리 영화 너무 노골적으로 홍보한 거 아니에요? 다른 사람이 보면 제가 홍보한 줄 알겠어요^^;

호철 : 난 양반이지. 너야말로 너무 노골적이더라.

태수 : 예? 제가 왜요?

호철 : 너 게시판에 멸겁화에 대해서 글 남겨서 지금 네티즌
들 난리 났던데?

태수 : 예? 그럴 리가? 그게 제 글인 줄 어떻게 알고?

호철 : 참나, 그걸 어떻게 모르냐? 아이디도 장태수고 멸겁
화를 그렇게 자세하게 설명했으니 모르는 게 이상하
지. ㅋㅋㅋ

태수가 카톡을 끊고 얼른 게시판에 들어갔다. 자신이 멸
겁화에 대해 설명하며 남긴 글에 댓글만 수십 개가 달려 있
었다.

대박남 : 대박, 영혼남이 직접 댓글 달았네. ㅋㅋ

그날이후 : 지금 다시 들어 보니까 멸겁화 맞네. 장태수 작가님 고마
워요^^

kingna : 영혼남이 ㅋㅋㅋ이래^^;;

오늘도가즈아 : 아, JangTS가 장가님 아이디구나. 누가 봐도 다 알겠
네. ㅋ

Lee87 : 어쩔~ 작가님 귀욥. ㅋㅋ

오컬트마니아 : 장태수 작가님, 다른 영상에도 설명 달아 주세요~

처음엔 댓글을 읽는데 나쁜 짓을 하다가 걸린 사람처럼 얼굴이 화끈 달아올랐다. 하지만 마지막 댓글을 보고서는 생각이 바뀌었다.

'어차피 탄로 난 거, 정말 댓글로 영상에 설명 달아서 시청자들의 궁금증을 해소해 주는 것도 재미있을 것 같은데?'

～～

〈모텔 파라다이스〉의 언론 시사회가 여의도 극장에서 열렸다.

마침내 〈모텔 파라다이스〉가 공식적으로 세상에 첫 선을 보이는 날이다.

극장 VIP룸.

태수는 극장에 이런 공간이 있다는 걸 처음 알았다.

카페 같은 편안한 분위기에 다과가 준비되어 있고, 한쪽에는 전면 거울이 있어서 배우들이 즉석에서 메이크업도 할 수가 있는 공간이었다.

입구에는 경호원이 일반인의 출입을 통제하고 있었다.

VIP룸에서 대기하는 박홍식 감독, 손예지와 장웅인까지 다들 긴장한 표정들. 손예지 같은 최고의 배우도 시사회 때는 긴장한다는 게 의외였다.

다들 휴대폰을 손에 들고 관련 기사를 검색 중이었다. 물론 태수도 마찬가지고.

언론 시사회가 끝나면 감독과 주연배우가 무대 위로 올라가서 기자 간담회를 가진 후에 압구정동으로 자리를 옮겨 뒤풀이까지 가질 예정.

기자 간담회에는 아역 배우 대신 태수가 대신 올라가기로 되어 있었다. 덕분에 태수도 긴장이 되기는 마찬가지다. 아니, 오히려 다른 사람들보다 더 많은 긴장을 하고 있었다.

'〈모텔 파라다이스〉가 과연 예지 영상에서 본 것처럼 300만 관객을 넘길 수 있을까? 오늘 언론 시사회 반응을 보면 어느 정도 예측이 가능할 텐데.'

〈오래된 기억〉도 지난번 제작 보고회 때처럼 같은 시각에 언론 시사회가 잡혀 있었다.

〈오래된 기억〉 쪽은 처음부터 같은 날 개봉하는 〈모텔 파라다이스〉를 고사시키기로 작정하고 모든 일정을 그런 식으로 겹치게 잡았다.

내부 기술 시사 결과 〈모텔 파라다이스〉가 상당히 좋은 평가를 받았다는 소식이 전해지면서, 영화의 완성도에 불안감을 가지고 있는 〈오래된 기억〉 측에서는 더더욱 견제하는 분위기가 역력했다.

사실상 5월 말에는 외화들도 대부분 규모가 작은 중소 규모의 영화들만 개봉해서, 〈모텔 파라다이스〉만 없다면 〈오래된 기억〉이 상영관을 독점할 수 있는 분위기가 될 수 있었기 때문이다.

개봉 첫 주에 가능한 최대 규모의 상영관을 확보해서 입소문이 나기 전에 최대한 많은 관객을 첫 주에 동원하겠다는 게 그들의 전략이었다.

때문에 조진호 대표와 영화홀릭 송혜진 대표는 며칠 전부터 긴장하는 기색이 역력했다. 지난번 제작 보고회 때처럼 기자들이 전부 〈오래된 기억〉 쪽으로 몰려가는 건 아닌지 걱정이 됐던 것이다.

스태프가 VIP룸으로 들어와서 오늘 기자 간담회가 어떤 식으로 진행될지에 대한 큐 시트를 전달했다.

행사의 진행 시간과 내용, 배우들은 물론 태수의 인사말 순서까지 정리가 된 큐 시트를 받아 들고 보니 오늘이 〈모텔 파라다이스〉의 언론 시사회라는 게 비로소 실감이 났다.

고민석 교수 연구실에서 우연히 받게 된 대본으로 시작해서, 파라다이스 모텔에서 백귀들을 퇴마하고 손예지 캐스팅에 이어 투자를 받아 재촬영에 들어가기까지의 반년 가까운 시간들.

모든 게 처음이었던 태수에겐 평생 잊을 수 없는 특별한 영화가 아닐 수 없었다.

태수는 뭉클하게 복받치는 감정을 억누르며 큐 시트를 기념으로 남기기 위해 휴대폰으로 사진을 찍었다.

시사회 시간이 다가오면서 조진호 대표와 송혜진 대표는

자신들의 걱정이 기우에 불과했다는 사실을 깨달았다.

〈오래된 기억〉만큼은 아니지만 상당히 많은 기자들이 여의도 극장으로 속속 들어서기 시작한 것이다.

〈오래된 기억〉과 제작비를 비교했을 때 이 정도로 대등하게 언론 시사회가 진행된다는 건 이미 절반의 성공이라고 할수가 있었다.

사실 오늘 각종 언론에 어제 방송된 〈영혼을 찾아서〉에 대한 기사가 쏟아지면서, 자연스럽게 〈모텔 파라다이스〉에 대한 기사도 덩달아 많이 올라왔다.

덕분에 어느 정도 기대는 하고 있었지만 이 정도로 많은 기자들이 찾아 줄 것이라곤 예상을 하지 못했던 것이다.

조진호 대표가 함박웃음을 지으며 감독과 배우들이 대기 중인 VIP룸으로 들어와 바깥의 분위기를 전했다.

"됐어요. 됐어. 기자들이 좌석의 거의 절반을 채웠어."

제작사에서 준비한 도시락으로 늦은 점심을 때우던 손예지가 반색을 했다.

"오, 정말요? 어휴, 정말 다행이다. 난 또 이번에도 저쪽으로 다 몰려갔으면 어쩌나 얼마나 긴장을 했는지."

함께 들어온 송혜진 대표가 말했다.

"근데 기자들이 다들 뭘 물어보는지 알아요? 다들 장태수 작가도 기자 간담회에 참석하는지 몇 번씩 물어보더라고요."

기자들에게 배포된 보도 자료에 태수도 기자 간담회에 참석한다는 내용이 들어가 있었던 것이다.

역시 도시락을 먹던 태수도 고개를 들고 반문했다.

"저를요?"

손예지가 대신 대답했다.

"뻔하지. 어제 〈영혼을 찾아서〉가 완전 난리 났잖아. 네티즌들이 영혼남이 누구냐고 다들 궁금해하는데 널 취재할 수 있는 기회를 기자들이 놓칠 리가 있겠어?"

손예지가 장웅인을 돌아보고 농담을 했다.

"선배, 우리 이러다가 태수 들러리 되는 거 아니에요?"

장웅인이 웃으며 대답했다.

"들러리면 어때? 기자들 많이 와서 기사만 잘 써 주라고 그래."

일단 분위기는 좋았다.

언론 시사회 시간이 임박해서 송혜진 대표가 룸으로 들어와서 말했다.

"영화 시작해요. 이제 들어가셔야 해요."

박홍식 감독과 손예지, 장웅인과 태수가 일어나서 나란히 VIP룸을 나갔다. 바깥에 대기하고 있던 남녀 경호원들이 일행을 경호하며 극장으로 이끌었다.

네 사람이 극장 안으로 입장을 했다. 다들 영화를 기다리는 모습들.

손예지와 장웅인은 아는 기자들과 눈이 마주치자 능숙하

게 눈인사를 하거나 손을 흔들었다.

　네 사람은 스태프의 안내를 받아서 좌우에 기자들이 앉아 있는 가운데 통로를 따라 올라갔다. 상영관에서 가장 좋은 중간 좌석이 한 줄 통째로 비어 있었다.

　송혜진 대표가 태수한테 먼저 들어가라고 속삭였다. 안으로 들어가자 가운데 네 자리에 이름표가 나란히 붙어 있었다.

　　박흥식 감독, 장웅인 배우, 손예지 배우, 장태수 작가.

　태수는 이번에도 손예지와 나란히 앉아서 영화를 관람하게 됐다.

　지난번 기술 시사 이후로 영화는 일부 편집을 하고 후반 작업에 더욱 공을 들였다고 들었다.

　말하자면 이번에 보는 영화가 최종 편집본이자 관객들과 만나는 극장 상영본인 셈이었다.

　두 번째 보는 영화지만 여전히 마음이 설레고 긴장이 됐다.

　언론 시사회라서 그런지 괜히 앞쪽에 기자들의 분위기를 살펴보기도 하고.

　그때 소희의 카톡이 왔다.

　　태수야, 영화 잘 볼게^^

소희도 앞자리 어딘가에 앉아 있는 모양이었다.

영화가 시작됐다.

검은 무지에서 화면이 밝아 오며 〈모텔 파라다이스〉의 오프닝 장면이 커다란 스크린에 비춰졌다.

비포장길을 달리는 스타렉스.

민수가 운전을 하고 있고 조수석에서는 혜수가 꾸벅꾸벅 졸고 있다.

뒷자리에서는 영신과 호빈이 역시 차가 흔들리는 대로 이리저리 고개가 돌아가고 있다.

맨 뒷좌석에는 네 가족의 전부라고 할 수 있는 조촐한 이삿짐이 구겨지듯 실려 있는 모습이 이들의 궁핍한 생활을 대변해 준다.

민수 역할을 맡은 장웅인이 운전을 하면서 라디오에서 나오는 노래를 따라 흥얼거리는 구수한 노랫소리가 상영관의 스피커를 통해 증폭되어 들려온다.

-내가 필요할 때 나를 불러 줘~ 언제든지 달려갈게~ 낮에도 좋아~ 밤에도 좋아~.

달리는 스타렉스를 배경으로 떠오르는 오프닝 크레딧.

투자자들의 이름과 제작사 고스트라인의 이름이 지나가고 떠오르는 이름.

공동 제작 - 조진호 / 장태수

기술 시사 때 이미 봤지만 심장은 여전히 처음인 듯 쿵쿵
거리며 찌릿거렸다.

비포장 길을 달려온 스타렉스가 파라다이스 모텔 앞마당
으로 들어서고 식구들이 눈을 부비며 차에서 내린다.

그들의 눈앞에 음산하게 서 있는 파라다이스 모텔이 나타
나고 모텔 건물을 배경으로 중앙 하단에 단독 크레딧이 떴다.

각본 - 박흥식 / 장태수

민수가 모텔 현관문에 걸려 있는 녹슨 쇠사슬을 풀어내면
가족들이 모텔 안으로 들어선다.

호빈은 모텔에 많은 방들을 모두 들어가면서 이제 자기도
방이 생겼다며 좋아하고 영신은 그런 호빈을 촌스럽다고 타
박한다.

오랫동안 폐쇄되어 있던 모텔을 청소하면서 마주 보고 웃
는 민수와 혜수.

가족들의 희망을 부풀리는 초반 도입부가 지나면 모텔에
서 본격적으로 이상한 일들이 벌어지기 시작한다. 주방에서
식사 기도를 할 때 지하실에서 들려오는 이상한 소리.

이 장면은 원래 혜수 역을 맡았던 소영희가 악귀에게 빙의

를 당해 촬영이 중단됐던 씬이다.

이상한 소리에 이끌려 지하실에 내려간 민수는 악귀와 마주한다.

불이 꺼진 지하실에서 손전등에 의지한 민수가 원혼과 처음으로 마주하는 장면은 공포의 강도가 상당하다.

민수의 손전등이 고장 나고 불이 켜졌다 꺼졌다를 반복하면서 원혼이 점점 가까이 다가오는 장면. 불이 꺼질 때마다 어둠 속에서 들려오는 원혼의 음산한 효과음이 공포 분위기를 더욱 끌어올렸다.

−크흐흐흐······ 크흐흐흐······ 크흐흐흐...

몇몇 기자석에서 짧은 비명이 들릴 정도.

간신히 지하실을 빠져나온 민수는 가족들에게 악귀의 존재를 알리지 않는다. 대신 민수는 무슨 일이 있어도 지하실에는 들어가지 말라는 경고를 한다.

나중에 혜수가 모텔에 악귀가 있다는 사실을 알고 애들을 데리고 모텔을 나가려고 짐을 챙긴다. 그런 혜수와 아이들의 앞을 가로막는 민수.

민수가 말한다.

어차피 이 모텔을 나가도 세상에는 우리 가족을 받아 줄 곳이 없다. 더 비참한 꼴을 당하느니 차라리 이곳에서 버티며 악귀와 싸우자.

처음엔 미친 소리 하지 말라며 울부짖던 혜수도 현실을 인정하고 모텔에 남는다.

그때부터 가족들과 악귀와의 사투가 시작되고 본격적인 공포 시퀀스가 이어진다.

민수가 악귀에게 빙의당해 가족들을 위협하고, 그런 민수를 설득하기 위해 울부짖는 혜수의 외침이 영화의 클라이맥스라고 할 수 있다.

태수가 초조하게 기자석을 유심히 살폈다.

'이 부분부터는 무서운 반응을 보여야만 하는데.'

"꺄악!"

"악!"

몇 차례의 짧은 비명이 들려왔고 때로는 숙연한 분위기가 이어졌다.

일반인들은 언론 시사회라고 하면 외국의 유명 영화제처럼 기자들이 숨을 죽이고 영화를 관람할 것처럼 생각한다. 그들은 기사도 쓰고 리뷰도 써야만 하니까.

하지만 현실은 전혀 그렇지 않다.

언론 시사회에 참석한 기자들이 영화를 관람하는 매너가 일반인보다 못하다는 건 영화 관계자들에겐 공공연한 비밀이다.

그들은 영화가 재미없으면 휴대폰을 보거나 중간에 일어나서 나가고, 심지어는 코를 골고 자는 경우까지 있다.

조진호 대표나 송혜진 대표는 기자들의 분위기만 살펴봐

도 어느 정도 영화에 대한 반응을 알 수 있다고 했다.

적어도 태수의 눈에는 영화가 상영되는 동안 단 한 명의 기자도 잠을 자거나 중간에 일어나서 나가는 경우를 보지 못했다.

간혹 휴대폰으로 문자를 보내는 기자들은 몇 명 있었다. 그들은 영화가 재미가 없어서라기보다는 먼저 영화의 반응을 올리기 위해 SNS에 간단한 소감을 올리는 중이었다.

요즘 기자들은 정식 리뷰를 올리기 전 SNS에 간단한 반응을 먼저 올리는 게 유행이다. 영화 중간에 가장 먼저 SNS에 반응을 올린 기자는 데이연에 박신후 기자였다.

[모텔 파라다이스 중반부까지 의외로 스토리 탄탄함. 후반부 기대감 상승.]

이어서 다른 기자들 몇몇도 영화 관람 도중에 짧은 감상들을 SNS에 올렸다.

[모텔 파라다이스 의외의 복병이 될 수도.]
[공포 영화인데 가족 코드가 의외로 진부하지 않다.]
[중반까지는 꽤 괜찮네. 후반 공포 시퀀스는 어떨지.]

조진호 대표와 송혜진 대표는 밖에서 대기하면서 계속 휴대폰을 붙잡고 있었다. 기자들의 SNS 반응을 조금이라도 빨리 확인하기 위해 둘 다 촉각을 곤두세웠다.

몇 개의 반응을 확인하던 조진호 대표의 표정이 밝아졌다.

"반응 괜찮은데?"

송혜진 대표도 동의했다.

"네. 저희 영화가 중반까지 좀 잔잔하고 이후에는 공포 장면들이 계속 몰아치는데, 중반까지의 반응이 이 정도라면 상당히 좋은 평이 나올 것 같은데요?"

"〈오래된 기억〉도 반응 올라왔어요?"

"네. 조금 전부터 올라오는데 아무래도 분위기가 안 좋은 것 같아요."

조진호 대표도 즉각 〈오래된 기억〉의 반응들을 찾아봤다.

〈모텔 파라다이스〉보다 훨씬 많은 반응들이 빠르게 올라오는 중이었다. 영화 중간에 올라오는 반응들이 많다는 건 둘 중 하나다.

영화가 재미가 있어서 자신이 먼저 알리려는 욕구와 재미가 없어서 폰질을 하는 기자들이 그만큼 많다는 것.

[오래된 기억, 미스터리 멜로라곤 하는데 미스터리는 어디 감?]

[스토리는 실종되고 미장센만 가득하네.]

[후우, 슬슬 견디기 힘드네.]

[이 배우들을 데리고 이것밖에 못하나? 배우들 연기가 아깝네.]

[오래된 기억 잔잔한 수채화 같은 멜로, 좋다.]
[미스터리에 초점을 맞추지 말고 배우들 연기를 보기 바람]

조진호 대표가 주먹을 불끈 쥐고 말했다.
"대충 분위기 알겠네. 호평 몇 개 올라온 건 대부분 투자
사나 제작사에 우호적인 기레기들 냄새가 딱 나네."

〈오래된 기억〉의 언론 시사회장.

〈오래된 기억〉 언론 시사회장에서는 영화가 끝나기도 전
에 자리를 뜨는 기자들이 꽤 많았다.

원래 〈오래된 기억〉처럼 많은 제작비가 들어가고 출연진
이 화려한 영화는 재미가 없어도 끝까지 남아 취재를 하는
게 보통이다.

영화의 재미와 상관없이 배우들의 모습과 기자 간담회 내
용만 보도해도 기본은 하니까.

지금 자리를 뜨는 기자들은 그마저도 견디기가 힘든 경우
다.

기자석에는 한강대학교 문창과 교수이자 이명호 감독의
외삼촌인 한정호 교수와 〈오래된 기억〉 공동 제작사인 블루
스톰 박재석 대표도 나란히 자리에 앉아 있었다.

박재석 대표가 연신 한숨을 내쉬며 고개를 흔들었고 한정
호 교수의 표정도 좋지가 않았다.

　　〈오래된 기억〉의 언론 시사회가 끝나고 기자 간담회가 진
행됐다.

　　이명호 감독과 주연배우인 강동운, 조인수, 전지혜가 차례
로 무대 위로 올라갔다.

　　이번 영화에 주연을 맡은 배우들 정도면 언론 시사회에
임하는 기자들의 분위기만 봐도 영화에 대한 반응을 알아차
린다.

　　물론 이미 내부 시사에서 평이 좋지 않아 어느 정도 각오
는 했지만, 현장의 분위기는 예상했던 것보다 훨씬 가라앉아
있었다.

　　무대에 오른 감독과 배우들이 포토 타임을 갖고 영화에 대
한 응원을 부탁하며 돌아가면서 인사를 하는 시간.

　　감독인 이명호가 마이크를 잡고 맨 먼저 앞으로 나섰다.
머리를 멋스럽게 넘기고 의상도 상당히 신경을 쓴 듯 배우들
못지않았다.

　　"아…… 영화들 재미있게 보셨나요?"

　　"……."

　　원래 언론 시사회에서는 정말 재미있는 영화가 아니면 기
자들의 반응이 썰렁하다. 그래도 몇 명은 대답을 해 주기 마
련인데 그조차도 잠잠한 분위기.

이명호도 그런 분위기를 모를 리가 없다.

"아…… 이번 〈오래된 기억〉은 제가 중학교 때 이와이 슈운지 감독의 〈러브레터〉를 보고 한국의 〈러브레터〉를 미스터리한 분위기로 만들어 보고 싶다는 열망을 가지고 만든 영화입니다. 아…… 그런 저에게 좋은 기회가 주어졌고 전생에 나라를 구했는지…… 여기 계신 훌륭한 배우님들과 함께 작업을 할 수 있는 영광을 누리게 되었습니다, 하하하."

이명호가 살짝 민망한 듯 잠시 말을 끊자 사회자가 나섰다.

"자, 긴장하지 마시고…… 아무래도 신인 감독님이다 보니 이렇게 많은 기자님들 앞에서 긴장이 많이 되시는 모양입니다. 편안하게 말씀하세요."

이명호가 웃으면서 말했다.

"네, 긴장이 되네요, 하하. 저희 영화 홍보 문구를 보니까 미스터리를 너무 강조를 했더라고요. 그래서 그게 오히려 영화의 내용에 집중하지 못하는 요소가 될까 봐 살짝 걱정이 되는데, 부디 기사를 쓰실 때 미스터리만 너무 강조하지 마시고 여기 계신 세 배우님들의 예쁜 사랑 이야기에 더 관심을 가져 주시면 감사하겠습니다. 미스터리가 전부는 아니니까요."

기자석에 앉아 있던 몇몇 기자들의 입에서 실소가 흘러나왔다.

처음 영화가 제작에 들어가고 크랭크업을 했을 때만 해도 제작사는 물론 이명호도 인터뷰 때마다 한국형 미스터리 로맨스라고 대대적으로 홍보를 하곤 했었다.

더불어 〈오래된 기억〉의 가장 큰 경쟁력도 미스터리 로맨스라는 장르에 있다고 하고서는 이제 와서 미스터리에 초점을 맞추지 말라고 하니, 감독 스스로 영화의 완성도에 문제가 있다는 사실을 자인한 꼴이 되고 만 것이다.

썰렁한 감독의 인사가 끝나고 배우들의 소감도 분위기는 비슷했다. 다들 미스터리 장르에 너무 초점을 맞추지 말아 달라는 얘기.

언론 시사회나 무대 인사에 가 보면 감독과 배우들의 얘기만 들어도 영화가 어떻게 나왔는지 짐작할 수가 있다.

영화에 자신이 있으면 솔직한 평을 올려 달라든지, 지인들을 많이 데리고 와서 봐 달라든지, 실망하지 않을 것이라며 파이팅을 외치는 분위기가 대부분.

반면에 자신이 없으면 이런 저런 변명들을 늘어놓는다.

지금의 〈오래된 기억〉처럼.

〈모텔 파라다이스〉 언론 시사회장.

영화의 상영이 끝나고 극장에 불이 들어왔다.

태수를 비롯한 네 사람도 자리에서 일어나 스태프의 안내에 따라 상영관을 빠져나갔다. 무대에 기자 간담회 자리가 준비될 때까지 VIP룸에 잠시 머물기 위해서였다.

VIP룸으로 들어서자마자 손예지가 휴지로 눈가를 닦으며 말했다.

"나 어떡해? 공포 영화 보면서 울 뻔했어."

장웅인도 상기된 얼굴로 말했다.

"지난번 기술 시사 때보다 몰입이 더 잘되네. 편집이 훨씬 좋아졌어. 수고했어, 박 감독."

박홍식도 배우들의 반응에 기분이 좋은 모양이었다.

"재료가 워낙 좋았던 거예요. 저는 별로 한 거 없어요, 두 분 연기하고 태수 시나리오 덕분이죠."

다들 감격하면서 서로 덕담을 주고받는 분위기가 이어졌다.

박홍식 감독이 말했다.

"이제 슬슬 반응들 올라오고 있네요."

손예지가 휴대폰을 보며 중얼거렸다.

"이번 영화는 왜 이렇게 긴장되니?"

다들 휴대폰을 붙잡고 SNS에 올라오는 영화에 대한 반응들을 살폈다.

태수도 마찬가지로 긴장된 마음으로 반응들을 찾아봤다.

-모텔 파라다이스, 영화 잘 나왔어요. 최근 한국 공포 영화 중에 갑입
  니다.
-기대 전혀 안 했는데 다크호스네. 오래된 기억 잡아먹힐 듯.
-중반까지 가족 코드로 밀고 가다가 후반부에 공포로 휘몰아치네요.
  후반부에 팝콘 쏟을 부분 두 곳 정도 나옵니다^^
-저예산 공포 영화의 저력을 보여 주네요. 연출도 좋지만 특히 각본
  이 좋습니다.
-모텔 파라다이스 5월 극장가 승자로 조심스레 예측해 봅니다.
-저예산 공포 영화 모텔 파라다이스, 입소문 타면 태풍이 될 수도 있
  어요. 영화 잘 빠졌습니다.

이후로도 계속해서 이어지는 호평들.

반응을 하나씩 읽을 때마다 울컥한 기분이 들고 심장이 뜨
겁게 달아올랐다.

손예지와 장웅인, 박흥식 감독도 비로소 긴장을 풀고 환한
미소를 지었다.

조진호 대표와 송혜진 대표가 나란히 상기된 표정으로 룸
으로 들어왔다.

조진호 대표가 입꼬리가 한껏 올라간 표정으로 말했다.

"다들 봤죠? 기자들 몇 명한테 물어봤는데 반응이 꽹장히
좋네. 다음 주 개봉작 중에서 가장 다크호스가 될 것 같다고.
다들 지금 리뷰 써서 보도 기사 내느라고 바빠."

"〈오래된 기억〉은요?"

손예지의 질문에 송혜진 대표가 말했다.

"그쪽은 분위기가 완전 가라앉았어요. 미스터리 로맨스라는데 미스터리는 없고 억지로 눈물샘 자극하는 신파밖에 없대요. 그래도 워낙 배우 파워가 쟁쟁하니까 안심할 수는 없죠."

굳이 영화를 보지 않아도 태수는 영화가 어떻게 나왔을지 짐작이 갔다.

항상 명호가 짜내는 스토리는 스토리 자체의 힘보다 주변 곁가지가 너무 많아서 몰입이 잘 되지 않는다.

데뷔작에서는 그런 특징이 운 좋게 예술성으로 포장이 됐지만 계속 운이 따를 수는 없는 일이다. 무엇보다 대중이 원하는 건 강렬한 스토리의 영화니까.

스태프가 들어와서 알렸다.

"기자 간담회 준비 끝났다고 합니다."

조진호 대표가 한껏 들뜬 표정으로 말했다.

"자, 다들 기자들 만나러 나갑시다."

다들 경호원의 경호를 받으며 다시 극장 안으로 입장했다. 극장 안 다른 부분은 모두 불이 꺼졌고 무대 위에만 조명이 밝혀져 있었다.

무대 위에는 〈모텔 파라다이스〉 포스터가 커다란 패널로 제작되어 세워져 있었다.

카메라 플래시 세례를 받으며 박홍식 감독과 손예지, 장웅인이 먼저 무대로 올라갔고 태수는 맨 뒤에서 따라 올라갔다.

　감독, 배우들과 함께 태수도 나란히 서서 기자들을 향해 돌아섰다.

　가슴이 벅차올랐다. 예전 예지 영상에서 봤던 바로 그 장면이었다.

　처음 영화를 시작할 때보다 기자들의 수가 훨씬 늘어난 것 같았다. 영화가 잘 나왔다는 소식을 듣고 기자들이 급하게 취재를 온 모양.

　이어지는 포토 타임.

　박홍식 감독, 손예지, 장웅인과 함께 나란히 서서 포즈를 취했다.

　무수한 플래시 불빛들이 별빛처럼 아름답게 빛을 쏟아 냈다. 이렇게 무대에서 받는 플래시는 경험해 본 사람만이 그 황홀한 느낌을 알 수가 있다.

　그 순간만큼은 자신이 세상에서 가장 소중한 사람이 된 기분이 든다.

　태수는 오늘 깔끔한 대학생 같은 옷차림이었다. 송현주가 요란한 옷차림은 오히려 어색할 것 같다며 골라 준 옷이었다. 물론 태수도 지금의 스타일이 마음에 들었다.

　넷이서 이런 저런 여러 가지 포즈들을 취했다.

마지막엔 동시에 '모텔 파라다이스 대박!'이라는 구호를 외치며 끝을 냈다.

다음으로는 개인 포즈가 이어졌다.

감독은 빠지고 손예지와 장웅인이 포즈를 취했다. 보통 기자 간담회나 제작 보고회 때 감독은 단체 사진만 찍고 빠지면 배우별로 개인 포토 타임이 이어진다.

이번에도 손예지와 장웅인의 포토 타임이 각각 진행됐다. 능숙한 두 배우의 포토 타임이 끝나고 다들 준비된 자리로 돌아가려는 순간 기자석에서 큰 소리가 들려왔다.

"장태수 작가님은 포토 타임 없습니까?"

박홍식 감독과 함께 무대 한쪽 구석에 뻘쭘하게 서 있던 태수는 갑작스러운 상황에 어쩔 줄을 몰라 사회자를 바라봤다.

사회자가 말했다.

"이게 무슨 일입니까? 주연배우분들보다 어떻게 작가님이 인기가 더 좋아요?"

손예지가 사회자로부터 마이크를 넘겨받아서 말했다.

"장태수 작가님, 쑥스러워 말고 멋진 포즈 한번 취해 줘요."

이어서 봇물 터지듯 여기저기서 기자들의 요청이 쏟아졌다.

"장태수 작가님도 포토 타임 좀 진행해 주세요!"

"장태수 작가님 포토 타임도 진행하고 넘어갑시다!"

조진호 대표가 얼른 무대로 올라와서 태수한테 물었다.

"장 작가, 어떻게, 가능할까?"

"전 포즈를 어떻게 취해야 하는지 하나도 모르는데요."

"배우들처럼 할 필요 없어. 그냥 가운데 가서 서 있기만 하면 돼, 별거 아니야."

"알았어요, 해 볼게요."

어쩔 수 없이 태수가 무대 가운데로 가서 섰다.

이전에 손예지와 장웅인보다 더 많은 플래시가 별빛처럼 터지기 시작했다.

기자석에서 다시 요청이 들어왔다.

"장 작가님, 가만히 서 있지 마시고 포즈 좀 취해 주세요. 어제 방송에서 퇴마하던 자세 있잖아요. 그 포즈 한번만 부탁드리겠습니다!"

정말 난감한 상황이었다.

한 번도 카메라 앞에서 이런 식으로 포즈를 취해 본 적이 없기에 어색한 데다 몸은 뻣뻣하고. 그런 태수의 시야에 소희의 얼굴이 들어왔다.

소희도 기자들 사이에서 카메라를 들고 태수를 찍고 있던 것이다. 소희 얼굴을 보니 몸이 더더욱 굳어졌다.

'어떡하지? 표정도 점점 굳어지는데.'

그때 허공이 흔들리며 메시지가 떠올랐다.

제1성인 탐랑성의 생기탐랑의 능이 작동합니다.

화르르르륵!

푸르스름한 생기탐랑 능의 기운이 태수의 뻣뻣하던 전신과 마음을 감쌌다.

그러자 눈빛에는 힘이 들어갔고 얼굴에서는 화사한 기운이 뿜어져 나왔다.

쑥스러움은 사라지고 자신감이 생겼다.

연기도 그렇고 포즈를 취하는 일도 그렇고 프로는 자신감과 자연스러움으로 자신을 표현한다.

그리고 그런 자신감과 자연스러움은 수많은 훈련과 경험으로 획득할 수 있지만 태수의 경우는 생기탐랑의 능으로 획득했다.

태수가 무대 중앙으로 걸어 나가서 퇴마술의 간단한 자세를 취했다.

수인을 맺고 부동명왕을 떠올리는 자세였다. 언뜻 보면 수련을 하는 수도승처럼 보이는데 왠지 신비롭고 아름답게 보였다.

표정도 자신감이 넘치고 자연스러웠다.

기자들 사이에서 감탄이 흘러나왔고 손예지도 탄성을 내뱉었다.

무수한 카메라 플래시가 쉼 없이 터졌음은 말할 필요가 없다. 이후로도 기자들이 계속 포즈를 요구해서 태수의 포토 타임은 5분여 동안이나 진행이 됐다.

이어진 기자 간담회.

언론 시사회에서 재미있는 영화와 재미없는 영화의 가장 큰 차이는 질문의 개수다.

기자들이 질문이 많으면 많을수록 대부분 반응이 좋은 영화다.

〈오래된 기억〉의 경우 사회자가 계속 질문을 하라고 재촉을 할 정도로 질문이 없었는데, 이곳에선 기자들이 경쟁적으로 질문을 쏟아 냈다.

영화에 대한 질문도 많았지만 태수 개인에 대한 질문이 너무 많이 쏟아졌다. 이 순간만큼은 손예지보다 더 인기가 있는 최고의 스타였다.

어쩔 수 없이 사회자가 나서서 정리를 했다.

"오늘은 〈모텔 파라다이스〉의 언론 시사회 자리니까 일단 영화에 대한 질문을 먼저 받도록 하겠습니다. 그리고 시간이 되면 장태수 작가에 대한 질문을 추가로 받도록 하겠습니다."

기자가 손을 들고 질문을 했다.

"감독님한테 질문하겠습니다. 보도 자료에 보면 민수네 가족 이야기가 실화라고 되어 있던데, 실제 가족도 영화처럼 무사히 모텔을 빠져나왔나요?"

박홍식 감독이 어두운 표정으로 답변했다.

"그렇지 않습니다. 불행하게도 민수네 가족의 모텔이 됐던 일가족은 모텔에서 변사체로 발견이 됐습니다. 경찰에선 아빠가 어떤 이유인지 가족을 살해하고 자신도 스스로 목숨을 끊은 걸로 결론을 내렸습니다."

이어서 손예지에게 질문이 이어졌다.

"미래일보의 박선희 기자입니다. 손예지 씨가 공포 영화에 출연했다고 해서 상당히 의외라는 생각이 들었는데요. 이번 영화에 출연뿐만 아니라 투자자로도 참여를 했다고 들었는데, 영화에 대한 확신이 없었다면 그런 결정이 쉽지 않았을 것 같은데요?"

손예지가 마이크를 들고 웃으면서 답변했다.

"그렇죠, 확신이 있었어요. 제가 이 영화를 만나기 전에 무척 힘든 시간이 있었거든요. 어릴 때부터 절 돌봐 주시던 할머니가 돌아가셔서. 그래서 그랬는지 제 자신이 변신에 대한 갈망이 무척 강할 때였어요. 뭐랄까, 관객들에게 새로운 모습을 보여 주고 싶은 마음이 있었는데……."

손예지가 슬쩍 태수를 건너다보고는 웃으며 말했다.

"우연히 장태수 작가를 만나게 됐죠, 정말 우연하게 만났어요. 저는 그때만 해도 장태수 작가가 작가라는 것도 몰랐죠. 그때 장태수 작가가 제게 다가와서 하는 말이……

음…… 제 할머니의 영혼이…….”

손예지가 할머니 생각이 나서 감정이 복받치는지 잠시 말을 멈췄다가 이어 갔다.

“제 할머니의 영혼이 저한테 하고 싶은 말이 있어서 제 곁을 떠나지 못하고 주위를 맴돌고 있다는 거예요. 처음엔 이상한 사람으로 봤죠, 영혼이 보인다고 하니까. 근데 얘기를 하다 보니까 그게 아니었어요. 어제 방송들 보셔서 알겠지만 장태수 작가는 정말로 영혼을 보는 사람이에요. 할머니가 제게 남긴 말을 장태수 작가한테 전해 듣고 제가 우울증에서 빠져나올 수가 있었거든요.”

손예지가 태수를 바라보며 촉촉한 눈으로 웃었다.

“근데 장태수 작가가 그렇게 할머니의 말씀을 전해 주고는…… 불쑥 시나리오를 내밀더군요.”

기자들 몇몇이 웃음을 터뜨렸다.

“처음엔 나한테 시나리오를 전하려고 접근을 한 건가 의심을 했는데, 시나리오를 읽어 보고는 생각이 바뀌었어요. 공포 영화인 것도 모자라서 제 역할이 엄마더라고요. 근데 묘하게 마음이 끌리는 거예요. 위험에 처한 가족을 위해 온몸을 내던지는 혜수의 모습이 저를 강하게 끌어당겼어요. 이 영화라면 지금까지 제가 보여 주지 않았던 새로운 모습을 보여 줄 수 있겠다는 확신이 들었어요.”

이어서 다른 질문이 이어졌다.

"영화를 보고 나니까 공포 영화에 가족애 코드가 들어간 각본이 신의 한 수였다는 생각이 드는데, 감독님과 작가님 중에서 누구 아이디어였나요?"

박 감독이 마이크를 들고 말했다.

"그건 전적으로 장태수 작가의 아이디어였습니다. 전 처음에 민수네 가족을 기능적으로만 이용할 생각이었는데 장태수 작가가 시나리오를 수정하면서 가족애 코드를 강하게 넣었고, 비로소 헐겁던 이야기에 힘이 생기는 느낌이 들더군요."

태수가 마이크를 잡았다.

"가족애 코드는 그 모텔에서 죽음을 맞이한 실제 가족이 겪었을 시간들을 상상하는 과정에서 떠오른 겁니다. 공포 영화라고 무작정 공포만 들이대는 깜짝 공포는 관객의 공감을 얻을 수 없다고 생각했고요. 진정한 공포는 소중한 뭔가를 잃게 되는 순간에 찾아온다고 생각했습니다. 〈모텔 파라다이스〉에서 가족을 잃을 수도 있다는 공포에 맞서서 싸우는 혜수처럼 말이죠."

영화에 대한 질문이 끝난 후반부에는 태수에 대한 개인적인 질문이 봇물처럼 쏟아졌다.

질문은 대부분 예상됐던 것들이고 태수는 적당한 선에서 답변을 했다.

"정말 영혼을 볼 수가 있나요?"

"퇴마라는 게 가능한가요?"

"어제 〈영혼을 찾아서〉 방송에서 했던 모든 것들은 연출이 아닌 진짜였나요?"

"영혼을 보는 남자, 영혼남이란 별명이 생겼는데 별명이 마음에 드시나요?"

"지금 이곳에도 영혼이 있나요?"

"연예계로 진출할 생각은 없으신가요?"

기자 간담회가 끝난 후에는 배우들과 기자들 모두 뒤풀이 장소로 이동했다.

어떻게 보면 뒤풀이 역시 기자 간담회의 연장선이라고 할 수가 있다.

기자들과 배우들이 맥주 한잔하는, 좀 더 편안한 분위기에서 다양한 얘기를 주고받을 수 있는 시간이니까.

뒤풀이 장소에 가니 예전에 손예지를 처음 만났던 기억이 났다. 당시만 해도 영화 뒤풀이라는 게 얼마나 생소했는지.

손예지와 장웅인, 박흥식 감독 주위로 기자들이 몰려들어서 인터뷰를 했다.

하지만 뒤풀이에서 가장 인기 있는 사람은 단연 태수였다.

태수는 한꺼번에 네댓 명의 기자들과 얘기를 나눴고 순서를 대기하고 있는 기자들도 많았다. 앞선 기자가 질문이 끝나면 다른 기자가 그 자리를 차지하고 질문을 했다.

영화에 대한 질문도 있었지만 대부분은 태수 개인에 대한 질문이었다.

앵무새처럼 반복적으로 비슷한 대답을 하고 나니 송혜진 대표가 태수를 따로 불렀다.

"작가님, SUS 연예현장에서 인터뷰 요청이 들어왔어요. 잠깐 자리를 옮겨서 인터뷰하시죠."

SUS 〈연예현장〉은 공중파 인기 연예 프로그램이다. 다른 어떤 매체보다 홍보 효과가 크다.

송혜진 대표의 안내에 따라 술집 옆의 카페로 들어갔다.

카페에는 ENG 카메라가 이미 세팅되어 있었고 〈연예현장〉에서 항상 보던 리포터 정설아가 태수를 보더니 활짝 웃으며 인사했다.

"안녕하세요, 장태수 작가님."

리포터 정설아가 워낙 유명해서 그런지 이미 카페 바깥에서는 적지 않은 사람들이 모여서 구경을 하고 있었다. 송혜진 대표는 바로 옆에서 대기하며 인터뷰를 지켜봤고.

카메라에 불이 들어오자 태수의 얼굴에서 은은한 빛이 났다.

정설아의 얼굴에 호감 어린 웃음이 감돌았다.

"오늘은 공포 영화 〈모텔 파라다이스〉의 시나리오를 썼고 최근 모 다큐 프로그램에서 영혼을 보는 남자로 유명세를 떨치고 있는 장태수 작가님 모셨습니다. 안녕하세요, 작가님?"

"네, 안녕하세요."

"먼저 영화 개봉 축하드리고요. 오늘 보니까 영화 반응이 굉장히 좋던데요?"

"네. 다행히 많은 분들이 좋게 봐 주신 것 같습니다. 저희가 공포 영화인 데다 저예산 영화라는 어려움이 있어서, 아무리 영화가 재미가 있어도 상영관을 확보하지 못하면 극장에서 오래 머물 수가 없다고 합니다. 제일 중요한 게 예매율이라고 하니까 예매가 시작되면 표를 현장에서 구입하기보다 예매로 구입해 주시길 부탁드립니다."

태수가 멘트를 끝내자 지켜보던 송혜진 대표가 활짝 웃으며 양손으로 엄지 척을 했다. 실은 〈모텔 파라다이스〉 입장에서 가장 중요한 얘기를 태수가 한 셈이다.

정설아가 카페 밖을 돌아보며 말했다.

"카메라 감독님, 바깥 좀 비춰 주세요."

카메라가 카페 밖을 비췄다. 그사이에 엄청나게 많은 사람들이 모여 있었다.

원래 〈연예현장〉은 '게릴라데이트' 같은 코너를 통해서 현장 속에서 인터뷰하는 방식을 선호한다.

정설아가 태수를 돌아보고 물었다.

"밖에 있는 많은 분들이 누굴 보러 온 것 같으세요?"

태수는 조금도 주저하지 않고 대답했다.

"정설아 씨 보러 온 게 아닐까요?"

사실 마음으로는 이 코너에서 인터뷰를 했던 많은 배우들에 비해 자신은 너무도 인지도가 없어서 어쩌나 내심 걱정을 하고 있었던 것이다.

정설아가 씩 웃으며 말했다.

"그럴까요? 그럼 저 많은 분들이 과연 절 보러 오셨을지 우리 밖으로 나가서 확인해 보고 거리를 걸으며 인터뷰를 할까요?"

거리를 걸으며 인터뷰하는 코너는 '게릴라데이트'에서 하는 형식이다.

정설아와 카메라가 먼저 카페 밖으로 나가자 사람들이 환호성을 질렀다.

태수는 그 함성이 당연히 정설아의 유명세 때문이라 생각했다. 카메라가 밖에서 카페를 나서는 태수를 비췄다.

태수가 나오는 순간 마치 샤워 꼭지를 틀어 놓은 것 같은 환호성이 울렸다. 정설아 때하고는 비교가 되지 않았다.

사방에서 '영혼남 사랑해요'를 외치고 있었다.

몇몇은 휴대폰에 영혼남이라는 글자와 하트 모양을 띄워서 태수를 향해 흔들었다.

"너무 잘생기셨어요."

"끼약, 영혼남이다!"

"영혼남, 사랑해요!"

"진짜 영혼 볼 수 있어요?"

정설아가 카메라와 함께 웃으며 다가왔다.

"이제 인기를 실감하시겠어요?"

커밍아웃한 이후로 태수는 주로 기자들만 상대했다.

일반인들한테 이렇게 가까운 곳에서 노출되는 건 처음이다. 게다가 어제 〈영혼을 찾아서〉에서 네티즌들의 관심이 폭발했다.

정설아가 마이크를 갖다 대며 말했다.

"팬들한테 한 말씀 해 주시죠."

뭔가 한마디로 설명할 수 없는 먹먹한 감정에 목구멍이 꽉 틀어막혔다.

태수의 시야에 자신을 향해 환호하는 수많은 사람들의 얼굴이 한꺼번에 들어왔다.

'팬들이라고? 저 많은 사람들이 전부 내 팬들이란 말야?'

지금까지는 자신에게 관심을 가지는 많은 사람들이 단순히 호기심 차원이라고 생각했다. 영혼을 본다고 하니까 궁금해서 관심을 가지는 거라고.

근데 지금 눈앞에서 연호하고 열광하는 사람들은 어쩌면 정말로 자신을 좋아하는지도 모르겠다는 생각이 들었다.

그들은 태수와 손을 잡고 싶어 했고 사진을 찍고 싶어 했다.

태수가 웃어 주는 것만으로도 사람들은 행복한 표정을 지었다.

아직은 그들과 눈을 마주치는 것조차 어색했지만 그들은 분명 장태수의 열렬한 팬들이었다.

성혼남

뒤풀이와 인터뷰가 자정 조금 지나서 끝이 났다.

택시를 타고 집으로 돌아오는 길에 소희한테 카톡이 왔다.

순서 기다렸는데 어디로 사라져 버렸네. ㅠ.ㅠ

'아, 맞다. 소희가 왔었지?'

어쩌다 보니 소희가 왔었다는 사실을 까맣게 잊고 있었다.

언론 시사회 때 자신도 왔다고 카톡을 보냈을 때는 다른 인터뷰가 끝나면 당연히 태수가 별도의 시간을 내서 찾아 줄 것이란 기대가 있었을 것이다.

태수도 계속 소희를 생각하고 있었지만, 워낙 많은 인터뷰 요청이 들어왔고 나중에는 SUS 〈연예현장〉 게릴라데이트까지 촬영하느라 정신이 하나도 없었다.

촬영이 끝난 후에는 정설아와 셀카도 찍고 계속 따라다닌 팬들하고도 사진 찍고 사인을 해 주느라 소희를 까맣게 잊은 것이다.

시간을 보니 밤 12시가 훌쩍 넘어서고 있었다.

'어떡하지?'

태수가 즉시 전화를 걸었다.

—여보세요?

소희가 전화를 받자마자 태수가 사과를 했다.

"소희야, 미안."

—아냐, 너 지금 어디에 있는 거야?

"어…… 지금 집으로 가다가 네 카톡 본 거야."

이어진 소희의 목소리에서 실망한 기색이 느껴졌다.

—아…… 그랬구나.

"넌 지금 어딘데?"

—난 뒤풀이에서 나와서 집에 가려고 지하철 쪽으로 걸고 있어.

혼자 쓸쓸하게 지하철로 걸어가는 소희를 떠올리자 마음이 너무 불편했다.

"소희야, 미안한데 근처 커피숍에서 잠깐만 기다려 줄래? 내가 지금 그쪽으로 돌아갈게."

그렇게 말하고 택시기사에게 부탁했다.

"기사님, 죄송한데 아까 그 자리로 다시 돌아가 주세요."

나이 지긋한 기사가 택시를 돌리면서 말했다.

"여자 친구를 놓고 온 모양이네."

드라마나 영화에서 갑자기 유명해진 사람이 예전의 친구나 연인에게 소홀하게 대해서 상처를 주는 모습을 볼 때마다, 자신은 저런 일이 있어도 절대 그렇게 행동하지 말아야겠다고 다짐하곤 했었다.

아니, 오히려 그럴수록 그런 사람들을 더 챙기겠다고 생각했다. 근데 오늘 그들과 똑같은 실수를 하고 말았다.

물론 오늘은 정말로 정신이 없었지만 그조차도 핑계에 불과하다는 생각이 들었다. 예전이라면 아무리 바빠도 소희를 그렇게 잊고 돌려보내지 않았을 테니까.

~∾≍∾~

카톡으로 보내 준 카페로 들어서자 구석에서 소희가 손을 번쩍 들었다.

태수가 앞에 앉자 소희가 말했다.

"고마워, 이렇게 돌아와 줘서. 사실은 편집장이 너 인터뷰 못 따오면 회사에 들어올 생각도 하지 말라고 했거든."

"야, 그럼 그렇게 얘기를 했어야지. 얼른 인터뷰하자."

소희가 인터뷰를 시작했다.

인터뷰라고 해 봐야 다른 매체들한테 들었던 거의 비슷한 질문이 이어졌다.

"그런 질문만 하면 다른 매체들하고 똑같아지잖아."

소희가 쑥스럽게 웃으며 말했다.

"그러게 말야. 내가 아직 초짜라서 제대로 인터뷰를 못 하나 봐."

태수는 소희에게 다른 매체들한테는 해 주지 않았던 특별한 이야기를 들려주고 싶었다. 카페 안을 둘러보니 늦은 시간이라 손님은 소희와 태수밖에 없었다.

'혹시 이 근처에 영혼이 있으려나?'

태수가 눈을 감고 중얼거렸다.

'귀기탐색.'

화르르르륵.

눈앞 허공에 지도가 나타났고 지도에 붉은 점 하나가 떠올랐다. 붉은 점의 크기로 봐서는 다른 악한 기운이 없는 평범한 영혼이었다.

소희가 아무도 없는 카페의 구석을 뚫어지게 바라보는 태수를 보며 고개를 갸웃했다.

"지금 뭐 하는 거야?"

"카페 안에 영혼이 있는지 살펴보는 거야."

순간 소희의 눈이 반짝하고 빛이 났다.

사실 이번 인터뷰 때문이 아니라, 앞으로는 가능한 많은 사람들과 자신의 비밀을 공유할 작정이었다. 어차피 커밍아웃도 했고 앞으로 방송도 해야 하기 때문에 굳이 비밀을 숨길 필요가 없었다.

차라리 모든 걸 오픈한다면 사람들과 더 많은 얘기를 나눌 수 있고 소통할 수 있을 것 같았던 것이다.

어제 방송 후 온라인의 반응과, 오늘 게릴라데이트를 할 때 팬이라면서 자신을 좋아해 주던 사람들을 만난 후 더더욱 그런 생각이 들었다.

그들에게 영혼에 관한, 또 자신의 영능력에 관한 더 많은 얘기들을 들려주고 싶었다. 그리고 이왕이면 그 첫 번째 사람이 소희였으면 싶은 것이고.

'안명부.'

화르르르륵.

공기가 흔들리며 허공에 노란 부적이 떠올랐다.

태수가 팔을 뻗어 부적을 집은 후, 부적의 기운을 눈에 대고 문질렀다. 시야가 푸르게 변하며 카페 맨 구석 자리에 앉아 있는 영혼의 모습이 보였다.

'대체 무슨 사연이 있기에 영혼이 카페에 저렇게 앉아 있는 것일까?'

태수가 자리에서 일어나더니 영혼이 앉아 있는 구석 자리로 다가갔다.

소희가 그런 태수를 의아하게 바라봤다.

"……?"

태수가 영혼의 앞으로 가서 섰다.

카페에 앉아 있는 영혼은 뜻밖에도 얼굴이 아주 고운 할머니 영혼이었다.

"할머니…… 제가 여기 좀 앉아도 될까요?"

할머니 영혼이 놀라서 주위를 둘러봤다. 주위에 다른 사람이 없다는 걸 확인한 할머니 영혼이 태수를 바라보고 물었다.

―방금 나한테 한 얘기예요?

"네, 저는 영혼을 볼 수가 있거든요."

할머니의 눈빛이 출렁하고 흔들렸다.

―세상에, 귀신을 보는 사람이 있다는 얘기는 들어 본 적이 없는데.

"여기 있잖아요."

어느새 태수 옆으로 소희가 가만히 와서 앉았다.

소희는 정확하게 무슨 일이 벌어지는 건지는 알지 못했지만, 태수가 영혼을 만나고 있다는 건 짐작할 수가 있었다. 어제 텔레비전을 통해 아이의 영혼을 만나는 걸 봤기 때문이다.

그렇다고 해도 이렇게 직접 눈앞에서 보니 무척 놀라웠다.

태수가 할머니에게 말했다.

"여기 옆에 있는 이 예쁜 친구는 제 중학교 동창이에요.

퇴마하는 톱스타

이 친구는 할머니를 보지 못하지만 저하고 같이 할머니와 얘기를 나눠도 될까요?"

할머니가 소희를 돌아보면서 고개를 끄덕였다.

―곱게도 생겼네. 그럼 되고말고. 세상에 나처럼 무료한 귀신도 없으니까.

태수가 소희를 돌아보고 말했다.

"네 앞에 지금 나이가 지긋하신 할머니 영혼이 앉아 계셔. 그리고 할머니가 너보고 예쁘대."

소희가 활짝 웃으며 얼른 허공을 향해 인사를 했다.

"안녕하세요, 할머니."

할머니가 웃으며 고개를 끄덕였다.

태수가 물었다.

"근데 할머니, 할머니는 무슨 일로 여기에 이렇게 앉아 계세요?"

할머니의 얼굴에 안타까운 표정이 떠올랐다.

―여기서 누굴 만나기로 했는데…… 오는 길에 그만 내 수명이 다했지 뭐요.

할머니가 두 눈이 촉촉해지며 혼잣말을 했다.

―그분을 꼭 만나야만 하는데…….

"무척 소중한 분이었던 모양이죠?"

할머니가 고개를 끄덕였다. 말만 들어도 할머니의 안타까운 심정이 이해가 됐다.

더불어 삶에서 생과 사의 경계가 생각보다 가깝다는 생각이 들었다. 누구나 언제 어디서든 예기치 않은 죽음을 맞이할 수가 있으니까.

그 죽음으로 인해 삶에서 중요한 일을 마무리하지 못하고 이 할머니처럼 유명을 달리한다면 선뜻 이승을 떠날 수가 있을까.

"혹시 무슨 사연인지 제가 좀 여쭤봐도 될까요? 제가 도움이 될 수도 있잖아요."

할머니가 완강하게 고개를 저었다.

─난 그분한테만 얘기할 거예요.

"그렇다고 언제까지나 여기서 그분을 기다릴 수는 없잖아요. 어차피 그분은 할머니가 여기서 기다리는 것도 모르실 테고. 혹시 안다고 해도 할머니를 볼 수가 없을 테고."

할머니가 말했다.

─언젠가 그 사람이 나처럼 영혼이 되면 만날 수 있지 않겠어요?

태수가 안타까운 듯 할머니의 영혼을 보다가 문득 아이디어가 떠올랐다.

"저기 할머니……."

할머니가 슬픈 눈으로 태수를 바라봤다.

"제가 그분을 이곳으로 모셔 오면 할머니가 하고 싶은 얘기를 들려주실래요? 그분은 할머니 얘기를 듣지 못하지만 제가 대신 전해 드릴 수가 있잖아요."

할머니의 표정이 환해졌다.

"대신 조건이 있어요, 할머니. 할머니의 사연이 뭔지는 모르지만 방송으로 사람들에게 사연이 알려질 수도 있어요."

할머니가 파르르 떨리는 눈으로 태수를 바라봤다.

—내 얘기가 세상에 알려질 수도 있다고?

할머니가 잠시 고민하더니 고개를 끄덕이며 말했다.

—괜찮아요, 알려져도. 그게 차라리 나을 것 같아요.

태수는 이번 주 〈영혼을 찾아서〉 편의 〈영혼탐정〉 코너를 염두에 두고 한 말이었지만, 솔직히 할머니가 방송을 승낙하리라는 기대는 하지 않았다.

소중한 사연이라면 당연히 다른 사람들한테 사연이 알려지길 원치 않으실 것 같았던 것이다. 근데 할머니는 오히려 사람들에게 사연이 알려지길 원했다.

대체 무슨 사연인지 궁금증이 더 증폭이 됐다.

"할머니, 그럼 저한테 할머니의 존함과 만나려고 했던 그분의 이름과 연락처를 알려 주세요."

할머니가 살짝 떨리는 목소리로 말했다.

—내 이름은 김순임이에요. 그리고 내가 기다리는 그분은 박진성이라는 분이고.

할머니가 박진성이라는 분의 연락처를 태수에게 알려 줬다.

태수는 연락처를 받아 적은 후 할머니에게 말했다.

"할머니, 제가 이번 주 목요일에 다시 이 카페로 찾아올게요. 그때까지 여기 앉아 계실 거죠?"

―나는 지난 반년 동안 한 번도 이 자리를 떠나 본 적이 없어요.

벌써 반년 동안이나 이 자리를 지키고 있었다는 할머니의 말에 태수의 마음이 숙연해졌다.

"그럼 왜 그분을 직접 찾아가 보실 생각은 하지 않으셨어요?"

할머니의 영혼은 귀기의 크기로 보아 지박령은 아니었기에 어디든 자유롭게 갈 수가 있었다.

―주소는 알고 있지만 그렇게 하면 그분한테 실례가 될 것 같아서요. 그분 모르게 내가 그분의 삶을 훔쳐보는 거잖아요. 난 그저 여기 앉아서 지나가는 사람 구경도 하고 젊은 연인들이 연애하는 모습을 보면서 어리석었던 내 젊은 시절을 떠올리는 게 내가 지은 죄를 용서받는 길이라고 생각해요.

어떤 사연인지는 알 수가 없지만 기다리는 사람이 같은 영혼이 되어 찾아올 때까지 기다리겠다는 할머니의 마음이 놀라웠다. 사람들은 단 하루도 기다려 주지 않는 경우가 많은데.

할머니에게 인사를 하고 자리에서 일어났다.

소희는 옆에서 태수가 허공에 대고 말을 주고받는 모습을 숙연한 마음으로 지켜봤다.

비록 할머니의 모습도 볼 수가 없고 소리도 들을 수가 없었지만, 태수의 표정과 말만 들어도 둘 사이에 오가는 대화를 충분히 짐작할 수가 있었던 것이다.

카페를 나서며 소희가 말했다.

"고마워, 태수야. 이런 특별한 순간을 보여 줘서."

"앞으로는 세상 사람들한테 이런 이야기를 자주 들려주고 싶어. 그리고 이번 주 〈영혼을 찾아서〉 〈영혼탐정〉 코너엔 저 할머니의 그분을 찾아 드리는 이야기를 방송해 보려고 해. 네가 미리 기사로 써 줘."

태수가 옥탑방으로 돌아온 시각은 새벽 1시가 가까워졌을 무렵이었다.

옥탑방으로 들어서는데 오늘도 변함없이 이화가 반겨 줬다.

─오빠, 왔어요?

이화와 이화의 교복에 달려 있는 명찰을 보는데 오늘따라 유난히 마음이 짠했다.

'이화'라는 이름만 남은 깨진 명찰.

방금 할머니 영혼을 만나고 와서 그런 건지 모르지만 이화의 기억을 찾아 준다고 약속을 해 놓고 약속을 지켜 주지 못한 일이 마음에 걸렸다.

"너 하루 종일 여기 있었어?"

—네.

"하루 종일 뭐 했어?"

—음, 기억을 찾아보려고 애를 썼는데 잘 안 됐어요. 하지만 괜찮아요, 오빠가 곧 찾아 줄 테니까. 맞죠, 오빠?

"어? 어, 맞아. 내가 꼭 네 기억 찾아 줄 거야."

—오빠가 너무 바빠서 그게 언제가 될지 모른다는 게 문제, 헤헤. 참, 어제 그 언니 얼마 전까지 여기서 오빠 기다리다가 내려갔어요.

"송현주?"

이화가 고개를 끄덕였다.

"꼭 나 기다리느라고 올라온 게 아닐 수도 있어. 현주는 예전에도 답답하면 밤에 여기 올라와서 혼자 야경 보는 걸 좋아했거든."

이화가 고개를 갸웃하며 중얼거렸다.

—아닌 것 같은데.

"아닌 것 같다고?"

—그 언니 여기 평상에 앉아서 휴대폰으로 계속 오빠 기사 검색하고 인터넷에 올라온 오빠 사진 보면서 좋아했단 말예요.

"그건…… 현주는 내가 잘되길 바라서 그런 거야."

이화가 고개를 끄덕이고는 말했다.

─근데 전 오빠가 그렇게 유명한 사람인 줄 몰랐어요, 텔레비전에 나오기도 하고 그러나 봐요. 나도 오빠가 나오는 방송 봤으면 좋겠다. 근데 어떤 방송이에요?

이화가 그렇게 물으니까 뭐라고 대답을 해야 할지 선뜻 입이 떨어지지 않았다.

영혼의 사연을 들어주고 퇴마를 하는 방송이라고 설명을 하자니 이화에게 더더욱 미안한 마음이 들 것 같았던 것이다. 정작 이화의 부탁은 바쁘다고 못 들어주면서.

'가만, 그럴 게 아니라 다음 방송에 이화를 출연시켜 볼까? 아니지, 다음 방송은 이미 카페 할머니하고 약속을 했으니까 이화는 3주 차에 나오는 걸로 하면 되겠네.'

왜 진작 그 생각을 못 했는지.

사실 방송을 시작한 지 이제 한 주밖에 지나지 않았으니 그럴 정신도 없었다.

"이화야."

─네?

"너 방송 출연해 볼래?"

이화의 눈이 휘둥그레졌다.

─그게 무슨 말이에요?

태수가 빙긋 웃으면서 말했다.

"내가 방송으로 너 아는 사람 찾아볼게. 만약 그 사람이 나타나면 너도 네가 누군지 알 수 있을 거 아냐?"

이화가 믿어지지 않는다는 듯 중얼거렸다.

—정말 절 아는 사람이 있을까요? 제가 10년 전이나 20년 전에 죽었으면 어떡하죠?

"하긴, 그럴 수도 있겠다. 그럼 골치 아픈데."

이화의 말이 사실이라면 교복 모양과 이름만으로는 이화를 아는 사람을 찾지 못할 수도 있었다.

"일단 해 보는 데까지는 해 보자."

—알았어요, 오빠. 잘 자요.

이화가 스르르 흐려지며 눈앞에서 사라졌다. 눈앞에서 사라진다는 건 다른 곳으로 간다는 소리다.

"밤에 어딜 가는 거지? 하긴 영혼이니까 위험하고 그럴 일은 없겠지."

태수는 옷을 갈아입고 곧장 책상에 앉아 노트북을 부팅했다. 뒤풀이를 하면서도 제일 궁금했던 건 역시 영화에 대한 기자들의 리뷰.

이전까지만 해도 기사가 몇 개 없었는데, 오늘 〈모텔 파라다이스〉의 기사들이 헤아릴 수 없을 정도로 많이 올라와 있었다. 대부분은 기자 간담회 때 찍은 사진들.

손예지와 장웅인 사진 못지않게 태수의 사진도 상당히 많이 올라와 있었다.

　기자 간담회 사진 외에도 누가 이렇게 찍어서 올렸을까 싶은 자신의 사진들이 많이 보였다. 심지어는 몇 시간 전에 정설아와 게릴라데이트 하는 사진은 물론이고 팬들과 함께 찍은 사진들까지 올라와 있었다.

　태수는 오히려 자신의 사진을 다운받으면서 내내 웃음을 머금었다.

　프랑스의 소설가 알랭 드 보통은 《불안》이라는 책에서 사람은 다른 사람의 사랑을 받기 위해 살아간다고 했다.

　이전에는 누군가 자신을 좋아해 준다는 게 이토록 큰 행복일 줄은 몰랐다. 문득 이런 과한 행복을 자신이 누려도 되는지 불안감이 들 정도였다.

　긴장된 마음을 억누르며 영화 사이트에 들어가자 영화의 리뷰들이 보였다.

　대부분 호평 일색이었다.

　내일부터는 일반 관객들의 시사회가 이어진다. 이제 남은 건 일반 관객들의 반응.

　기자들과 일반 관객들의 반응이 일치하는 경우도 많지만 그렇지 않은 때도 많으니까.

　반면 〈오래된 기억〉에 대해서는 부정적인 리뷰들이 훨씬 많았다.

　개봉 첫 주 〈모텔 파라다이스〉가 확보한 전국 스크린은 모두 600여 개. 국내에 전체 상영관 스크린 개수가 2,300여 개 정도 되니까 대략 4분의 1이 조금 안 되는 숫자다.

〈오래된 기억〉은 예상보다는 적었지만 그래도 절반에 가까운 1천여 개의 스크린을 가져갔다.

이번 주부터 일반 관객 시사회가 진행이 됐다.

감독과 배우들은 매일 10여 군데의 상영관을 돌아다니며 무대 인사를 다녔다.

태수도 참여하고 싶었지만 학교 수업과 영화 〈수상한 아파트〉를 마무리해서 영화제에 접수하는 일 때문에 같이할 수가 없었다.

조진호 대표가 태수가 참여하지 못해서 많이 아쉬운 듯 전화로 마음을 전했다.

"가는 곳마다 관객들이 영혼남은 왜 안 왔냐고 해서 아주 난처했어. 며칠 사이에 어떻게 이렇게 인기가 엄청날 수가 있지?"

사실 영혼남의 인기는 요즘 태수도 실감하고 있었다.

오늘 아침에 지하철을 타고 학교로 가던 중이었다.

요즘 워낙 일들이 많아서 차를 가지고 다니는 게 더 불편해서 지하철을 타고 다닌다.

사람들이 알아볼까 봐 마스크를 쓰고 휴대폰으로 〈모텔 파라다이스〉의 영화 리뷰와 기사가 올라온 게 있는지 살펴보고 있었다.

근데 옆에 있던 여고생들이 자꾸만 힐끗거리며 훔쳐보는 게 아닌가.

태수가 일부러 고개를 돌리며 휴대폰을 보는데 여고생들이 갑자기 가위바위보를 하더니 한 여학생이 졌는지 조심스럽게 다가와 말을 걸어왔다.

"저기 혹시……."

태수가 고개를 들고 쳐다보자마자 여학생이 놀란 얼굴로 친구들을 돌아보고 소리쳤다.

"야, 맞아! 영혼남 오빠야."

그러자 여고생들이 순식간에 몰려들어 태수를 빙 둘러쌌다.

"오빠, 사인 좀 해 주시면 안 돼요?"

태수가 어쩔 수 없이 사인을 해 주자 이번에는 같이 사진을 찍어 달라고 매달렸다. 결국 마스크를 벗고 여고생들과 사진을 찍었다.

학교에서는 더했다.

마스크 정도로는 전혀 신분을 숨길 수가 없었다. 학교 정문에서 동아리방까지 가는데 평소보다 세 배는 더 많은 시간이 걸릴 정도로 사인과 셀카 공세를 받았다.

물론 너무도 행복하고 고마운 시간이었다.

높은 순위는 아니지만 인터넷에서도 영혼남은 심심치 않게 실검에 이름을 올렸다.

동아리방에 들어서자 용만이 흥분해서 말했다.

"형, 인터넷에 형 팬 카페 생겼어. 알아?"

"내 팬 카페?"

"그래. 벌써 회원 수가 300명도 넘었던데? 한번 들어가 봐 봐. 카페 이름은 영혼을 보는 남자야."

태수는 네이바에 들어가 검색을 하면서도 도무지 실감이 나지 않았다.

'내 팬 카페가 생겼다고?'

누군지 모르지만 팬 카페를 만들어 준 일은 너무도 감사한 일이지만 한편으론 걱정도 됐다. 연예인들은 출연한 작품도 있고 이런저런 이미지 사진들도 많이 있어서 그런 것들을 공유하는 재미로 카페를 운영한다지만, 자신은 그런 것들이 거의 없을 텐데.

네이바에 검색을 하니까 정말로 '영혼을 보는 남자'라는 이름의 카페가 있었다.

어떤 내용들이 있는지 들어가서 보려고 했지만 게시판의 메뉴들이 모두 비공개로 되어 있었다.

카페의 게시물이나 메뉴를 보려면 회원 가입을 해야만 했다.

그냥 나갈까 하다가 무슨 내용들이 있는지 궁금해서 도저히 그냥 지나칠 수가 없었다. 어쨌든 이 카페에서는 온통 자신에 대한 이야기만 한다는 얘기가 아닌가.

어쩔 수 없이 회원 가입 절차를 밟았다.

이번엔 네티즌들한테 정체를 들키지 않기 위해서 별명을 신중하게 골랐다. 그렇다고 자신과 전혀 관계없는 엉뚱한 별명을 짓기는 싫었다.

고민 끝에 별명을 '영안(靈眼)'으로 정했다. 영혼을 보는 눈이라는 뜻인데, 영안이라는 별명만으로는 절대 자신을 알아차릴 수 없을 것 같았다.

카페 가입을 하려고 하니 이번에는 다음과 같은 매니저의 규칙이 적혀 있었다.

여긴 영혼을 보는 남자, 장태수 님을 사랑하는 사람들의 모임입니다. 가입을 원하시는 분은 가입 인사를 남긴 후에 여섯 가지 질문에 성실하게 답변을 남겨 주시기 바랍니다. 만약 답변이 불성실하다고 판단되면 가입 승인이 보류될 수 있습니다. 단, 장태수 님 본인의 경우에는 언제든 매니저에게 쪽지를 보내 주시면 자동 가입을 시켜 드립니다.

순간 매니저에게 쪽지를 보내서 가입을 할까 하다가 고개를 흔들었다.

솔직히 자신의 팬 카페에 이름을 밝히고 들어가는 게 얼마나 쑥스러운 일인가. 귀찮아도 몰래 가입하는 게 마음도 편하고 재미도 있을 것 같았다.

'근데 무슨 팬 카페의 가입 양식이 이렇게 까다로운 거야?'

태수의 성격상 다른 카페였다면 분명히 가입을 하지 않았을 것이다.

'여섯 가지 질문이라고?'

이번에는 가입 인사를 먼저 써야만 가입 양식을 볼 수가 있었다.

'가입 인사를 뭐라고 하지?'

고민하던 태수가 가입 인사를 적었다.

저도 장태수 님 너무 좋아해요. 얼른 가입시켜 주세요^^

만약 이번에도 지난번처럼 별명이 들통 나면 망신을 당할 수가 있다는 생각에 다시 쓸까 하다가 그냥 뒀다.

가입 인사를 쓰고 나니 가입 양식과 함께 여섯 가지 질문이 나타났다.

1) 이 카페를 어떻게 알고 찾아오셨나요?

2) 영혼남이 출연한 방송 프로그램에는 두 개의 코너가 있습니다. 코너의 이름이 뭔가요?

3) 유튜브에 가면 영혼남이 연출한 단편영화가 두 편 있습니다. 제목이 뭔가요?

4) 영혼남이 정말 영혼을 본다고 믿으시나요? 영혼남처럼 영혼을 볼 수 있다면 가장 하고 싶은 일은?(진지하게)

5) 영혼남을 좋아하게 된 계기는?

6) 영혼남에게 해 주고 싶은 한마디는?

자신의 팬 카페에 가입하려고 가입 양식을 작성하려니 오글거리는 기분이 들었지만, 카페에 가입하려면 다른 방법이 없었다.

어쩔 수 없이 질문에 하나씩 답을 했다.

1) 지인의 소개.

2) 영혼탐정, 흉가탐방

3) 앞집에 사는 여자, 집착

4) 믿어요. 가여운 영혼을 도와주고 싶습니다.

답변을 적어 나가던 태수가 키보드에서 손을 떼고 팔짱을 꼈다.

가장 어려운 질문이었다.

고민 끝에 태수가 답을 적었다.

5) 그냥…… 좋은 사람일 것 같아서.

6) 팬들의 기대를 실망시키지 않았으면 좋겠어요.

가입 양식을 작성하고 몇 시간쯤 지났을 때 가입이 승인되었다는 쪽지가 왔다.

가입 양식을 작성하고 이렇게 빨리 가입 승인이 됐다는 건 매니저가 그만큼 부지런하게 카페를 관리한다는 얘기였다.

설레는 심정으로 카페에 입장한 태수는 순간 헛웃음을 흘리고 말았다.

〈모텔 파라다이스〉 기자 간담회 때 찍은 자신의 사진이 카페 대문에 커다랗게 걸려 있었던 것이다.

하지만 더 기가 막힌 건 카페 메뉴였다.

영혼남의 모든 것, 영혼남의 방송 얘기, 영혼남의 영화 얘기, 영혼남의 소설 얘기, 영혼남에게 보내는 러브 레터.

'대체 이게 다 뭐지?'

얼굴이 알려진 게 며칠 되지도 않는데 정말 이렇게까지 전문적으로 운영되는 카페일 줄은 상상도 하지 못했다.

먼저 영혼남의 모든 것 게시판에 들어갔다.

태수의 사진과 이름, 나이, 학교, 학과 정보에 이르기까지 웬만한 정보들은 모두 다 올라와 있었다. 심지어는 미스터리 클럽에 대한 소개까지도 올라와 있었다.

또한 기자 간담회 내용과 사진들, 인터뷰한 자료들, 제작보고회에서 커밍아웃하는 장면들, 파라다이스 모텔에서 퇴마한 내용들, 게릴라데이트 내용에 이르기까지, 태수에 대한 온갖 정보들이 일목요연하게 정리가 되어 올라와 있었다.

대체 그런 것들을 어떻게 다 알고 모아서 올리는지 그저 신기할 따름이었다.

그 외에도 각 게시판마다 게시판 성격에 맞는 다양한 정보들이 올라와 있었다.

'영혼남의 모든 것' 게시판 다음으로 활성화된 게시판은 방송 게시판이었는데, 〈영혼을 찾아서〉에서 나왔던 방송 영상들을 올려놓고 분석한 글들이 수십 개씩 올라와 있었다.

대부분 오컬트에 관심이 많은 회원들이 나름의 추리를 하면서 각자 의견을 적어 놓았다.

또한 앞으로 〈영혼을 찾아서〉 방송에서 쓸 수 있는 영혼 이야기를 제보하는 코너도 있었다. 태수가 3주만 방송할 것이라는 걸 아직은 모르는 모양.

영화 게시판에는 오싹한 이야기 채널에 〈앞집녀〉와 〈집착〉에 대한 정보는 물론이고 이번에 대학생영화제에 출품하는 〈수상한 아파트〉에 대한 정보까지 상세하게 올라가 있었다.

〈앞집녀〉와 〈집착〉에는 꽤 전문적으로 보이는 회원들의 영화 리뷰가 달려 있어서 그 리뷰들을 읽어 보는 재미만 해도 꽤나 쏠쏠했다.

소설 게시판에는 ≪비가 오면≫의 독자 리뷰와 다양한 정보들이 올라가 있었다. 정보들 중에는 태수도 잘 알지 못하는 출판사의 이벤트 정보들도 많이 있었다.

정말 하루 종일 카페에 머물며 게시글만 읽어도 시간 가는 줄 모르고 저절로 힐링이 될 정도로 자신에 대한 자료들이 많았고, 그렇게 챙겨 주는 팬들이 고마웠다.

카페의 매니저가 누군지도 몹시 궁금했지만 지금은 자신을 드러내지 않고 가만히 지켜만 보는 게 좋을 것 같았다.

저녁에 고스트라인 사무실에서 회의가 열렸다.

일반 관객 시사회가 진행되면서 영화에 대한 평점들이 올라오기 시작한 것이다.

초반엔 호평 못지않게 악평들도 제법 많이 올라와서 긴장이 돼서 조진호 대표한테 이유를 물었더니 〈오래된 기억〉 쪽에서 평점 알바를 푼 것 같다고 했다.

〈모텔 파라다이스〉는 평점을 깎아내리고 〈오래된 기억〉은 평점을 올리는 것이다.

하지만 시간이 지날수록 호평이 혹평을 압도하기 시작했다. 알바 몇 명으로 큰 흐름을 바꾸기엔 역부족이었던 모양.

〈오래된 가족〉의 경우는 오히려 반대였다. 알바들이 10점 몰표를 주면서 열심히 평점을 주고 있었지만 관객들의 수가 늘어나면서 점점 점수가 밀리기 시작했다.

영화가 개봉하기 전 관객 시사까지 〈모텔 파라다이스〉의 평점은 7.4점, 〈오래된 기억〉이 8.6점이었다. 평론가 점수는 〈모텔 파라다이스〉가 8.4점이고 〈오래된 기억〉은 7.3점이었고.

덕분에 회의의 주된 얘기도 영화의 평점 관리와 앞으로 홍보에 대한 얘기였다.

그 방면으로는 전문가라고 할 수 있는 송혜진 대표가 말했다.

"KU엔터에서 정말 엄청나게 물량을 쏟아붓네요. 포털에 광고도 광고지만 평점 알바를 어마어마하게 풀었나 봐요."

태수가 물었다.

"평점 알바라는 건 어떻게 알 수가 있나요?"

송혜진 대표가 인터넷 화면을 중앙 스크린에 띄우고 직접 설명을 했다.

"여기 보면 저희 영화 평점인데 호평이 계속 이어지다가 여기선 악평이 계속 이어지잖아요, 그리고 여기도 비슷한 현상이 일어나고. 보통 이런 경우는 좋은 평점이 이어지는 구간은 일반 관객이 평점을 올린 구간이고 악평이 이어지는 구간은 알바들이 올렸을 가능성이 많아요."

"그거 불법 아닌가요?"

"불법이지만 적발하기가 대단히 어려우니까요. 그리고 적발을 해도 처벌 기준이 너무 약하고. 사실 개봉을 하고 나면 관객 수가 갑자기 많아지니까 알바들 평점은 어차피 힘을 발휘하기가 어려워지긴 해요. 이렇게 일반 관객 시사가 진행되고 있을 때만 평점 알바가 큰 힘을 발휘하고."

일반 관객 시사에 평점 알바를 집중적으로 투입하는 건 개봉 첫 주 예매율이 주로 평점에 의해 결정되기 때문이다. 예매율이 좋지 않으면 상영관도 빠르게 줄어들게 되니까.

실제로 평점의 영향이 이미 예매율에 반영이 되고 있었다.

영화진흥위원회 홈페이지에 들어가서 실시간 예매율을 확인해 보면 〈오래된 기억〉의 예매 관객 수가 8만 명을 넘어섰고 〈모텔 파라다이스〉는 3만 명 수준.

"예매 관객 수가 3만 명이면 너무 적은 거 아닌가요?"

태수의 질문에 송혜진이 고개를 저었다.

"저희 정도 규모의 공포 영화가 예매 관객 3만 명이면 상당히 좋은 스코어예요."

"네? 〈오래된 기억〉은 8만이나 되는데요?"

"원래 공포 영화는 예매를 하고 보는 관객보다 현장에서 결제를 하는 관객이 훨씬 많기 때문에 예매 관객 수가 적게 잡히는 거죠. 물론 그것 때문에 여러 가지 불리한 점들이 많이 있죠. 실제로는 예매율보다 인기가 있는데 예매율이 적어서 상영관을 빼야 하는 경우가 많이 생기니까."

조진호 대표가 초조한 듯 말했다.

"영화에 대한 입소문이 빨리 나야 할 텐데."

～～

〈영혼을 찾아서〉 외주제작사 파인미디어 사무실.

태수를 비롯해서 전소민 기자와 권창훈 피디, 김영아 작가가 이번 주 〈영혼을 찾아서〉 제작 회의를 진행했다.

태수가 얼마 전 카페에서 만난 김순임 할머니에 대한 얘기를 이번 주 〈영혼탐정〉 코너에서 했으면 좋겠다는 의견을 제작진에게 전했다.

김영아가 눈을 반짝이며 말했다.

"와, 무슨 사연인지 모르지만 되게 호기심을 자극하네요. 반년 동안이나 카페에 앉아 누군가를 기다리는 할머니 영혼 이야기라니. 대체 누굴 기다리는 걸까요?"

권 피디가 말했다.

"첫사랑 뭐 그런 거 아닐까?"

"그건 아닌 것 같아요. 할머니가 죄를 용서받는 길이라는 말을 하셨다잖아요."

"아, 맞다, 그랬지. 재미있을 것 같네. 근데 저 편지들은 어떡하냐?"

권창훈 피디가 뒤쪽 테이블에 잔뜩 쌓여 있는 시청자들이 보낸 편지를 돌아보며 난감하게 말했다.

김영아도 걱정스러운 표정으로 말했다.

"진작 알았으면 시청자들한테 사연을 보내 달라고 고지를 안 했을 텐데. 그럼 편지 사연은 다음 주에 넣어야 하나요?"

태수가 말했다.

"아뇨, 그다음 주에도 제가 준비해 놓은 사연이 있습니다."

"예? 다음 주에도요?"

"네. 기억을 잃어버린 여고생 영혼에 대한 이야기를 해 보고 싶어서요."

"기억을 잃어버린 여고생요?"

"네, 죽을 당시의 충격으로 기억을 잃은 것 같아서. 그래서 그 영혼의 기억을 찾아 주려고요."

권 피디와 김영아가 서로 얼굴을 마주 바라봤다.

김영아가 물었다.

"영혼의 기억을 어떻게 찾아 줘요? 사람 같으면 지문이라도 찍어서 가족을 찾겠지만, 영혼은 시청자들이 모습을 볼 수도 없을 텐데."

"여고생인데 교복을 입고 있어요. 그리고 가슴에 명찰을 달고 있죠. 안타까운 건 명찰에서 성이 있는 부분은 깨져서 '이화'라는 이름만 보이거든요."

"이화요? 와, 이름 예쁘다."

<hr />

모처럼 태수네 가족들이 한자리에 모였다. 엄마와 혜령 그리고 경호 형과 형수까지 다함께 저녁식사를 한 후에 영화 〈모텔 파라다이스〉를 관람하기 위해서였다.

가족들이 모이자마자 나온 대화의 주제는 단연 태수였다.

퇴마하는 톱스타

〈영혼을 찾아서〉 프로그램 얘기로 시작해서 언제부터 영혼을 보게 됐는지까지.

태수는 다른 매체와의 인터뷰에서 했던 답변대로 자신도 이유는 모르는데 어느 순간부터 영혼이 보이기 시작했다고 둘러댔다.

예전에는 시댁에 와서 거의 웃음을 보이지 않던 형수가 오늘은 연신 까르르 웃음을 터뜨렸다. 엄마의 숟가락에 반찬을 집어서 올려 주기도 하고.

형수가 말했다.

"요즘엔 저희 집에서도 온통 도련님 얘기밖에 안 해요. 근데 혹시 얼굴에 손댔어요? 그동안 얼굴이 많이 변한 것 같아요. 도련님이 원래 저렇게 미남이었나?"

그러자 엄마가 옆에서 거들었다.

"얘가 원래는 얼굴이 엄청 잘생겼는데 그동안 고생을 많이 해서 상했던 거야. 그나저나 난 무서운 거 못 보는데, 영화가 많이 무섭니?"

옆에 있던 혜령이 말했다.

"난 벌써 두 번이나 봐서 어디서 무서운 장면 나오는지 아니까 엄마는 내가 미리 알려 줄게. 내가 무서운 장면 나온다고 눈 감으라고 하면 그때 감으면 돼."

그러자 경호가 물었다.

"오늘 개봉인데 넌 어떻게 영화를 미리 본 거야?"

혜령이 태수를 돌아보고 말했다.

"오빠한테 시사회 표 구해 달라고 해서 친구들하고 봤지, 헤헤."

원래 태수 앞으로 시사회 표가 15장이 나왔다.

그동안 도움을 받았던 고민석 교수와 드림대학 문창과와 연영과 교수들한테 시사회 표를 드리고 남은 표를 혜령에게 줬던 것이다.

경호가 물었다.

"영화 재밌어? 아직 평점은 그렇게 높지 않은 것 같던데."

혜령이 흥분해서 말했다.

"진짜 엄청 재밌어. 같이 본 내 친구들도 다들 여태까지 본 한국 공포 영화 중에서 제일 재밌다고 했거든. 근데 이상하게 평점이 생각보다 낮게 나오더라고. 아참, 그리고 영화 시작하면 오빠 이름이 두 번 나오거든. 공동 제작으로도 나오고 각본으로도 장태수라고 나와."

엄마가 말했다.

"에고, 이름 놓치지 않으려면 눈을 부릅떠야겠네."

"아냐, 엄마. 이름이 엄청 크게 나와서 절대 놓칠 수가 없어."

"그럼 태수가 이 영화 만드는 데 역할을 크게 한 모양이네."

"당연하지 엄마, 공동 제작인데."

"근데 네가 무슨 돈이 있어서 영화를 공동으로 제작을 한 거냐?"

엄마는 여전히 믿어지지 않는 듯 물었다.

"내가 돈을 낸 게 아니라 시나리오 고료 대신 지분을 달라고 해서 그렇게 된 거야."

경호가 물었다.

"공동 제작이면 네가 지분을 가지고 있는 거야?"

"응."

이번엔 형수가 조심스럽게 물었다.

"그럼 도련님 지분이 몇 프로인 거예요?"

"제작사 지분의 30퍼센트요."

형수의 눈이 휘둥그레졌다.

"30요?"

경호도 놀란 표정으로 말했다. 지분이라고 해 봐야 5퍼센트, 많아야 10퍼센트 정도 예상했던 모양이었다.

"와, 엄청 많네? 30프로면…… 가만, 너네 영화 손익분기점이 몇 명이야?"

"대충 120만 정도 된다고 들었어."

"그럼 만약에 관객이 200만 정도 들었다고 치면 너한테는 얼마가 들어오는 거야? 난 영화 쪽은 전혀 아는 게 없어서."

그러자 엄마가 옆에 있다가 참견을 했다.

"왜 200만이야? 이왕이면 한 500만 든다고 해야지."

"아유, 엄마, 500만이 누구 집 애 이름인 줄 알아요? 현실적으로 얘기하는 거예요, 현실적으로."

태수가 엄마의 손을 살짝 잡으면서 말했다.

"형 말이 맞아, 엄마. 공포 영화로는 500만 관객 동원하는 건 거의 불가능해. 나도 확실히는 모르는데 관객이 200만 들어오면 손익분기점에서 80만 명이 더 들어오는 거니까, 2차 판권 빼고 극장 수입만 따지면 제작사 수입이 12억 원 정도 될 거야. 그럼 내 지분은 3억 6천만 원 정도?"

조진호 대표의 말로는 2차 판권 수입을 빼고 극장 수입으로만 계산할 때 손익분기점을 넘은 다음부터 제작사 수입은 관객 1명당 1,500원씩 계산하면 대충 맞는다고 했다.

따라서 손익분기점을 넘은 관객이 100만 명이면 제작사 수익은 15억 원, 1천만 명이면 150억 원이 되는 셈이다. 거기에 2차 부가 판권료가 더해지면 수익이 훨씬 늘어나겠지만.

따라서 〈모텔 파라다이스〉가 관객 200만을 돌파한다고 하면 손익분기를 넘은 관객 수가 80만이 되는 셈이고 80만 명에서 제작사 수익이 12억 원. 거기서 태수의 지분이 30퍼센트니까 3억 6천만 원 정도가 되는 셈이다.

혜령이 얼른 물었다.

"그럼 300만 넘으면?"

"300만이면 100만 명이 더해지는 거니까 제작사 수입은 15억이 더 늘어날 테고 15억의 30퍼센트니까 내 지분은 4억

5천만 원이 더 늘어나서 총 수익이 8억 원 정도 될 것 같은데? 거기에 나중에 2차 부가 판권료가 더해지면 총수익은 10억 원 정도 되려나?"

태수의 말에 혜령이 돌고래 울음소리를 냈다.

"시, 십억 원?"

엄마는 물론이고 형과 형수도 적잖게 놀라는 눈치.

그동안 이런 얘기를 전혀 하지 않았기 때문에, 다들 태수가 시나리오 고료만 받는 줄 알고 있다가 지분 얘기를 하니까 당연히 놀라게 되는 것이다.

그러고 보니 태수도 그동안 수입에 대한 생각은커녕 계산도 해 보지 않았다. 만약 예지 영상에 나온 대로 300만 관객을 넘는다면 태수의 수입도 10억 원을 넘는다는 얘기가 된다.

'맙소사, 10억 원이라니.'

너무 큰돈이라서 아직은 감이 제대로 잡히지 않는 것도 있지만, 원래부터 돈에 대한 욕심보다는 명예욕이 훨씬 컸기 때문에 수입에 그렇게 집착이 되진 않았다.

그리고 기회가 이번만 있는 것도 아니고 앞으로 자신이 계속 영화를 만들 테니까.

식사를 마치고 극장에 도착했을 때는 평일인 데도 불구하고 개봉 첫날이라 관객들이 무척 많았다. 공포 영화라서 관객의 절반 정도는 중고생들이 차지했다.

극장에 나타난 태수를 알아보고 여고생들이 비명을 지르며 달려들었다. 순식간에 30~40명의 여고생들이 태수를 에워싸고 사진과 사인 요청을 했다.

태수가 일일이 사진을 찍어 주고 사인도 해 주는 모습을 보며 식구들도 놀라는 눈치.

아직까지 식구들은 태수의 인기가 어느 정도인지, 아니 일반인들에게 이런 인기가 있다는 사실 자체를 몰랐기 때문에 신기한 광경을 구경하듯 쳐다만 볼 뿐이었다.

태수가 사진을 찍어 주고 돌아왔을 때 혜령이 신이 나서 말했다.

"와, 오빠 스타 다 됐네?"

엄마가 눈물을 글썽이며 말했다.

"어떻게 이런 날이 올 수가 있니? 돌아가신 네 아빠가 이 모습을 보셨어야 하는데."

태수도 그게 아쉬웠다. 영혼이라도 만날 수 있었다면 얼마나 좋을까.

하긴 너무 어릴 때 돌아가셔서 만나도 얼굴 알아보는 것도 힘들겠지만.

엄마가 〈모텔 파라다이스〉의 포스터를 보고는 말했다.

"나도 저기서 우리 아들하고 사진 한 장 찍자."

태수가 영화 포스터 앞에서 엄마의 어깨를 끌어안고 사진을 찍었다. 혜령과도 찍었고 형과 형수도 같이 찍자고 해서

퇴마하는
톱스타

일일이 사진을 찍었다.

태수가 극장으로 들어가자 관객들이 환호성을 질러서, 마치 배우들이 무대 인사를 온 것 같은 분위기가 연출됐다.

"영혼남 사랑해요!"

"영화 잘 볼게요!"

식구들이 자리를 잡고 영화가 시작됐다.

태수는 영화가 상영되는 내내 관객들의 반응을 살피느라 여념이 없었다. 일반 관객보다 학생들이 많은 덕도 있겠지만 영화관의 분위기는 그야말로 최고였다.

관객들이 다들 몰입해서 영화를 보는 게 확실하게 느껴졌다. 몰입이 강하면 강할수록 공포의 강도도 커지는 법이다.

무서운 장면이 나올 때마다 극장은 관객들의 비명 소리로 가득 찼다. 공포 영화를 제작하는 사람의 입장에서는 세상에서 가장 즐거운 비명이 아닐 수가 없었다.

흔히 하는 말로 팝콘을 사서 들어갈 필요가 없이 공중으로 날아다니는 팝콘만 주워 먹어도 된다는 말이 실감이 날 정도였다.

영화가 끝나고 관객들이 태수에게 열렬한 환호를 보내 줬다.

"영화 너무 재미있었어요."

"저희가 SNS에 홍보 열심히 할게요."

"이번 주 〈영혼을 찾아서〉에서는 어떤 귀신 나와요?"

식구들과 헤어진 태수는 집에 들어오자마자 영화 정보 사이트로 들어가서 영화에 대한 반응들을 살펴봤다.

　개봉 첫날이라서 관객들의 평점과 반응이 무척 중요했다. 어제보다 훨씬 많은 평들이 빠르게 올라오고 있었다.

　어제까지 7.4점이던 평점도 지금은 7.9점까지 올라가 있었고 지금도 계속 상승하는 중이었다. 관객들의 반응도 호평이 압도적으로 늘어났다.

　-남자 둘이 손 꼭 붙잡고 봤다. ㅠ.ㅠ

　-지하실 귀신 진심 때리고 싶었음. 개쫄았음.

　-친구가 하나도 안 무섭다고 개구라 쳐서 갔다가 좌석에 지림. 어쩔~

　-최근 본 공포 영화 중에서는 최고.

　-공포 영환데도 가족들의 얘기가 감동적이어서 좋았어요.

　-명불허전. 직접 봐라.

　-아직도 가슴이 콩당콩당. 오늘밤 잠 다 잤네.

　-이게 실화라니 믿기지가 않는다.

　관객 평을 보고 나니 비로소 마음이 놓였다. 혹시라도 입소문이 늦게 나서 관객 수가 생각만큼 들어오지 않는다고 해도 이런 좋은 평가를 받은 것만으로도 의미가 있다는 생각이 들었다.

　이제 남은 건 개봉 첫날의 관객 수.

시간을 보니 11시 58분.

이제 2분 후인 12시가 넘으면 영화진흥위원회 홈페이지 박스 오피스에 관객 수가 발표될 것이다. 물론 개봉 첫 주에는 당연히 〈오래된 기억〉이 1위를 하겠지만 그 격차를 얼마나 줄이느냐가 중요했다.

자정이 넘어서 사이트에 접속을 해서 들어갔다.

관객 수가 발표됐다.

예상대로 1위는 〈오래된 기억〉. 스크린 1,120개에서 동원한 관객 수가 자그마치 22만 명이었다. 역시 스타 파워가 얼마나 강한 힘을 발휘하는지 실감할 수가 있었다.

〈모텔 파라다이스〉는 2위로 출발했고 관객 수는 8만여 명.

〈오래된 기억〉하고는 거의 세 배 가까이 차이가 나는 스코어였다.

〈모텔 파라다이스〉의 손익분기점은 120만, 〈오래된 기억〉의 손익분기점이 350만 정도로 알려져 있으니까 비율상으로는 선방한 것일 수도 있지만.

조진호 대표 말로는 개봉 첫 주에 손익분기점의 절반인 60만 관객을 넘기는 게 1차 목표라고 했는데, 이 정도 수치면 잘 나온 건지 판단이 서지 않았다.

마침 조진호 대표가 카톡을 보내 왔다.

개봉 첫날 스코어 8만. 내일 금요일 8만 예상. 토요일 20만, 일요일 20만 들어오면 1차 목표 달성.

역시 오랫동안 영화를 해서 그런지 대략적인 예상 수치까지 바로 계산이 나오는 모양이었다. 보통 주말과 휴일에는 평일 스코어의 두 배 이상 나오는 경우가 많으니까 지금과 같은 추세라면 조진호 대표의 1차 목표인 개봉 첫 주 60만 관객은 넘을 것 같았다.

문제는 조진호 대표는 〈모텔 파라다이스〉의 최종 관객 스코어를 200만으로 예상하고 목표를 짜고 있다는 것.

물론 200만 관객이면 한국 공포 영화로서는 상당히 많은 관객 수라고 할 수가 있다.

하지만 태수의 예지 영상에 나온 관객 스코어는 300만. 따라서 300만 관객을 넘기려면 지금보다 훨씬 관객 수가 늘어나야만 한다는 얘기가 된다.

영화진흥위원회 홈페이지 정보에서 관객 수 못지않게 중요한 정보가 좌석 점유율이라고 했다. 흔히 좌점율이라고 부르는 좌석 점유율은 극장에 좌석이 얼마나 많이 찼는지 그 비율을 보여 주는 수치라서 앞으로 영화의 흥행을 점쳐 볼 수 있는 중요한 지표가 된다.

극장 수는 많은데 좌점율이 낮다는 건 영화가 재미가 없다는 얘기고, 극장 수는 적지만 좌점율이 높으면 그 영화는 재미가 있어서 스크린 수를 늘려야 한다는 얘기니까.

좌점율로 들어가서 보니 〈오래된 기억〉은 31퍼센트, 〈모텔 파라다이스〉는 48퍼센트다. 평일에는 보통 30퍼센트 내외라고 했는데 48퍼센트는 상당히 높은 편이었다.

앞으로 좌점율의 차이가 좀 더 커지면 〈오래된 기억〉의 스크린 일부를 〈모텔 파라다이스〉가 가지고 올 수 있을 것이다.

파인미디어 사무실.

이번 〈영혼을 찾아서〉 〈영혼탐정〉 코너의 김순임 할머니 편 제작 회의가 열렸다.

참석자는 권창훈 피디, 김영아 작가와 태수였다.

김영아가 말했다.

"어제 저희가 시청자들한테서 온 편지들을 전체적으로 한번 살펴봤어요. 그 결과 이번 김순임 할머니처럼 호기심을 자극하는 사연을 발견하지 못했어요."

권 피디가 말했다.

"그래서 일단 김순임 할머니 이야기를 이번 〈영혼탐정〉 코너에서 다루면 좋을 것 같은데, 문제는 저희가 그 사연이 뭔지 전혀 모른다는 게 좀 걸리네요."

태수도 동의하며 고개를 끄덕였다.

"네. 할머니가 한사코 그분 앞에서만 얘기를 하겠다고 하시니까 저도 어쩔 수가 없더라고요."

"그래서 말인데…… 제 생각에는 지금 김순임 할머니가 찾고 있는 사람이 박진성이라는 분이잖아요. 우리가 일단 박진성이라는 분한테 먼저 연락을 해서 김순임이라는 할머니를 알고 있는지 물어보고, 현재 상황을 설명해 드린 후에 방송에 출연할지 의사를 물어보는 게 맞는 것 같습니다. 만약 방송이 어려운 사연일 수도 있으니까 그때는 다른 아이템으로 돌려야 하고요."

태수도 권 피디 의견에 동의했다.

"네, 저도 그게 좋을 것 같습니다."

김영아가 말했다.

"그럼 장 작가님이 그 할아버지를 찾는 장면부터 촬영을 해서 다큐 형식으로 가면 어떨까 싶어요. 작가님 괜찮을까요?"

"지금 바로 촬영을 하는 건가요?"

"네. 그래야 훨씬 자연스럽고 시청자들한테도 신뢰를 줄 수가 있으니까요. 장 작가님이 그 할머니 영혼을 만나게 된 과정은 저희가 제작 회의 하는 영상이 흘러갈 때 한석후 아나운서가 내레이션 형식으로 시청자들에게 전해 주면 되거든요."

"네, 그렇게 하죠."

태수가 대답을 하자 바로 ENG 카메라가 붙어서 다큐 분위기로 바뀌었다.

권 피디가 말했다.

"한석후 아나운서가 기본적인 배경 이야기는 전한 후에 들어가는 거니까, 장 작가님이 누구한테 전화를 하는지만 적당한 수준에서 설명하고 다큐 형식으로 진행을 해 주세요."

태수가 고개를 끄덕이자 카메라에 불이 들어왔다.

소슴리 정신병윈

태수가 불이 들어온 카메라를 돌아보고 말했다.

"제가 이제 김순임 할머니가 그토록 만나고 싶어 하시는 박진성이라는 분한테 연락을 할 예정입니다. 제가 거는 전화 번호도 김순임 할머니가 알려 주신 번호인데요. 저는 아직 박진성이라는 분이 누군지도 모르고 이 번호가 맞는 번호인 지조차도 알지 못합니다. 그럼 지금 바로 걸어 보겠습니다. 일이 잘돼서 김순임 할머니의 영혼이 카페를 떠날 수가 있었 으면 좋겠네요."

이젠 태수도 카메라에 익숙해져서 표정이나 대사가 상당 히 자연스러웠다.

태수가 제작진의 유선전화를 들고 김순임이 알려 준 번호로 전화를 걸었다.

예전에 첫사랑을 찾아 주는 방송 프로그램이 있었는데, 당시 진행자가 전화를 걸 때 긴장된다는 말을 자주 했다.

근데 지금 태수의 심정이 딱 그랬다.

몇 차례 신호가 가고 상대가 전화를 받았다. 나이가 꽤 들어 보이고 약간 쉰 것 같은 남자 목소리가 들려왔다.

-여보세요?

태수가 카메라를 보며 상대가 전화를 받았다는 신호를 준 후에 통화를 했다.

"네, 안녕하세요. 여긴 케이블 TV QBS 방송국 〈영혼을 찾아서〉라는 프로그램입니다."

-……?

"혹시 저희 〈영혼을 찾아서〉라는 프로그램을 보신 적이 있으신가요?"

-아뇨, 그런 프로 모릅니다.

사실 〈영혼을 찾아서〉의 갑작스러운 인기는 젊은 층에만 해당되는 얘기였다. 〈영혼을 찾아서〉의 입소문이 주로 인터넷과 SNS로 퍼졌기 때문이다.

따라서 중장년들 시청자들은 대부분 프로그램을 모르는 게 당연했다.

문제는 프로그램을 모르니까 지금의 상황을 설명하기가 무척 난감하다는 것. 고민 끝에 프로그램 설명을 생략하고 곧바로 할머니 영혼에 대한 얘기부터 꺼냈다.

"혹시 김순임 할머니라고 아세요?"

－김…… 순임요?

"네, 김순임."

－압니다. 근데 그분이 왜?

일단 두 사람이 서로 알고 있다는 것만으로도 한 고비를 넘은 기분이었다.

"죄송한데 실례가 안 된다면 저희가 지금 좀 찾아뵙고 말씀을 드려도 될까요?"

박진성이 경계심을 드러내며 말했다.

－무슨 일인데 그러십니까?

태수는 박진성에게 링크를 보내 줘서 프로그램을 먼저 본 후에 얘기를 하자고 하고 전화를 끊었다. 프로그램을 보고 태수가 어떤 사람인지 알아야만 얘기가 될 것 같았던 것이다.

프로그램을 본 박진성한테서 만나자는 연락이 왔다.

다행히 박진성이 서울에 살고 있어서 권 피디와, 김영아, VJ 세 명까지 촬영 차량을 타고 함께 이동했다.

이동 중에 김영아가 살짝 걱정이 되는 것처럼 말했다.

"설마 원한 관계라든가 그런 건 아니겠죠? 전 할머니가 죄를 뉘우쳐야 한다고 했던 얘기가 계속 마음에 걸려요."

사실은 태수도 그 부분이 살짝 마음에 걸렸다.

어쨌든 박진성이란 사람을 만나면 최소한 무슨 일인지 사연을 들을 수 있으리라는 기대를 가지고 약속한 카페의 문을 열고 들어갔다.

박진성은 머리가 희끗한 노신사였다.

태수가 제작사에서 만들어 준 명함을 건네며 인사를 했다.

"안녕하세요. 아까 전화드렸던 장태수라고 합니다."

박진성이 명함을 받으며 태수를 신기한 듯 보면서 말했다.

"방송 프로그램에서 본 기억이 나네요."

태수가 맞은편 자리에 앉았고 김영아가 박진성에게 말했다.

"저희가 일단 카메라로 촬영을 한 후에 얘기를 들어 보시고 선생님이 출연을 원치 않으시면 그때 모든 영상을 삭제하면 어떨까요?"

"그렇게 합시다."

김영아가 물러나며 태수에게 눈짓을 했다.

"프로그램을 보셔서 아시겠지만 저는 영혼을 보는 능력이 있습니다."

박진성이 고개를 끄덕였다.

태수는 카페에서 김순임 할머니의 영혼을 만난 얘기를 전했다. 박진성은 김순임이 죽은 걸 몰랐는지 몹시 놀라는 기색이었다.

"그럼 순임 씨가 돌아가셨단 말입니까?"

"네, 그분은 지금 영혼이 돼서 레테라는 카페에서 반년 동

퇴마하는 톱스타

안이나 선생님을 기다리고 있습니다. 김순임 씨는 선생님과의 약속을 지키려고 레테로 가다가 갑작스럽게 죽음을 맞았다고 하셨어요."

레테라는 이름을 듣자마자 박진성이 충격을 받은 듯 고개를 흔들었다.

"난 그때 그것도 모르고 왜 먼저 만나자고 한 사람이 나오질 않는지 의아하게 생각했습니다. 휴대폰으로 연락을 해도 받지도 않고."

박진성이 탄식을 뱉어 내며 마른세수를 했다.

태수는 박진성이 감정을 추스를 때까지 기다렸다가 물었다.

"김순임 할머니는 저한테 선생님한테만 꼭 하고 싶은 얘기가 있다고 했습니다."

"나한테도 그날 꼭 하고 싶은 얘기가 있다고 해서 만나기로 했던 건데…… 대체 무슨 얘기를 하려고 했는지는 나도 알지를 못해요."

박진성도 김순임이 무슨 말을 하려고 했는지 이유를 모른다는 소리에 궁금증이 더 증폭되는 느낌이었다.

"그럼 두 분은 어떤 사이였나요?"

박진성이 아주 먼 시간을 더듬는 것 같은 눈빛으로 허공을 바라봤다.

"우린 대학 때 미팅에서 만나 잠시 함께 다니던 사이였습니다."

김영아가 권 피디에게 예상이 맞았다고 눈짓을 했다. 권 피디가 처음 사연을 들었을 때 아마도 첫사랑을 찾는 것 같다는 예상을 했던 것이다.

근데 이어서 들려온 박진성의 얘기는 예상을 벗어났다.

"하지만 내가 좋아하던 사람은 김순임이 아니라 그분의 절친한 친구인 정혜정이라는 여자였어요. 나와 김순임이 만날 때 정혜정이라는 분도 늘 함께 만났거든요. 난 어쩔 수 없이 순임 씨에게 고백을 했어요. 내가 좋아하는 사람은 혜정 씨라고."

박진성이 깊게 한숨을 내쉰 후에 말을 이어갔다.

"내가 고백을 한 후 김순임은 물론이고 혜정 씨도 더 이상 볼 수가 없었습니다. 우리 셋은 그렇게 헤어졌고 난 오랫동안 혜정 씨를 그리워했습니다. 근데 수십 년 만에 갑자기 김순임 씨가 만나자는 연락이 온 거예요. 꼭 할 얘기가 있다면서. 그래서 약속 장소인 레테라는 카페에서 기다렸는데 결국 그 자리에 나오질 않았어요."

"그럼 김순임 할머니가 왜 만나자고 했는지 전혀 짐작이 가는 것이 없습니까?"

박진성이 고개를 흔들었다.

"사실 나도 연락 오기 전까지 그 사람을 까마득하게 잊고 살았거든요."

태수가 조심스럽게 물었다.

"그럼 김순임 할머니의 영혼을 만날 의사가 있으신가요? 김순임 할머니의 영혼을 만나게 되면 방송도 출연을 하게 되는 겁니다."

박진성이 고민하다가 대답했다.

"만나 보고 싶습니다. 어쨌든 그분이 날 만나러 오다가 돌아가신 거잖아요. 돌아가신 후에도 내게 할 말이 있어서 이승에 머물고 있다니, 무슨 얘기인지 들어 보고 싶습니다."

박진성이 방송 약속을 하고 카페를 나간 후 태수는 권 피디, 김영아와 함께 회의를 했다.

권 피디가 말했다.

"무슨 일인지는 모르지만 방송 아이템으로는 괜찮을 것 같네요."

김영아도 동의했다.

"제 생각도 그래요. 노신사와 할머니 영혼의 만남이라는 것만으로도 독특한 아이템이 될 것 같아요. 그리고 저렇게 영혼이 되어서도 만나려고 하는 이유가 뭔지도 궁금하고."

권 피디가 말했다.

"자, 그럼 〈영혼탐정〉 코너는 이걸로 해결이 된 셈이네."

김영아가 애써 웃으며 말했다.

"문제는 〈흉가탐방〉 코너인데……."

왠지 두 사람의 표정이 어두워서 태수가 고개를 갸웃했다.

"왜요? 무슨 문제라도?"

김영아가 권 피디의 눈치를 보며 입을 열었다.

"사실은 지금 저희 둘이서 이번 주 흉가탐방 코너에 나올 흉가를 사전 답사 가야 하거든요."

〈흉가탐방〉 코너는 권 피디와 김영아가 먼저 사전 답사를 한다. 이후 적절한 장소라는 생각이 들면 태수와 함께 방문을 해서 최종 확정을 짓는 식이다.

김영아가 어깨를 움츠리며 말했다.

"근데 지금 거기 가려고 하니까 너무 무서워서……."

권 피디가 농담처럼 말했다.

"지금 카메라에 다 잡히고 있는데, 구성 작가가 흉가 사전 답사 가는 게 무섭다고 떨고 있으면 시청자들이 뭐라고 하겠어?"

김영아도 권 피디를 흘겨보며 말했다.

"치이, 피디님도 지금 무서워서 떨고 있으면서. 그러게 낮에 빨리 갔다 오자고 했잖아요. 이렇게 캄캄한 밤에 그 무서운 곳을 어떻게 가요? 게다가 저보다 피디님이 겁도 더 많으면서."

권 피디가 헛기침을 하며 말했다.

"무섭긴 뭐가 무섭다고 그래. 건물을 다 둘러보자는 것도 아니고 1층 로비 정도만 살펴보자는 건데."

태수는 카메라들이 바로 앞에서 찍고 있는데도 툭탁거리는 두 사람이 연기를 하는 것인지 실제 상황인지 분간하기가 힘들었다.

원래 이런 예능 다큐는 대본이 정해져 있다기보다는 그때그때 분위기에 맞춰서 각자가 순발력으로 대처하는 프로그램이다.

〈흉가탐방〉 코너의 경우 이번 주에도 사전에 흉가를 선정하는 과정을 짧게 요약해서 비하인드 스토리처럼 프로그램 중간에 방송으로 내보냈다.

그런데 이번 주 시청자들이 그 부분을 좀 더 늘려 달라는 요청이 들어와서, 이번에는 아예 처음부터 VJ들이 밀착해서 촬영하기로 한 것이다.

태수도 처음엔 일거수일투족을 찍는 카메라를 의식했는데, 지금은 눈앞에서 카메라가 찍고 있어도 거의 무시하고 일상처럼 행동하는 신기한 경험을 했다.

대부분의 리얼리티 관찰 프로그램 출연자들이 꾸미지 않은 평소의 행동들이 방송에 적나라하게 나오는 이유를 조금은 알 것 같았다.

태수가 물었다.

"대체 거기가 어딘데 그렇게 겁을 내요?"

둘 다 겁이 많긴 하지만 이번에는 좀 유별나다는 생각이 들었던 것이다.

권 피디가 기다렸다는 듯 대답했다.

"이번에 가는 곳은 흉가가 아니라 경기도에 있는 폐병원이에요."

"폐병원요? 그럼 혹시…… 곤지암……?"

곤지암 병원은 얼마 전 영화의 소재로도 나왔던 폐병원으로, 세계 7대 소름 끼치는 장소로도 선정되어 유명세를 탄 곳이다.

"아뇨, 처음엔 곤지암 병원을 생각했는데 얼마 전에 영화 나온 이후로 지금은 완전히 철거가 됐고요. 곤지암 병원 때문에 잘 알려지진 않았지만 소음리 정신병원이라고 또 다른 폐병원이 있어요. 곤지암 병원보다는 규모가 작은데, 오컬트에 관심 있는 전문가들이나 흉가 찾아다니는 카페에서는 오히려 더 위험하다고 소문이 나 있는 곳이에요."

"곤지암 병원보다 위험하다고요?"

김영아가 정색을 하고 말했다.

"흉가 체험하는 카페 회원들이 흉가를 체험하면서 여긴 진짜다, 가짜다 하면서 자기들끼리 점수를 매기는 게 있어요. 정말 뭔가가 있다고 생각하는 흉가일수록 점수를 높게 매기는 거예요. 그렇게 전국의 수많은 흉가들 점수를 매겨서 가장 점수가 높은 5대 성지를 선정했는데, 곤지암 정신병원이 5위고 소음리 정신병원이 3위로 나왔어요."

"점수를 매기는 기준이 뭔데요?"

태수의 질문에 김영아가 프린트해 놓은 자료를 보여 주며 설명해 줬다.

"일단 흉가에 들어갔을 때 느껴지는 음습한 기운 같은 게 있대요. 그런 기운이 강할수록 점수가 높은 거고 다음으로는 최근 발생한 사고 건수예요. 소음리 정신병원의 경우 최근 1년 사이에 두 명이 그곳에 들어가서 자살을 했고 그곳을 체험하러 들어간 카페 회원 다섯 명은 아직도 정신 질환에 시달리고 있다는 거예요."

김영아가 설명하는 동안 권 피디가 노트북을 부팅시켜서 태수에게 병원을 보여 줬다.

울창한 숲속에 불에 그슬린 것 같은 거무칙칙한 병원 건물 외관이 유령처럼 서 있었다. 사진만 봐도 두 사람이 왜 이토록 무서워하는지 알 것 같았다.

김영아가 말했다.

"소음리 정신병원이 문을 닫은 이유가 화재 때문이래요. 한밤중에 불이 나서 입원동에 있던 환자는 물론이고 직원과 의사들도 많이 사망을 했던 모양이에요."

폐쇄적인 구조의 정신병원에서 불이 나면 얼마나 끔찍한 상황이 벌어졌을지 대충 상상이 됐다.

그 속에서 불에 타 죽어 간 환자와 직원 들의 혼령을 생각하면 건물을 폐쇄하기 전에 퇴마 의식이든 진혼굿이든 했어야 한다. 만약 그런 의식을 하지 않았다면 그곳에 남아 있는 영적인 존재들이 악귀가 되었을 가능성이 높다.

권 피디가 말했다.

"말하자면 이 친구들이 선정한 5대 성지라는 곳은 가능한 체험을 가지 말아야 할 곳으로 경고를 주려고 한 것인데, 사람의 마음이 그럴수록 더 가고 싶어 하잖아요."

지난 1년 동안 두 명이 자살했고 다섯 명이 정신 질환에 시달린다면 사고 확률이 대단히 높은 편이다.

흉가가 선정되면 어차피 자신이 가서 확인을 해야만 한다.

"그럼 저도 지금 같이 갈게요."

태수의 대답에 권 피디는 물론 김영아도 이제 살았다는 듯 표정이 밝아졌다.

권 피디가 운전하는 스타렉스 촬영 차량을 타고 소음리 정신병원으로 향했다. 차량 곳곳에는 카메라가 설치되어 세 사람의 얼굴을 전담으로 각각 촬영했고, 다른 여분의 카메라는 차 안에서 벌어지는 모든 일들을 촬영했다.

촬영 차량 뒤쪽으로는 VJ가 탑승한 승용차 한 대가 추가로 따라왔다.

국도를 타고 가던 차량이 비포장길로 들어섰다.

비포장길 좌우는 칠흑 같은 어둠과 숲이어서 뭐가 튀어나와도 이상할 것 같지가 않았다.

비포장길이라 차가 흔들리자 그렇잖아도 잔뜩 겁을 먹고 있던 김영아가 연신 비명을 질러 댔다. 광활한 어둠 속에서 차량의 전조등 불빛만이 세상의 유일한 빛이었다.

이리저리 흔들리는 차량의 손잡이를 움켜잡으며 김영아가 비명처럼 소리쳤다.

"어우, 여기 너무 무섭다. 경기도인데 왜 이렇게 멀어요?"

권 피디가 대답했다.

"예전엔 정신병원에 대한 인식이 워낙 안 좋아서 산속에 병원을 지어서 그런 것 같아."

김영아가 괜히 손으로 팔뚝을 쓸어내리며 중얼거렸다.

"기분 탓인가? 자꾸 온몸에 소름이 돋고 오싹한 기분이 들어요."

사실 태수는 진즉부터 그런 기분을 느끼고 있었다. 귀기를 접촉했을 때 느껴지는 기분이었다.

'뭐지?'

태수가 조용히 주문을 읊었다.

'귀기탐색.'

화르르르륵.

공기가 흔들리며 허공에 지도가 나타났다. 차량이 계속 이동 중이었기 때문에 지도도 마치 내비게이션처럼 계속 이동 중이었다.

지도에 붉은 점이 하나 떠 있었다.

신기한 건 그 붉은 점이 차량과 함께 계속 이동 중이라는 것이다.

붉은 점이 차량과 똑같이 이동한다는 건 둘 중에 하나다.

영혼이 차량을 쫓아오고 있거나, 일행과 함께 차 안에 있거나!

태수가 지도에 나타난 붉은 점을 보며 고개를 갸웃하는데 허공이 흔들리며 메시지가 떠올랐다.

귀기와 접촉했습니다.

저절로 귀기와 접촉을 하는 경우는 귀기가 아주 가까운 거리에 있을 경우다.

메시지와 함께 등 뒤에서 서늘한 한기가 느껴졌다.

권 피디는 차량을 운전 중이었고 태수는 조수석에 앉아 있었다.

뒷자리에는 김영아가 앉아 있었고.

태수가 슬쩍 고개를 돌려 뒷자리를 바라봤다.

김영아 옆자리에 머리를 산발한 여자가 앉아 있었다. 붉은 점의 크기로 봐서 대단한 악귀는 아니지만 그렇다고 평범한 영혼도 아니었다.

여자는 머리를 산발한 채, 마치 자신도 정신병원에 볼일이 있어서 가는 것처럼 태연하게 자리에 앉아서 앞쪽을 주시하고 있었다.

지금 김영아한테 옆자리에 귀신이 앉아 있다고 알려 주면 아마 차 사고가 날지도 몰랐다.

모두의 안전을 위해서 지금은 그냥 조용히 가는 게 나을 것 같았다. 그런 의미에서 지금은 귀신보다 김영아가 더 무서웠다.

영은 머리카락이 얼굴을 가려서 표정은 잘 보이지 않았지만 그 안에서 번뜩이는 섬뜩한 눈빛은 충분히 볼 수가 있었다.

자신을 보는 것 같은 기분이 들었는지 허연 동공을 꿈틀 움직여서 태수를 노려봤다.

태수가 애써 모른 척 고개를 돌렸다. 딱히 해코지를 하고 그럴 영은 아니었다.

김영아가 또 다시 비명처럼 말했다.

"차 안이 왜 이렇게 추워요? 피디님, 혹시 남는 점퍼 같은 거 없어요?"

김 피디가 운전을 하며 말했다.

"춥긴 뭐가 추워? 하나도 안 추운데."

김영아가 양손으로 계속 팔뚝을 쓸어내리며 영이 있는 왼쪽 자리를 힐끔거렸다.

"모르겠어요. 이상하게 왼쪽 어깨하고 팔이 너무 시려요.

기분이 너무 이상해요."

태수가 말했다.

"그럼 자리를 옮겨 봐요, 뒷자리로."

"자리를 옮기라고요?"

김영아가 의아하게 태수를 바라봤다. 하긴 차 안에서 춥다는데 자리를 옮기라고 했으니 이상한 생각이 들었을 것 같기도 했다.

김영아가 흔들리는 차 안에서 자리를 뒤로 옮겼다. 혹시라도 영이 쫓아갈까 봐 걱정했는데 다행히 그런 일은 일어나지 않았다.

나중에 차 안에 세 명이 아닌 네 명이 있었다는 얘기를 해주면 권 피디와 김영아가 어떤 표정을 지을지.

'근데 저 영혼은 무슨 일로 정신병원을 가는 걸까?'

마음 같아서는 영과 접촉을 해서 사연이라도 물어보고 싶었지만 지금은 안 그러는 게 좋을 것 같았다.

차에서 내린 후에도 영에 대한 얘기는 하지 않을 생각이었다. 흉가 탐방이고 뭐고 당장 집으로 돌아가겠다고 난리가 날 수도 있으니까.

뒷자리로 옮긴 김영아가 말했다.

"진짜 신기하네. 장 작가님 말처럼 뒷자리로 오니까 춥지 않아요."

권 피디가 백미러를 보고는 웃으면서 말했다.

퇴마하는 톱스타

"뭐야? 그럼 혹시 옆자리에 귀신 있었던 것 아냐?"

김영아가 비명을 지르며 소리쳤다.

"피디니이이임~! 농담이라도 그런 소리 하지 말아요! 자꾸 그러면 저 지금 당장 집으로 돌아갈 거예요. 하필이면 이런 한밤중에 오자고 해서는."

김영아는 금방이라도 울음을 터뜨릴 것 같은 눈으로 연신 창밖 어둠을 돌아보며 어깨를 감싸 쥐었다.

'역시 얘기하지 않길 잘했어.'

비포장길을 거의 30분 가까이 들어가고 나서야 차량 라이트 불빛에 소음리 정신병원의 음침한 폐건물이 나타났다.

태수가 돌아보니 차에 타고 있던 영혼은 어디로 갔는지 보이질 않았다.

김영아가 창밖으로 병원 건물을 보며 말했다.

"으으으. 무셔. 피디님, 전 그냥 내리지 않고 차에 있으면 안 돼요?"

권 피디가 대답했다.

"그럼 그렇게 해."

권 피디와 태수가 차에서 내리자 김영아가 혼자 남겨지는 게 더 무서웠는지 뒤늦게 후다닥 따라 내리며 말했다.

"저도 그냥 내릴래요."

건물을 마주 대하는데, 딱히 귀기탐색을 하지 않았는데도 상당한 귀기가 느껴졌다.

건물은 그야말로 영화에서나 나올 만한 무시무시한 비주얼을 하고 있었다. 건물 주위로는 철조망이 쳐져 있었고 절대 출입 금지라는 팻말도 보였다.

철조망이 군데군데 훼손되어 있었다.

아마도 이곳을 체험하려는 동호회원들이 건물로 들어가면서 그렇게 한 모양.

승용차를 타고 쫓아온 VJ들이 어느새 세 사람과 병원 건물을 촬영하기 시작했다. 이번에 방송을 하면서 느낀 건 VJ들이 의외로 극한 직업이라는 것.

지금처럼 무서운 곳은 물론이고 방송을 위해서라면 힘들거나 위험한 장소도 가리지 않고 촬영을 해야만 하니까.

병원 건물 위 컴컴한 밤하늘을 올려다봤다.

귀기가 많은 곳은 대부분 위쪽으로 귀기가 몰리는 법이니까. 눈으로 봐도 귀기의 움직임이 감지될 정도로 많은 기운이 몰려 있었다.

'귀기탐색.'

화르르르륵.

허공에 지도가 나타났고 건물 위에서 꿈틀대는 귀기가 모습을 드러냈다. 귀기의 크기만 보면 예전 파라다이스 모텔의 백귀들의 것 못지않아 보였다.

그나마 다행이라면 귀기들이 백귀들처럼 하나로 합체되어

움직이는 게 아니라 제각각 움직이고 있다는 것. 그건 곧 모든 귀기를 부리는 강력한 악의 존재는 없다는 얘기다.

만약 그렇다면 귀기의 크기는 백귀와 비슷해도 위력은 훨씬 떨어지게 된다. 만약 저 정도 규모의 귀기가 백귀처럼 하나가 되어 움직인다면 방송이 불가능하다.

허공에 떠 있는 지도에는 지하 1층, 지상 4층의 건물 모습이 있었고, 그 안에 있는 영들이 붉은 점으로 표시가 되어 있었다.

꽤 많은 붉은 점들이 건물 안에 있었고 그중에 또 상당한 수가 악귀로 볼 수 있을 만큼 크기가 컸다.

악귀가 특히 많은 곳은 지하 1층과 3층이었다. 그곳에 붉은 점의 크기가 큰 악귀들이 가장 많이 몰려 있었다.

건물을 올려다보는 태수의 모습을 VJ들이 카메라에 담았다.

권 피디가 태수의 표정을 살피면서 물었다.

"어때요. 뭔가 보여요? 여기 정말 악귀들이 있나요?"

태수가 고개를 끄덕이며 말했다.

"네, 꽤 많아요."

태수의 말에 김영아가 겁먹은 표정으로 중얼거렸다.

"어떡해, 나 또 몸이 추워지기 시작했어."

태수가 돌아보니 언제 나타났는지 아까 그 영혼이 김영아 곁에 서서 함께 건물을 바라보고 있었다. 지금 보니 영혼이 입고 있는 옷이 다름 아닌 병원의 환자복이었다.

피 묻은 환자복에 '소음리 정신병원'이라는 글자가 인쇄되어 있었던 것이다.

과거 병원 환자인데 죽어서도 병원을 떠나지 못하고 주위를 맴돌고 있는 모양. 신기한 건 영이 계속 김영아만 쫓아다닌다는 것이다.

하긴 나머지 사람들은 다들 남자니까 여자인 김영아한테 친근감을 느끼는 건지도 몰랐다.

굳이 놀라게 만들 생각은 없지만 이쯤에서 김영아에게 따라다니는 영혼이 있다는 사실을 밝혀야만 될 것 같았다.

어차피 방송 프로그램이니까 그런 요소들을 다 빼면 재미가 없다.

태수가 카메라를 돌아보고 최대한 태연하게 말했다.

"실은 아까부터 저희를 따라다니는 영혼이 한 명 있어요."

김영아의 동공이 밖으로 튀어나올 것처럼 커졌고 권 피디도 겁먹은 표정으로 주위를 두리번거렸다. VJ들도 혹시 뭔가 잡힐까 봐 주변을 카메라로 촬영했다.

태수가 김영아를 바라보며 말했다.

"김 작가님 아까 차에서부터 계속 춥다고 했죠?"

김영아가 금방이라도 울 것 같은 불안한 얼굴로 고개를 끄덕였다.

"차에서 왼쪽 팔과 어깨가 시리다고 했죠?"

끄덕.

"지금도 그렇죠?"

김영아가 저도 모르게 천천히 왼쪽 허공을 바라보며 고개를 끄덕였다.

태수가 말했다.

"지금 김 작가님 눈앞에 영혼이 있어요."

김영아의 몸이 사시나무처럼 떨리기 시작했다. 입에서는 울음이 새 나왔다.

"나 어떡해…… 으으으…… 집에 가고 싶어……."

VJ들의 카메라가 그런 김영아와 김영아의 왼쪽 허공을 카메라에 담았다. 물론 아무리 카메라로 촬영을 해도 영이 카메라에 담길 리가 없었다.

태수가 말했다.

"김 작가님, 침착하세요. 다행히 김 작가님을 따라다니는 영혼은 귀기가 적어서 김 작가님한테 해를 끼치지는 않을 거예요."

권 피디가 다가오더니 신기한 듯 팔을 뻗어 김영아 옆의 허공을 손으로 만졌다.

그러자 김영아가 소리를 빽 질렀다.

"지금 뭐 하시는 거예욧!"

"아, 아니. 나는 혹시나 어떤 느낌이 있을까 싶어서. 근데…… 와, 여기 봐 봐, 여기 팔뚝에 소름 돋은 거. 시청자 여러분 보이십니까? 조금 전에 우리 김영아 작가 왼쪽 허공을 손으로 더듬었을 뿐인데 이렇게 닭살이 올랐습니다."

김영아가 흐느끼며 물었다.

"그럼 전…… 이제…… 어떡하냐고요."

"김 작가님도 앞으로 이 프로그램 작가 하려면 이제 영혼과 좀 친해지셔야 되지 않을까요?"

권 피디가 달래듯 말했다.

"그래, 프로그램 작가가 귀신을 그렇게 무서워해서 어떻게 구성안을 짜겠다는 거야?"

김영아가 울음을 삼키고는 천천히 자신의 왼쪽 허공으로 고개를 돌렸다. 영혼도 그런 김영아와 똑같이 고개를 돌렸다.

김영아와 영혼이 마주 보고 있는 모습이 무척 기묘해 보였다. 물론 그런 모습은 태수만 볼 수가 있지만.

김영아가 떨리는 목소리로 물었다.

"지금 그 영혼은 어떡하고 있나요?"

"김 작가님을 마주 바라보고 있어요."

"으흐흐흐흑."

김영아가 흐느끼는 울음소리가 마치 귀신 울음소리처럼 소름 끼치게 들렸다.

"그럼 제가 영혼에게 말을 한번 시켜 볼게요."

태수가 영혼에게 다가가서 물었다.

"저기요, 전 영혼을 볼 수가 있어요. 혹시 저한테 하고 싶은 얘기나…….”

스르르르륵.

영혼이 아무런 말도 없이 갑자기 사라졌다.

김영아가 말했다.

“어? 서늘하던 느낌이 사라졌어요.”

“제가 말을 시켰더니 영혼이 가 버렸어요.”

“정말요? 아깝다, 무슨 사연인지 들어 봤으면 좋았을 텐데.”

권 피디가 말했다.

“아까는 무서워 죽는다고 난리를 치더니?”

“해코지하는 악귀가 아니라 그냥 영혼이라니까 갑자기 친근감이 드는 거 있죠.”

태수가 권 피디를 돌아보고 물었다.

“근데 여기 주인이 촬영을 허락했나요?”

“처음엔 절대 안 된다고 하다가, 우리 프로그램을 보고는 허락을 했어요. 다른 프로그램들은 그저 흉가 체험만 하고 끝인데 저희는 장 작가님이 퇴마를 통해 그 안에 있는 악귀들을 퇴치해 준다고 하니까 주인도 좋다고 하더군요.”

권 피디가 차에서 병원 건물 구조를 인쇄한 A4 용지를 가지고 와서는 펼치며 설명을 했다.

“건물이 총 4층인데 지하에 폐쇄 병동이 있고 2층은 일반 병동, 3층에 집중 치료실과 목욕탕이 있고 4층에는 직원들의 숙소가 있었대요. 집중 치료실에서는 주로 전기치료가 이루어졌고 지하 폐쇄 병동엔 증세가 심한 환자를 가두어 두는 용도로 사용했다고 해요."

김영아가 말했다.

"흉가 체험 동호회에 따르면 귀신 현상이 가장 많이 목격된 곳이 바로 지하실과 3층이래요."

태수가 도면을 보며 말했다.

"동호회에서 한 얘기가 맞는 것 같아요. 폐병원 전체에 영들이 많이 보이는데, 유독 지하와 3층에 있는 영들의 귀기가 큰 걸 보니까 악귀들이 그곳에 몰려 있는 것 같아요. 동호회원들이 느꼈다는 귀신 현상은 어떤 것들이 있는지 혹시 알 수가 있나요?"

김영아가 말했다.

"그건 제가 따로 조사한 게 있어요."

김영아가 자신의 노트를 보여 주며 말했다.

"우선 지하 폐쇄 병동에서는 누군가가 울부짖는 소리를 들은 사람들이 많았어요. 또 폐쇄 병동에 들어갔다가 정신 질환에 걸린 회원 두 명은 폐쇄 병동 맨 안쪽에 방이 있는데 그 방에 들어갔다가 2시간 동안이나 갇혀 있었대요."

"갇혀 있었다고요? 어떻게요?"

"동호회원 네 명이 지하의 폐쇄 병동을 구경하러 들어갔는데 맨 안쪽에 철문이 달려 있는 방이 있었대요. 그래서 호기심에 두 명이 들어갔는데 갑자기 문이 저절로 닫혀서 그 방에 2시간이나 갇혀 있었다는 거예요."

"그래서요?"

"나머지 두 명이 아무리 문을 열려고 해도 열리지 않아서 119에 신고를 하고 구급대원들이 도착하니까 비로소 저절로 문이 열렸대요. 근데 그 속에 갇혀 있던 동호회원 두 명이 밖으로 나온 후에도 계속 그 방 안에 갇혀 있는 것처럼 밖으로 꺼내 달라고 울부짖는다는 거예요. 지금까지도 계속요."

얘기를 들어 보니 몸에 악귀의 귀기가 침범했을 때 느껴지는 전형적인 환시와 환각 증상으로 보였다.

"그리고 밖에 있던 나머지 두 명의 회원도 이후에 망상 장애 증상을 보여서 지금까지도 계속 정신과 치료를 받고 있대요. 그리고 집중 치료실과 목욕탕이 있는 3층에서는 두 명이 자살했고 한 명은 정신 질환에 걸렸어요."

태수가 팔짱을 끼고 한숨을 내쉬며 병원을 올려다봤다.

김영아가 걱정스러운 표정으로 물었다.

"악귀들이 그렇게 많이 있다면 방송 촬영을 할 수가 있을까요?"

"일단 그건 제가 병원을 한번 둘러본 다음에 결정을 하도록 하겠습니다."

병원을 둘러보겠다는 태수의 말에 김영아는 물론이고 권 피디까지 놀라서 말했다.

"설마 지금 병원 전체를 둘러보겠다는 소리는 아니죠?"

"아뇨, 전부 다 살펴봐야 해요. 직접 제가 눈으로 봐야만 이곳에서 촬영이 가능할지 판단할 수가 있으니까요. 손전등 있죠?"

김영아가 손전등을 건네며 떨리는 목소리로 말했다.

"우, 우린 로비까지밖에 못 들어가요."

"권 피디님하고 김 작가님은 그냥 여기서 기다리세요, VJ 분들도 들어올 필요 없고. 그냥 저 혼자 들어갔다가 올 테니까 이마에 고프로나 달아 주세요."

결국 태수 혼자 병원을 둘러보기로 해서 이마에 고프로를 장착하고 손에도 카메라를 들었다. 가슴에는 와이어리스 마이크를 착용하고 귀에 리시버를 꽂은 태수가 혼자 병원으로 걸어 들어갔다.

부서진 현관문을 밀자 고막을 자극하는 기분 나쁜 쇳소리가 났다.

끼이이이이익.

눈앞에 어두컴컴한 병원 로비가 나타났다.

로비 바닥에 환자들 차트라든가 관련 서류로 보이는 종이들이 어지럽게 흩어져 있었다. 일부는 불에 타다 만 종이들도 보이고.

로비 반대편으로는 복도를 따라 불에 그슬린 방들이 길게 늘어서 있었다. 색이 바랜 진료실과 검사실 같은 팻말들이 아직도 남아 있어서 이곳이 병원이라는 걸 짐작할 수가 있었다.

로비 가운데로는 위층으로 올라가는 계단이 있었다.

태수는 귀기의 위치를 나타내는 지도를 아예 허공에 띄워 놓고 내비게이션처럼 보면서 걸어갔다.

붉은 점 하나가 병원 로비를 왔다 갔다 하는 모습이 지도에 표시가 됐다.

'안명부.'

화르르르륵.

허공에 안명부가 떠오르자 손으로 잡아서 눈을 문질렀다.

시야가 푸른빛으로 변했고 로비를 반복적으로 거닐고 있는 의사 가운을 입은 영혼 한 명이 보였다. 영혼이 태수를 발견하고는 제자리에 멈춰 서서 신기한 듯 쳐다봤다.

이곳에서는 영혼이 인간을 신기하게 바라보는 모양이었다.

다행히 귀기의 크기로 봐서 위험한 악귀는 아니었다. 일단 3층을 먼저 살펴보기 위해 중앙 계단으로 움직이는데 의사 영혼이 다가와서 불쑥 말을 걸었다.

-어이, 이봐!

말소리만 들어서는 정말 의사가 환자를 부르는 줄 착각할 정도였다.

태수가 귀찮은 일이 생길 것 같아서 모른 척하고 앞으로 계속해서 걸어갔다. 어차피 해코지를 할 수 있는 힘을 가진 것도 아니고.

그러자 의사 영혼이 얼른 쫓아오더니 태수의 귀에 대고 음산한 목소리로 속삭였다.

─딱 보니까 당신 제정신이 아니야. 상담 치료를 먼저 받아야겠어. 저기 위쪽은 무서운 곳이라서 가면 안 돼. 저긴 집중 치료실이라서 상태가 심한 환자만 가는 곳이라고.

태수가 대꾸도 하지 않고 그냥 계속 계단을 걸어 올라가자 의사 영혼이 화를 내며 자신의 진짜 모습을 드러냈다.

─끄어어어억.

영체를 감싸고 있던 껍질이 벗겨지며 새까맣게 피부가 녹아내린 흉측한 모습이 드러났다.

영체에서 불에 탄 냄새가 진동을 했다. 딱 보니 화재 때 불에 타서 죽은 영혼인 모양.

영이 분노를 쏟아 내며 악을 썼다.

─왜 내 말을 무시하는 거야? 난 의사야, 의사라고! 정신과 의사!

아마 보통 사람이라면 환청이 들려오면서 온몸을 바늘로 찌르는 것 같은 한기를 느끼고 공포에 질렸을 것이다. 사람이 공포에 사로잡히면 영적인 면역력이 떨어져서 그만큼 악귀에게 휘둘릴 가능성이 높아진다.

하지만 태수에겐 기껏해야 귀를 간질이는 것 같은 바람소리에 지나지 않았다.

태수는 영을 무시하고 계속 계단을 올라갔다. 뒤따라오면서 악을 쓰던 의사 영혼이 3층 입구에서 소리쳤다.

-거긴 가면 안 돼, 무서운 곳이라고!

영이 겁을 집어먹고는 아래로 내려갔다.

3층은 영들에게도 가서는 안 되는 금기의 영역인 듯했다.

3층은 집중 치료실과 목욕탕이 있는 곳이다. 3층에 들어서자 붉은 점의 개수가 갑자기 늘어났고 크기도 커졌다. 붉은 점을 세어 보니 모두 12개.

-끄으으으윽.

기분 나쁜 침음과 함께 집중 치료실로 보이는 병실에서 환자복을 입은 영들이 흐느적거리며 걸어 나오기 시작했다.

다들 좀비처럼 흐느적거리는 몸짓에 동공이 위로 치켜 올라간 섬뜩한 모습들.

영들이 태수에게 관심을 보이며 흐느적거리며 다가왔다.

그중 몇몇은 날카로운 이빨을 드러낸 채 벽을 타고 기어왔다.

귀기의 크기로 봐서 3층에 있는 영들은 대부분 악귀라고 부를 수 있을 정도였다. 즉 물리력이나 초저주파 같은 힘을 이용해서 인간에게 해를 끼칠 수 있는 수준.

3층 안쪽의 모퉁이 반대편에서는 또 다른 악귀의 고통스러운 괴성이 흘러나왔다. 소리의 울림으로 봐서는 목욕탕에서 흘러나오는 소리 같았다.

10마리에 가까운 악귀들이 흐느적거리며 복도를 걷거나 벽과 천정을 타고 접근해 왔다.

어차피 지금은 퇴마를 할 수가 없기에 불필요하게 악귀들을 자극할 필요가 없다. 단지 접근만 못 하게 하면 그만.

태수는 칠성의 능을 전수받은 전수자를 보호하는 개양성의 능을 불러냈다.

공기가 흔들리며 메시지가 떠올랐다.

제6성 연년 개양성의 능이 작동합니다.

항마의 기운이 갑옷처럼 태수의 몸을 감쌌다.

다가오던 악귀들이 항마의 기운을 감지하고는 더 이상 다가오지 않은 채 화가 난 듯 괴성을 흘리며 태수를 노려봤다.

ㅡ키아아아악!

그런 악귀들 사이에서 환자복이 온통 피로 물든 악귀가 앞으로 나서더니 복도 한가운데 서서 태수를 노려봤다.

3층에서 귀기가 가장 큰 악귀였다. 그는 귀에서도 피가 흘렀고 눈과 코에서도 피가 흘렀다. 집중 치료실에서 많은 고통을 받다가 죽음을 맞이했다는 짐작을 할 수가 있었다.

40대 중반 정도의 남성으로 보이는 악귀가 태수를 바라보며 중얼거렸다.

–나는…… 미치지 않았어…… 내 이름은…… 기철이
야…… 윤기철…… 크르르르르.

악귀의 목소리에 초저주파가 실려 있다는 신호가 감지됐
다.

아마 일반인이었다면 진작 환청이나 환각에 사로잡혀 악
귀의 먹이가 되고 말았을 테지만 태수는 개양성 기운의 보호
를 받고 있었다.

윤기철 악귀가 항마의 기운을 무시하고 달려들지 말지 고
민하는 듯 계속 그르렁거렸다.

오늘은 이쯤에서 물러나는 게 좋을 것 같았다.

태수는 조심스럽게 뒷걸음질을 쳐서 중앙 계단을 내려왔
다. 다행히 악귀들은 더 이상 뒤를 쫓지 않았다.

'이렇게 위험한 병원에 흉가 체험을 하러 온다니.'

꼭 방송이 아니라도 이곳은 반드시 퇴마를 행해야만 할 곳
이었다.

리시버에서 권 피디의 목소리가 들려왔다.

–장 작가님. 그만 여길 떠나야겠어요. 우리 김영아 작가도 그렇고 VJ
들한테 자꾸만 이상한 소리가 들린대요.

예감이 좋지 않았다. 아쉽지만 오늘 지하층은 볼 수가 없
을 것 같았다.

태수가 빠르게 로비를 가로지르는데, 처음에 만났던 의사
영혼이 얼른 다가오다가 항마의 기운을 느끼고는 화들짝 뒤

로 물러났다.

병원 밖으로 나온 태수의 시야에 예상대로 제작진 주위를 맴돌고 있는 검은 기운이 들어왔다.

태수가 빠른 걸음으로 걸어가며 주문을 읊었다.

'축귀부.'

화르르르륵.

허공에 부적이 떠올랐고 태수가 부적을 집어서 날리며 일 갈했다.

"축귀!"

부적이 검은 기운의 한가운데로 날아가 폭사하며 사방으로 항마의 기운이 흩어졌다.

ㅡ키악!

귀기들이 짧은 괴성과 함께 어둠 속으로 사라졌다.

권 피디가 허옇게 질린 표정으로 반갑게 태수를 맞이했다.

"장 작가님."

태수가 보니 김영아와 VJ 한 명이 귀기에 감염되어 얼굴이 푸르스름하고 몸은 사시나무처럼 떨고 있었다.

"두 사람 다 어서 제게 손을 줘 봐요."

태수가 김영아와 VJ의 손을 각각 잡은 후에 칠성의 능을 불렀다. 나머지 두 명의 VJ가 그런 태수의 행동을 계속 카메라에 담았다.

허공이 흔들리며 메시지가 떠올랐다.

제1성인 탐랑성의 생기탐랑의 능이 자동합니다.

화르르르륵.
태수의 양손에 푸르스름한 기운이 생겨났고 그 기운이 김영아와 VJ에게 옮겨 갔다.
잠시 후 김영아가 몸을 부르르 떨고는 말했다.
"이제 좀 살 것 같아요."
권 피디가 말했다.
"일단 이곳을 벗어나는 게 좋겠어요."

김영아의 상태가 좋지 않아서 〈영혼을 찾아서〉 제작진하고는 내일 저녁에 만나서 회의를 하기로 했다.
옥탑방으로 돌아온 태수가 노트북을 들고 옥상으로 나갔다.
예전엔 평상 위에서 캔맥주를 마시며 야경을 바라보고 감상에 젖는 일이 많았다.
하지만 요즘엔 워낙 바빠서, 방으로 들어가면 그대로 쓰러져서 자거나 책상에서 노트북을 하느라 옥상에 나와서 뭘 하는 경우가 드물었다.
태수가 평상 위에서 노트북을 펼치자 이화가 웬일이냐는

표정으로 조심스럽게 옆으로 다가왔다. 혹시라도 자신이 방해가 될까 봐 걱정하는 기색이 느껴졌다.

태수가 그런 이화를 돌아보고 말했다.

"이화야, 괜찮으니까 옆으로 와. 너하고 같이 보려고 일부러 노트북 들고 옥상으로 나온 거야."

이화가 불안한 표정으로 물었다.

─정말요?

"그래. 혹시라도 영이 달라붙어서 귀찮게 할까 봐 너한테 좀 딱딱하게 대했는데, 이젠 그렇게 하지 않아도 될 것 같아. 앞으로는 나한테 그렇게 조심스럽게 대하지 않아도 돼, 하고 싶은 말 있으면 하면서 편하게 대해. 다음 주에 방송도 해야 하잖아. 알았지?"

이화가 환하게 웃으며 고개를 끄덕였다. 그동안은 표정의 변화가 거의 없었는데 이렇게 환한 웃음을 지을 수 있다는 걸 오늘 처음 알았다.

태수는 〈모텔 파라다이스〉 영화 리뷰를 살펴보러 포털에 접속을 했다.

오늘은 개봉 이틀째인 금요일.

지금이 11시 48분이니까 12분 후에는 영화진흥위원회 홈페이지에 오늘 영화 관객 스코어가 발표된다. 그 전에 영화의 평점과 리뷰를 확인했다.

우선 평점.

어제 이 시간쯤 영화 평점이 7.9 정도였는데 지금은 8.2로 올라가 있었다. 반면 평점 8.6으로 출발한 〈오래된 기억〉은 평점이 8.3까지 떨어졌다.

관객들이 관람을 많이 하면 할수록 〈모텔 파라다이스〉의 평점은 오르고 〈오래된 기억〉의 평점은 떨어질 가능성이 높다.

빠르면 내일쯤이면 평점이 역전될 수도 있다.

이화가 물었다.

—오빠가 〈모텔 파라다이스〉 작가죠?

"어? 네가 그걸 어떻게 알아?"

—며칠 전에 송현주 언니가 올라와서 인터넷 볼 때 옆에서 같이 봤거든요. 오빠가 영혼을 본다는 걸 사람들이 알고 더 유명해졌다는 것도 전 다 알아요.

태수가 저도 모르게 피식 웃었다.

지금 보니까 이화가 살아 있을 때는 꽤나 귀여운 얼굴이었을 것 같았다.

"여기 봐 봐, 영화 본 관객들의 평이 무지 좋지?"

—와, 영화 재미있나 보다. 나도 내일 극장에 가서 봐야지.

"네가 영화를 어떻…… 아…… 그러고 보니까 넌 공짜로도 볼 수 있겠네."

—제가 낮에 제일 많이 가는 곳이 극장이에요. 이젠 청불 영화도 볼 수 있어요.

그러면서 이화가 수줍게 웃었다.

마침내 자정이 넘어서 태수는 영화진흥위원회 홈페이지에 들어갔다.

어제 개봉일에는 〈오래된 기억〉이 22만, 〈모텔 파라다이스〉는 8만 관객이 들었다.

'오늘은 어떻게 됐을까?'

두근거리는 심정으로 박스오피스를 클릭했다.

〈오래된 기억〉 19만 3천 명.

〈모텔 파라다이스〉 8만 7천 명.

어제와 비교해서 〈오래된 기억〉은 22만에서 관객이 조금 감소했고 〈모텔 파라다이스〉는 8만에서 조금 늘었다.

좌석 점유율은 〈오래된 기억〉은 31퍼센트에서 28퍼센트로 역시 조금 줄었고, 〈모텔 파라다이스〉는 48퍼센트에서 49퍼센트로 미세하게 올랐다.

영화가 개봉한 지 이틀째에 불과하지만 오늘은 〈모텔 파라다이스〉의 관객이 많이 늘지 않았을까 은근히 기대를 했는데 실망.

영화의 평점도 조금 올랐고 무엇보다 온라인에 〈영혼을 찾아서〉와 태수에 대한 기사들이 많이 쏟아졌는데, 그 많은 기사들이 영화에 대한 관심으로 이어지지는 않은 듯했다.

하긴 〈오래된 기억〉 측에서도 포털 메인 화면과 텔레비전을 비롯해 엄청난 광고를 쏟아붓고 배우들의 대규모 무대 인사가 이어졌지만 오히려 관객 수가 줄었으니까.

내일은 영화 개봉 첫 주말인 토요일.

조진호 대표의 말대로라면 내일과 모레는 그야말로 양측이 모든 물량을 쏟아부어서 진검 승부를 벌여야만 하는 날이라고 했다.

조진호 대표는 내일과 일요일에 각 20만 명 정도의 관객만 들면 대성공이라고 했다.

물론 조진호 대표의 그런 기준은 최종 스코어 200만 관객을 기준으로 한 계산이기에 태수는 마음이 조급할 수밖에 없었다.

게다가 〈모텔 파라다이스〉가 〈오래된 기억〉을 꺾고 박스오피스 1위에 올라서는 모습을 어서 보고 싶은 마음과 예상치 못한 역전에 놀라는 언론들의 기사도 보고 싶었던 것이다.

하지만 지금 추세로 봐서는 주말과 휴일 관객이 20만을 넘기도 쉽지 않아 보였다.

이화가 물었다.

-오빠, 실망했죠?

옆에 이화가 있다는 사실을 잊어버리고 태수가 굳은 표정으로 있었던 것이다.

"관객 수가 생각보다 빨리 늘어나지가 않네. 솔직히 영화 본 모든 관객들이 우리 영화를 더 재미있게 보는 것 같은데 왜 소문이 빨리 나지 않는지."

고등학생인 이화가 오히려 더 어른스럽게 말했다.

─개봉한 지 이제 겨우 이틀밖에 안 지났잖아요. 너무 조급하면 될 일도 안 된다고 했어요. 제 엄마……?

"어? 너 기억이 떠오르는 거야?"

이화의 눈빛이 파르르 떨렸다.

─기억이 떠오를 뻔했는데…… 악!

갑자기 이화가 괴로운 듯 머리를 부여잡았다.

"이화야 왜 그래?"

─기억을 하려고 하니까 머리가 너무 아파요, 갑자기 무서운 생각이 들고.

이화의 영체가 불안정하게 흔들리며 그렇잖아도 창백하던 낯빛이 더욱 하얗게 변해 갔다. 대체 죽기 전에 무슨 일이 있었기에 과거의 기억을 떠올리려고 하면 고통이 찾아오는 건지.

이런 상태로 방송을 해도 되는지 살짝 걱정이 되기도 했다.

그렇다고 그냥 묻어 놓고 넘어갈 수도 없다.

사람의 경우는 안 좋은 기억을 굳이 떠올릴 필요가 없다.

하지만 영의 경우는 안 좋은 기억이 있으면 반드시 한을 풀어 줘야 한다. 그래야만 한을 풀고 승천을 할 수가 있으니까.

그리고 이화의 경우엔 이름과 생년월일을 모르면 천도를 해 줄 수가 없기 때문에 자신이 누구인지 반드시 알아야만 한다.

스르르르륵.

이화가 눈앞에서 말없이 모습을 감추며 사라졌다.

현재로선 태수도 이화에게 딱히 해 줄 수 있는 말이 없었다. 다만 다음 주 방송에서 이화를 아는 사람이 나타났으면 하고 바랄 뿐이다. 좀 더 바란다면 이화의 잃어버린 기억이 나쁜 기억이 아니기를.

ㅡ카톡.

카톡을 보니 조진호 대표였다.

　내일 서울 지역 극장 세 군데에서 무대 인사가 진행될 예정
　인데 혹시 장 작가도 참석이 가능할까?

개봉 초기에 배우들이 무대 인사를 가면 관객들은 사진을 찍어서 SNS에 올리고 자연스럽게 영화 홍보가 된다.

조진호 대표 입장에선 아역 배우들이 학교 수업 때문에 무대 인사에 함께할 수 없기 때문에, 요즘 젊은 층의 뜨거운 관심을 받는 태수가 어떻게든 참석했으면 싶은 것이다.

태수도 참석할 수만 있다면 당연히 참석하고 싶었다. 영화 홍보가 아니라도 그런 무대에 설 수 있는 기회를 누가 싫다고 할 것인가.

마침 내일 토요일은 저녁에 〈영혼을 찾아서〉 제작 팀과

회의하는 것만 빼고는 딱히 다른 일정이 없었다.

〈영혼을 찾아서〉 프로그램에서 〈영혼탐정〉 코너 녹화가
모레 일요일에 있고 본방 생방송이 월요일 저녁에 있으니까
여유가 있는 날은 내일 하루뿐이다.

태수가 답장을 했다.

네, 참석하겠습니다.

다음 권으로 이어집니다

위대한 항해

이윤규 대체역사 소설

믿고 보는 대체역사 소설 작가 이윤규의
참지 않는 조선이 온다!
『위대한 항해』

독도를 무력 점령하려는 일본 특경대와 싸우다
조선 말기에 떨어진 제7기동함대

곧 침탈의 역사가 시작된다는 사실을 안 그들은
열강들을 먼저 침략해
미래를 바꿔 버리기로 결심하는데……!

눈에는 눈, 이에는 이, 침탈에는 침탈!
모두가 한 번씩은 꿈꿨던
통쾌한 조선이 펼쳐진다!

꿈의 도약, 로크에서 하십시오
(주)로크미디어에서 신인 작가를 모십니다

즐거운 세상, 로크미디어는 꿈을 사랑하고 도전을 두려워하지 않는 작가 분들의 참신한 작품을 기다리고 있습니다. 21세기 장르 문학계를 이끌어 갈 차세대 선두 주자 (주)로크미디어에서 여러분의 나래를 활짝 펴 보시길 바랍니다.

모집 분야 판타지와 무협을 포함한 장르 문학
모집 대상 아마추어 작가, 인터넷 작가
모집 기한 수시 모집
 작품 접수 시 유의 사항
  1. 파일명은 작가명_작품명.hwp형식을 갖춰 주십시오.
  1. 파일에 들어갈 내용은 다음과 같습니다.
   ― 성명(필명인 경우 실명을 밝혀 주세요), 연락처, 이메일 주소
   ― 제목, 기획 의도
   ― A4용지 1장 분량의 등장인물 소개
   ― A4용지 2장 분량의 전체 줄거리
   ― 본문
  1. 작품이 인터넷에 연재되고 있다면, 게시판명과 사이트의 구체적이고
     정확한 주소를 기재해 주십시오.

선택된 작품은 정식 계약 후 출판물로 간행되어 전국 서점에 유통됩니다.
작가 분은 (주)로크미디어의 전폭적인 지원하에 전속 작가로 활동하시게 됩니다.
※ 자세한 내용은 로크미디어 홈페이지(rokmedia.com)를 참조하세요.

(04167)서울시 마포구 마포대로 45 일진빌딩 6층
(주)로크미디어 편집부 신간 기획 담당자 앞
전화 : 02) 3273-5135
www.rokmedia.com　　이메일 : rokmedia@empas.com